곶자왈에서

곶자왈에서

크라임 단편 앤솔러지

김태민
박한선
유아인
이나경
조나단
한소은
현이랑

황금가지

차례

곳자왈에서

조나단

지구인. 장르 드라마와 장르 시나리오를 쓴다. 그리고 장르 소설을 쓴다. 『목격담, UFO는 어디서 오는가』로 시작해 단편소설 몇 편을 앤솔러지에 실었고. SF 장편 『사냥꾼들』을 출간했다. 장르소설 플랫폼 브릿G 한쪽 귀퉁이에서 여전히 쓰고 있다.

그날 예감했던 것 같다. 작고 얇은 입술을 앙다문 여자와 마주쳤을 때, 그녀가 내면을 감추지 못하고 뭔가를 갈구하며 쳐다봤을 때, 내가 어찌할 수 없는 분노에 사로잡히고 그보다 더한 충동에 휩싸이리라는 걸 말이다.

지금 생각하면, 분명한 것은 아무것도 없다.

올레길을 다시 걸으려는 생각도 충동적이었다. 며칠 전 뉴스에서 올레길 네 개 구간이 내년부터 5년간 폐쇄될 거라는 기사를 본 것이다. 생태 보전이 이유였다. 당시에는 그런가 보다 지나쳤지만 얼마 뒤 폐쇄되는 구간들을 떠올렸다. 그중에 곶자왈이 있었다. 4년 전 그곳에서 느낀 원시적 내음을 잊지 않았기에, 폐쇄되기 전에 다시 한번 곶자왈을 걸어 보자 스스로를 충동한 것이다.

결심이 서자 오래간만에 들어온 의뢰를 거절하고(내 일

의 특성상 포기나 거절은 종종 일어난다.) 올레길 첫 번째인 시흥-광치기 올레에서 시작해 송악산으로 통하는 화순-모슬포 구간을 거쳐 내륙으로 들어가는 4박 5일 일정을 잡았다. 익숙하게 시작해 절경 해안을 본 뒤 목적지로 향하는 계획이다.

평일을 택해 제주도로 날아가 첫날은 제주시에서 묵고 다음 날 아침 일찍 일주도로 순환버스를 타고 시흥리로 향했다. 오래간만에, 게다가 즉흥적으로 시작한 올레길은 제법 설레기까지 했다. 고적하게 선 초등학교와 말미오름 아래의 검은 돌담은 옛 기억을 불러일으켰다. 평일이어서인지 올레꾼도 보이지 않았다. 여정의 첫걸음은 언제나 후회를 불러오는 법이지만, 그것마저 즐기며 오름을 올랐다.

허벅지가 긴장하는 걸 느낄 즈음 정상에 도착했다. 소와 말의 통행을 막는 차단막 앞에서 숨을 돌릴 때, 앞쪽에 선 두 사람을 발견했다.

능선 주위에 소들이 풀을 뜯고 있었다. 울타리 앞에 선 남자와 여자는 나처럼 오름을 올라온 뒤 숨을 돌리는 듯했다. 처음 두 사람을 보곤 의아한 생각이 들었는데, 큼직한 배낭을 여자가 메고 있어서였다. 남자는 아무런 짐도 없었다. 그러나 차단막을 지나 다가가자 이해가 됐다. 남자가 시뻘게진 얼굴로 넋을 놓고 있는 것이다. 반면 여자는 초연하니 오름 아래를 내려다보고 있었다. 남자가 초보자였던 거다.

사람들이 잘못 알고 있는 것이, 올레길은 그저 풍광 좋고 걷기 편한 그런 길이 아니다. 산과 바다와 마을을 변화무쌍하게 관통하는 올레길은 구간마다 오름 같은 난코스를 끼고 있다. 또 구간을 완주하는 데 대여섯 시간씩 걸리고 그것을 며칠씩 걸어야 하기에 초보자에겐 여간 고된 것이 아니다.

시작부터 말미오름이 버티고 선 구간이 남자에게는 꽤나 부치는 길이었을 테다. 서른 전후로 보이는 그는 내 시선을 피해 경치를 보는 척했다. 나는 그가 초보자임을 확신했다. 올레꾼과 눈인사도 나눌 줄 모르는 그는 제 몸뚱이만 겨우 가누며 여자 친구 손에 이끌려 올라왔을 게다. 올레길을 걷다 보면 그런 이들을 종종 본다. 서툴지만 풋풋한 연인들.

내 인상은 여자에게서 깨졌다.

작은 체격에 수수한 등산복을 입고 긴 머리를 뒤로 묶어 단정히 늘어뜨린 여자였다. 내 시선을 잡아끈 것은 그녀의 눈초리였다. 여자가 길을 비켜 주며 쳐다보았고 시선이 마주쳤는데, 작고 하얀 얼굴에 가늘게 다문 입술 위로 그녀의 눈빛이 뭔가를 말하고 있었다. 아니 말을 한다기보다, 그녀의 내면이 스스로를 드러내고 있었다. 그것은 어떤 두려움이었고 자신도 모르게 도움을 청하고 있었다.

다른 망설임도 있었다. 내가 시선을 떨치지 못하고 응시하자 그녀는 차마 자신을 감추지 못하면서도, 시선을 돌려 올레꾼의 관심을 외면한 것이다.

그녀가 내 뒤의 남자를 의식하는 걸 보고는 의아했다. 여자와 남자는 어딘가 이질적이었다. 바람과 절경으로 둘러싸인 오름 정상에서 그들은 흥분이나 설렘이 보이지 않았다. 어떤 생기도 느낄 수 없었다.

두 사람 사이에 감도는 긴장에 호기심이 일었지만, 돌아보지는 않고 그들을 지나쳤다. 그리고 잊어버렸다. 그들에게 관심을 지속시키기에는 오름 아래 펼쳐진 검붉은 들판과 그 너머에 우뚝 선 일출봉이 너무도 강렬한 때문이었다.

일출봉 아래에 도착해 광치기해변으로 들어가기 전에 잠시 쉬었다. 해안절벽 위 가게에서 감귤과 보리빵 따위를 팔기에 배낭을 내려놓고 쉰다리 한 잔을 시켰다. 등 굽은 할머니가 느릿한 몸짓으로 냉장고에서 쉰다리를 꺼내 따라 주었다. 4년 전에 왔을 때도 여기서 쉰다리를 마셨는데 할머니가 기억하는 것 같지는 않았다.

제주 전통 발효음료인 쉰다리의 새콤함을 음미하며 일출봉을 감상했다. 구름 한 점 없이 파란 하늘을 배경으로 선 일출봉에 감탄하는데, 올레꾼임을 알아본 할머니가 어느 코스로 가느냐 물었다. 곶자왈로 간다고 하자 그럴 줄 알았다며 혼자 웃었다.

"내년부터 문이 닫힌다던데 가 봐야지."

할머니는 올레꾼들 때문에 곶자왈이 많이 상했다고 했다. 사람들이 호기심으로 길을 벗어나고 돌들을 캐 가면서 숲이 엉망이 됐고 더는 독초도 찾아볼 수 없단다.

호기심으로 듣는 척을 해 주자 손님에게 올레꾼 험담을 했다 생각했는지, 할머니는 이내 곶자왈 자랑을 두서없이 늘어놓았다. 제주도민들도 올레길을 걷는데 그중 곶자왈을 최고로 친다는 것이다. 그러면서 완산 곶자왈(바로 내가 들어가려는 구간이다.) 안에 있다는 늪 이야기를 해 주었다.

"굽이굽이 길을 따라가다 몇 발짝 벗어나면, 바닥을 덮은 덩굴 사이에 늪이 물웅덩이마냥 숨어 있어. 그치만 얕보다간 큰일이 나지." 할머니는 당신 아들이 노루가 빠져 죽는 걸 봤다고 했다. "조심성 없이 늪에 빠진 놈이었어. 네발과 등까지 잠긴 놈이 목만 주욱 빼고선 허우적대고 있더라고. 커다란 눈알만 끔벅거리며 바동바동 빠져 들어갔지. 어찌 도와줄 수도 없더라고. 늪이 어른 덩치만 한 녀석을 천천히, 끈질기게 잡아당기더라니깐? 반 시간 동안이나 말이야."

할머니는 아들의 경험을 당신이 직접 본 것처럼 늘어놓았다. 곶자왈 지면이 화산암괴로 이루어진 걸 아는 나는 곧이곧대로 믿지는 않았지만, 그 안의 원시성을 알기에 노

루가 눈만 끔벅이며 늪에 빨려 들어가는 광경은 상상할
수 있었다. 녀석은 비명도 내지르지 못하고 온몸으로 숲의
공포를 맛보아야 했으리라.

할머니는 또 곶자왈 문을 닫는 건 나라가 하는 일 중 그
나마 잘하는 짓이라고 했다. 그러면서 이왕 문 닫는 거 15년
은 족히 닫아야 한단다. 그렇게 오래 폐쇄되는 숲을 상상
할 순 없었지만, 노인네를 실망시키고 싶지 않아 그저 고
개만 끄덕여 주었다.

두 사람을 다시 발견한 것은 다음 날 오후였다.

광치기해변 인근의 게스트하우스에서 하루를 묵은 다
음 화순리로 향했다. 거기서 해안을 따라 송악산까지 나아
갔다. 거대한 퇴적암이 펼쳐진 올레길은 해안 구간 중 가
장 인기 있고 나 역시 좋아하는 길이다. 아침 일찍 시작하
기도 했고 쉬지 않고 걸은 덕에 오후가 좀 지나자 송악산
입구에 도착해 버렸다. 모슬포항까지는 한 시간 남짓 거리
라 송악산 절벽 밑에서 쉬어 가기로 했다.

주차장 아래 해안가의 가판 술집에서 소라와 멍게를 주
문했다. 한라산도 한 병 시켰다.

송악산 위로 바람이 그리는 새털구름이 시시각각 다른
형상을 펼쳐 내고 있었다. 무슨 드라마 촬영지라는 곳에
서는 관광객들이 사진을 찍었고, 주차장으로 들어오는 버
스들은 연신 중국인 관광객을 토해 냈다. 다들 우르르 오

름을 올라가 기념사진을 찍고 해안가 절벽 밑으로 내려와 다시 사진을 찍었다. 그러고는 버스와 렌터카를 타고 다음 촬영지로 향했다.

소라와 멍게를 비우고 한라산 막잔을 남긴 때였다. 주차장 계단 위로, 올레 표식이 달린 길을 따라오는 올레꾼 둘이 보였다. 나는 어제 말미오름에서 지나친 두 사람을 알아보았다.

남자는 해안 풍경과 관광객 여자들을 구경하며 걸었다. 이제 제법 즐기는 모양새였다. 여자는 어제처럼 배낭을 메고 몇 발짝 뒤에서 따랐다. 남자가 종종 멈춰 여자를 기다려 주었고, 그러면 여자는 걸음을 재촉하긴 했지만 이내 발길을 늦추며 남자와 거리를 두었다. 의도적으로 그러는 건지 무의식에 그렇게 되는 건지는 모르겠다. 어제는 여자가 초보인 남자를 이끌더니 오늘은 반대네, 생각하며 혼자 웃었다.

문득 다른 생각이 들었다. 다섯 시간을 내리 걸은 뒤에 마신 술기운 때문일까. 두 사람을 지켜보며 그녀와 눈이 마주쳤던 때를 기억했다. 무심히 지나친 눈빛이 뒤늦게 나를 사로잡았다. 비로소 두 사람이 궁금했다.

그들과 시간을 두고 송악산을 올랐다. 내 앞뒤로 오르는 사람들은 대개 가족이거나 친구, 연인이었다. 나는 손을 잡고, 서로 시선을 마주치고, 같이 실없이 웃으며 오름을 오르는 연인들을 보았다. 그제야 두 사람의 관계를 눈치챘다. 송악산 너머로 기울며 새털구름 사이로 붉은 기운을 펼치는 해를 보면서, 나는 그 사내를 간파했다.

자고로 감정은 믿을 것이 못 된다. 사랑이라는 감정. 그것은 관계를 규정하고 서로를 옭아매는 덫일 뿐이다. 자신들이 연인이라고 규정하는 순간, 그들 사이에는 어찌할 수 없는 관계만 남게 된다. 남자와 여자라는 힘의 역학만 작용하는 것이다.

남자는 본능적으로, 그리고 의도적으로 군림하려는 관습에 매달린다. 여자라는 이름의 약자는, 강자에게 조금씩 자신을 내주다 기어이 모든 것을 잠식당한다. 이후에는 수동적이고 의존적인 존재로 전락한다. 내 앞에서 걸어가고 있을 그 여자처럼 말이다.

그녀도 사랑이라는 이름으로 몸과 마음과 자신의 모든 걸 내주었으리라. 지속되는 역학의 관계에서 조금씩 양보했고 그러면서 자기 안의 구멍도 커졌을 것이다. 여자가 뭔가 잘못되었다고 자각했을 때는 이미 늦었다. 그때부터는 체념만 남게 된다.

그녀와 처음 눈이 마주쳤을 때 본 것이 그거였다. 체념과 두려움. 그녀는 뒤늦게 깨달았을 것이고 언제까지 그런 관계를 지속해야 하는지 두려웠을 터다. 그러나 그건 누구에게도 털어놓을 수 없는 내면이다. 그것이 쌓이면 체념과 두려움을 넘어 공포가 자리 잡는다. 내가 엿보았던, 그녀 자신도 감추지 못하고 드러낼 수밖에 없었던 게 바로 그것이었다.

분명한 것은 없다. 내 직업적 추측일 수도 있고 단지 술기운을 타고 퍼지는 몽상일 수도 있다. 그러나 예측하건대, 충분히 이질적이고 아무런 생기도 느낄 수 없는 그들 사이에 좋은 시절은 지나갔다는 것이다. 올레길이 끝날 때쯤이면 두 사람의 관계는 파탄이 나 있을 것이다.

나는 그 징조를 보고 말았다.

생각들을 풀어내며 샛길로 빠질 때였다. 올레길을 계속 가려면 송악산 정상 밑에서 섯알오름으로 통하는 샛길을 따라 내려가야 하는데, 그 아래 언덕에 두 사람이 있었다. 비록 멀었고 바람 때문에 말소리는 들리지 않았지만 서로를 쳐다보는 모습에서, 이어 한 손을 들며 다가가는 남자의 행동에서, 그리고 뒷걸음질을 치는 여자의 몸짓에서, 나는 두 사람의 쌓인 감정이 기어이 폭발했음을 알 수 있었다.

주위에는 송악산 정상을 오르거나 하산하는 사람들, 석양을 배경으로 사진 찍기에 여념 없는 관광객들뿐이었다. 올레꾼은 없었다. 두 사람이 내 쪽을 보면 나는 오름을 오르는 이로 보일 것이다. 그랬기에 나는 샛길을 따라 내려가길 주저했다. 두 사람은 분명 주위에 아무도 없기에 서로에게 감정을 터뜨렸을 터다. 둘만의 공간에 끼어들고 싶지 않왔다. 그들의 상황에 연루되고 싶지도 않았다. 그런 상황을 지나치기란 난감하다.

남자가 여자를 걷어차는 게 보였다. 배낭을 멘 여자가 중심을 잃고 반대편 아래로 굴러떨어지며 모습을 감추었다. 나는 살의를 느꼈다. 그것이 내 것인지 남자의 것인지는 분명치 않다. 남자는 언덕 아래를 향해 뭐라 소리를 질렀고 이어 여자를 쫓아 내려가 시야에서 사라졌다. 바람 소리에 비명이 섞인 것 같았고 언덕 반대편이 보이는 것만 같았다.

나는 타인이라는, 제삼자라는 관습에 묶여 있었다. 어쩔 수가 없었다.

언덕 반대편에서 두 사람이 모습을 드러냈다. 섯알오름으로 향하는 샛길을 따라갔다. 남자는 종자나 포로를 몰듯 재촉했다. 여자는 고개를 숙인 채 걸었다. 남자가 힘을 발산한 뒤였고, 제압당한 여자는 모든 걸 체념한 몸짓이었다.

멀어지는 그들을 지켜보며 다시 살의를 느꼈다. 이제는 그게 내 것이라는 걸 알았다. 그러나 나는, 어쩌지 못하고 발길을 돌려 송악산을 내려갔다. 여자가 제대로 걷고 있다는 사실에 안도나 하면서.

남은 구간을 포기하고 최남단해안로를 따라 모슬포항으로 들어갔다. 내 걸음이라면 그들을 따라잡을 것이 분명했고, 두 사람을 지나치는 게 난감해서였다.

도로를 걷는 내내 찜찜했다. 그러면서 깨달은 것은, 그들이 내 올레길을 망쳐 놓았다는 것이다. 남자도 남자지만 여자에게 짜증이 났다. 그녀는 무슨 생각으로 그런 자와 올레길을 걸으려 한 걸까. 올레길을 걸으면, 이미 끝나 버린 자신들의 관계가 다시 회복될 거라 생각했나?

부질없는 바람이다. 사람은 변하게 마련이라지만 인간이란 그렇지 않다. 그녀의 내면을 그토록 드러내게 하는 자라면 분명 억압적일 것이고 노골적인 악의가 체질화된 자일 것이다.

그녀는 왜 저항하지 않았을까. 부조리를 인지 못 할 만큼 이미 나락으로 떨어진 건가? 애초 무지가 몸에 밴 여자인지도 모른다. 어쩌면 천성이 타인에게, 특히 남자라는 존재에게 거역할 줄 모르는 수동성을 타고났는지도. 괜히 부아가 치밀었다.

그런 그녀와 대화를 나누게 되었다.

모슬포항에서 저녁을 먹고 하모체육공원 근처 게스트하우스에 숙박을 잡았다. 송악산 밑에서 마신 술기운이 아직 남았고 그 후에 본 광경 때문에 개운치도 않아 일찍 잠자리에 들기로 했다. 샤워를 마치고 자기 전 담배를 피우려 마당으로 나갔다. 올레꾼들을 위한 탁자와 벤치가 있었는데 그녀가 앉아 있었다. 막 게스트하우스에 들어왔는지 아직 등산복 차림이었고, 멍하니 넋을 놓고 있었다.

그녀의 상태를 짐작했기에, 옆 벤치에 앉으며 물었다.

"어디서 오셨어요?"

여자가 흠칫 돌아보았다. 나의 등장을 몰랐던 것 같고, 두 눈은 여전히 자신을 감추지 못하고 있었다.

"전 서울에서 왔는데, 서울에서 오셨나요?"

"예." 그녀는 자신을 진정시키며 작은 목소리로 말했다. "그렇지만 고향은 여기예요."

그저 끄덕여 주었다. 그러나 그래 봤자 소용없다는 생각이 들었다. 나는 내 방식대로 말했다.

"아까 낮에 절울이오름에서 그쪽을 봤습니다." 절울이오름은 송악산의 제주 이름이다. 그 의미를 알아챈 그녀는 고개를 돌려 내 시선을 피했다. "어제 오전에도 만났죠."

그녀가 다시 돌아보았다. 어제처럼 눈이 마주쳤고, 비로소 나를 기억한 듯했다. 그녀의 얼굴에 경계 대신 안도가 자리 잡는 게 보였다. 사람들은 대개 그런다. 나는 이제 낯선 이가 아닌 그녀의 기억 속에 지나친 올레꾼 중 하나였다. 친밀감의 영역으로 들어선 것이다.

그자가 보이지 않는 걸 보곤 물었다.

"남자분은 어디 계세요?"

여자는 더는 경계의 표정 없이 먼 곳을 보았다. 그런 몸짓으로 자신들 사이에 문제가 있음을 시인했다. 그녀는 '작은' 다툼이 있었을 뿐이라고 했다. 그자가 '조금' 화가 났고, 그래서 '잠시' 떨어져 시간을 갖기로 했단다. 그는 지금 다른 곳에, 가까운 모텔에 머물고 있다.

"아침에 만날 거예요." 여자는 그자를 변호라도 하듯 덧붙였다. "내일 다시 걸어야 하니까요."

이 무지하고 수동적이기만 한 여자는, 여전히 희망을 놓지 않는 걸까?

"남자 친구와 헤어지세요." 나는 짜증을 삼키며 말했다. "그래도 되는 나이잖아요."

순간 내 처지를 망각했음을 깨달았다. 한번 마주친 올레꾼 따위가 아픈 데를 건드린 거였다.

그녀는 고개를 돌리거나 한숨을 쉬거나 하지 않았다. 오히려 억누르지 못하던 자신을 발산하기로 마음먹은 듯했다. 어쩌면 속내를 털어놓을 상대가 필요했는지도 모른다.

그녀는 혼잣말하듯 소곤거렸다.

"남자 친구가 아녜요." 그녀는 다시 머뭇거렸고, 끝내 자신을 털어놓지 못했다. 단서만을 내뱉었다. "그 사람은, 제 남편이에요."

결혼 4년 차라고 했다. 알아채지 못했는데, 가까이서 보니 앳된 얼굴이었다. 이제 스물한둘이나 되었을까.

나는 이제껏 추측한 여자를 다시 정의해야 했다. 그녀는 채 정체성을 갖기도 전에 구속되어 버렸다. 어린 나이에 굴복한 자아가 빠져나오기란 더 힘든 법이다. 그러고 보면 여자가 자신을 통제하지 못하고 매 순간 내면을 드러내는 것도 당연했다. 그녀의 구멍은 내 짐작보다 크고 깊었다.

나는 그녀를 이해했고, 그것이 나를 자극했다.

"창이라고 합니다." 지갑에서 명함 한 장을 꺼내 탁자 모서리에 놓았다. "제가 도와 드릴 수 있습니다만."

역시나 충동적인 짓이었다. 여자를 돕고 싶다는 생각이었고 실제 그럴 수 있었기에, 그녀가 놀라지 않기를 바라며 덧붙였다.

"그쪽이 원한다면 말이죠."

그녀는 고개를 들어 나를 직시했고, 무슨 뜻이냔 듯 명함을 보았다. 이윽고 어떤 의미인지 깨달은 것 같았다.

갑작스러운 제안이 혼란을 불러온 듯했다. 여자는 어찌해야 할지 모르는 것 같았고, 낯선 이의 제안을 받아도 되는 건지 경계했다. 받는다면 정말 도움을 받을 수 있는지 의심했다. 당연한 반응이다. 오랫동안 억눌려 온 이들은 갑자기 찾아온 구원의 손길에 겁부터 집어먹는다. 그 손을 잡는 걸 머뭇거리게 마련이다.

그 짧은 시간 동안 그녀는 주저하고 갈등했고, 자기 안의 크고 깊은 구멍을 직시했다. 나는 그녀가 안간힘을 쓰는 걸 보았다. 그녀는 처음으로 자신의 무지와 수동성을 들여다보았고, 그것을 인정해야 하는지 거부하고 극복해야 하는지 망설였다.

나는 그녀가, 자신을 이겨 내고 도움의 손길을 잡길 바랐다.

이윽고 여자의 얼굴에 안정이 찾아들었다. 그녀는 결심한 듯 갈등 없이 명함을 보았다. 나는 이제 그녀가 마지막한숨을 쉬고 명함을 집어 들기를 기다렸다. 그러나 그녀는, 어느새 두려움에 휩싸이더니, 굳은 얼굴로 내 쪽을 보았다. 나를 보는 게 아님을 깨닫고 뒤를 돌아보았다.

마당 건너 대문 앞에 그가 서 있었다. 모텔에서 씻고 나온 듯 젖은 머리에 슬리퍼 차림이었다. 그는 차가운 눈초리로 여자를, 그리고 나를 노려보고 있었다.

나는 분노와 살의를 함께 느꼈다. 이번에는 내 것이 아니었다. 그는 자기 여자 앞에 앉은 낯선 사내에게 질투와 악의를 품었다. 나라는 존재를 탐색했고, 자신이 제압할 수있는 상대인지 가늠했다. 그런 부류를 알기에 태연히 그의시선을 받았다. 그러자 그는 비굴하게도, 나에게는 더는 적의를 드러내지 못하고 그것을 여자에게 돌렸다.

이미 구속당한 여자는 거역하지 못했다. 자신을 극복하려던 의지는 어느새 밤공기 속으로 흩어졌다. 그가 눈길한 번으로 명령을 내리자, 그녀는 나와 탁자 위 명함을 번갈아 보았다.

나는 다시 한번, 그녀가 명함을 집어 들기를 바랐다. 그러면 내가 행동할 수 있다.

그러나 여자는 내 시선을 피했고, 몸을 일으켜 그자에게로 걸어갔다. 나를 지나치는 그녀가 떨고 있다는 걸 알 수 있었다. 남자가 여자의 허리를 감싸며 맞았다. 전적으로 나를 의식한 행동이다. 그는 수컷의 승리감을 당당하게 드러내고는, 그녀에게 뭐라 소곤거리며 함께 대문 밖으로 나갔다.

낭패감에 사로잡혀 여자를 보았다. 끌려가듯 걷는 걸음마다 공포를 느낄 수 있었다. 그리고 내 안에서 올라오는 어떤 것을 느꼈다. 나는 잠자리에 드는 대신 밖으로 나가 처음 보이는 술집으로 들어갔다.

외면하기 위해선 술이 필요한 밤이었다.

오래된 아스팔트와 검은 돌담을 따라 걷다 보면 우거진 관목들 사이로 입을 벌리고 있는 곶자왈 입구가 나타난다. 앞에는 간세다리 표식과 함께 '길을 잃을 수 있으니 조성된 길만 따라가라, 유해한 독초들이 자생하니 식물을 함부로 만지지 말라'는 경고문이 붙어 있다.

그 앞에 서서 숲으로 들어가길 망설였다. 막상 여기까지 오니 엄두가 나지 않았다.

숙취. 어젯밤 마신 술 때문인 것 같았다. 아니, 그건 아니다. 나는 내가 왜 머뭇거리는지 알았다. 왜 이리 찜찜하고 모처럼의 올레길을 즐기지 못하는지 알고 있었다.

아침에 게스트하우스 주인은 어젯밤 투숙한 여자가 돌아오지 않았다고 했다. 그런 부류의 사내는 으레 그렇듯, 자기 여자가 다른 남자와 있는 꼴을 보지 못한다. 질투에 사로잡힌 그자가 여자에게 분노를 쏟아 냈을 걸 생각하니 죄책감까지 일었다. 그녀가 걱정됐고 인근 모텔을 둘러볼까 했지만, 그거야말로 어처구니없는 짓이었다. 그저 두 사람이 화해했기를 바라며 곶자왈로 향했다.

그러나 버스에서 내려 마을 구간을 한 시간 넘게 걷는 동안 온갖 잡념이 따라붙었다. 더는 내가 기대한 올레길이 아니었다. 이런 기분으로 곶자왈에 들어가 봤자 무슨 소용일까 하는 생각만 들었다.

머리 위로 올라오는 태양이 따가웠다. 숲 입구 반대편 작은 언덕배기로 올라갔다. 듬성한 나무 사이 햇살이 새어 들어오는 곳을 찾아 배낭에서 돗자리를 꺼내 깔고 누웠다. 눈을 감고 심호흡하며 나를 진정시켰다. 비록 충동적이었지만 설레는 기분으로 여기까지 온 이유를 되새겼다. 그런 연인, 아니 그따위 부부에게 관심 끊자고 스스로를 세뇌했다. 그들 때문에 5년 동안 걷지 못할 곶자왈에서의 기분을 망치고 싶지 않았다.

차츰 긴장이 풀리며 몸이 늘어졌다. 나무들 사이로 바람이 선선했고 햇볕이 따사하니 얼굴을 달구었다. 얼마나 지났을까, 옅은 잠결로 빠져들었다. 꿈결에 아스라이, 나뭇

가지에 부딪히는 바람 소리를 들었다. 목소리도 들려왔다. 두 사람의 것이었고 사내는 뭔가 사소한 걸 떠들었다. 다른 목소리는 주눅이 들었고 여전히 내면을 드러냈다.

"싫으면 그만 걸어도 돼요."

나는 벌떡 일어나 앉았다. 꿈결이라고만 생각했는데, 정신을 추스르고도 목소리가 들려왔다.

아래 나무들 사이로 돌담길을 따라 걸어오는 두 사람이 보였다. 오늘은 남자가 배낭을 멨고 여자가 뒤를 따랐다. 그들의 목적지도(이곳이 고향이라는 그녀의 제안이었겠지.) 곶자왈이었던 것이다.

"싫기는. 네가 가 보고 싶어 했잖아." 그가 선심 쓰듯 여자를 돌아보며 말했다. "너야말로 걸을 수 있는 거야?"

비로소 여자의 걸음걸이를 눈치챘다. 여자는 여전히 수동적인 몸짓이었는데, 어색하게 걸었다. 한 손으로 허리를 받치고 팔자걸음으로 걷는 그녀는 지쳐 보였다. 거리가 있고 나무들 사이로 드러나는 모습이라 확신할 순 없지만, 힘들게 걸음을 옮기는 그녀의 몸짓에서, 지난밤 질투와 분노에 사로잡힌 수컷에게 어떤 대가를 치렀는지 짐작할 수 있었다.

무력하게 그들을 지켜보았다. 곶자왈 입구에 선 두 사람 사이의 긴장을 알아볼 수 있었다. 남자가 경고문을 훑어보고는, 그것을 비웃으며 여자의 손목을 잡아끌었다. 그녀는 헤어날 수 없는 나락으로 떨어지듯 숲으로 끌려들어 갔다. 두 사람을 삼킨 곶자왈은 다음 먹이를 기다리며 여전히 입을 벌리고 있었고.

한동안 숲을 노려보았다. 햇볕에 달궈진 얼굴 위로 온갖 충동이 타올랐다. 무력감과 분노, 회피하고픈 마음이 지글거렸다. 담배를 꺼내 물었다. 멍하니 정신을 산란시키고는 다시 담배를 물었다.

한 시간쯤 후에 곶자왈로 들어갔다. 다시 생각하니 나와 관계도 없는 감정들 때문에 곶자왈을 포기한다는 게 바보같았다. 내년이나 내후년쯤 분명 후회가 일 것이다. 곶자왈의 좁은 입구를 들어서자마자 주저 끝에 내린 결정이 옳았음을 깨달았다.

곶자왈 안은 내가 기억하는 그대로였다. 생태 파괴로 폐쇄한다는데 그럴 필요가 있는지 의아할 정도였다. 한 사람이 겨우 지나는 길 주위로 화산암괴와 나무와 식물이 펼쳐져 있었다. 그것들 위로 덩굴이 제멋대로 휘감으며 뻗어 나갔다. 어느새 하늘까지 가려 버린 숲은 그 원시성으로 온전한 생명력을 내뿜고 있었다. 힘은 빛과 소리마저 차단해 숲 본연을 펼쳐 보였고 그 위를 적막이 짓눌렀다. 보이는 것은 습기를 머금은 녹색뿐이었다. 들리는 거라곤 내 숨소리뿐이었다.

걸음을 멈추고 숨을 고르며 한동안 서 있었다. 먹먹한

정적이 찾아왔다. 비로소 내 안에 휘몰아치는 온갖 충동을 진정시키고 감정의 고요를 되찾을 수 있었다. 그리고 그 밑에 웅크리고 있는 진짜 나를 보았다. 그가 말을 걸어왔다.

아무래도, 그자를 해결해야겠어.

그것은 곶자왈 안에서 되찾은 원시적 본능이었다. 이제껏 눌러 왔던 원초적 의지였다. 숲속을 굽이굽이 뻗은 길은 내 안을 휘저으며 한 방향을 가리켰고, 나는 그것을 직시하며 실행에 옮길 수 있을지 가늠했다.

이쯤에서 나에 대해 밝혀야 할 것 같다. 내 안에서 우러나는 결심을 굳혔으니 그래야만 하리라. 해결사 창. 사람들은 나를 그리 부른다. 나는 의뢰를 받고 사람들 문제를 해결해 준다. 제법 큰 대가를 받고 그렇게 한다. 하지만 이번에는, 대가 없이 그녀의 문제를 해결하기로 한다. 그녀가 의뢰하지 않더라도 말이다.

지나친 상상은 사절이다. 내가 결심한 것은, 나 자신이 정의롭다거나 그녀에 대한 연민 따위가 아니다. 그저 그런 자들의 실체를 알기 때문이라고만 해 두겠다. 노골적으로 악한 인간들과 뒤얽혀 살아오다 보니 그런 자들에 대한 환멸이 내게 달라붙어 있다고나 할까. 환멸은 정의나 연민 따위와는 관계가 없다.

어쨌든 나는, 그자를 해결하기로 한다.

지체하지 않고 걸었다. 그러면서 계획을 세워 나갔다. 우선 내가 드러나선 안 된다. 이제껏 해결한 내 일들이 그렇듯, 그것은 당연한 시작이다.

그녀를 위험에 처하게 해서도 안 된다. 욕구는 당장 쫓아가 그자에게 내 의지를 표출하라 말하지만 그러면 일만 커질 뿐이다. 그녀를 따돌린 뒤 그자를 처리할 수도 있겠지만, 올레길에서 뒤통수가 깨져 죽은 남편이 발견되면 그 아내가 먼저 의심받는다. 일은 신중하게 도모해야 한다.

나는 두 사람 뒤를 쫓기로 한다. 그들이 올레길을 다 걷고 서울로 돌아간 뒤에도 쫓는다. 그자를 처리하는 건 그 이후가 될 것이다.

그자는 밤길에 강도를 만나거나 뺑소니를 당할 수 있다. 어쩌면 스스로 목숨을 끊을 수도 있겠다. 그자가 소주에 독을 타 마시거나 한강 다리에서 뛰어내리는 것이다. 어떤 식이건 놈은 자신의 최후를 보게 될 것이다. 그 마지막 순간에, 자신이 얼마나 쓰레기였으며 왜 죽어 마땅한지 알게 될 것이다.

그자가 느낄 마지막의 공포를 생각하니 흥분과 희열이 일었다. 나는 태고의 생명력 안에서 주체할 수 없이 생동하는 본능과 확고한 의지에 놀랐다. 인간의 도덕률 따위 무시해도 좋다 충동하는 숲의 마법에 감동했다. 나는 진정 곶자왈 안을 걷고 있었다.

걸음을 멈춘 것은 정적을 깨는 소리 때문이었다.

앞쪽에 얽혀 자란 육박나무 너머에서 들려오는, 마구잡이로 숲을 헤치는 소리였다. 그들이라 생각했지만 길 쪽이 아니었다. 소리와 함께 숲에서 검붉은 커다란 것이 튀어나왔다. 노루였다. 녀석은 뭐에 놀랐는지 육박나무 사이를 뛰어넘어 내달려왔다. 그러다 나를 발견하고는, 급격히 방향을 틀어 무성한 덩굴 사이로 껑충 뛰어넘어 도망쳤다. 어디선가 날카롭게 개 짖는 소리가 들려왔다.

놀라고 신기한 가슴을 쓸어내리다, 두 사람이 보이지 않음을 인지했다.

이미 두 시간 넘게 걸은 뒤였다. 그녀의 상태와 내 속도를 고려했을 때 지금쯤 두 사람을 발견해야 했다. 길을 벗어난 건가 살폈지만 나는 길 위에 있었다. 안 좋은 예감을 억누르고 다시 길을 쫓았다. 속도를 내고 주위를 살폈다. 그러나 온몸이 땀으로 젖고, 옅어진 숲 사이로 다시 햇살이 보이고, 기어이 곶자왈을 나갈 때까지도 두 사람을 볼 수 없었다. 초조한 마음에 앞쪽 언덕으로 쫓아 올라갔다. 시야가 확 트이며 마을을 향해 이어진 올레길이 보였다. 여전히 두 사람은 보이지 않았다.

당황스러웠다. 시간상 그들이 곶자왈을 나와 마을 너머까지 멀어졌을 리 없었다. 나는 분명 길을 따라 나왔다. 그들이 길을 잃은 걸까? 그자라면 모르지만 그녀는 분명 경험 있는 올레꾼이었다. 그들을 놓치고 그녀를 구해 낼 기회가 사라졌다고 생각하니 불쾌했다.

이어 다른 불안이 몰려왔다. 숲속에서 두 사람 사이에 일이 벌어진 건 아닐까. 그자가 다시, 그녀에게 또다시! 덩굴 사이에 쓰러진 여자가, 고통과 공포로 신음하고 있을 그녀가 그려졌다. 거기에 생각이 미치자 늦어 버린 내 선택에 화가 치밀었다. 이제 분노는 온전하게 내 것이었고 나는 그것을 발산했다.

그때 그들이, 아니 그녀가 모습을 드러냈다. 곶자왈 끝에서 나온 그녀는 비틀거리고 허둥대며 길을 쫓아왔다. 애초 내면을 감추지 못하는 그녀는 멀리 보이는 몸짓에서도 자신을 드러내고 있었다.

뭔가에 사로잡혀 이끌리는 듯했다. 아니면 숲의 생명력에 압도되었다가 그것으로부터 도망치는 듯 보였다. 가까워질수록 그녀의 상태를 알아볼 수 있었는데, 온통 흙투성이였다. 어깨와 팔은 젖은 채 잎과 이끼가 달라붙어 있었고 단정하게 묶어 늘어뜨렸던 머리는 산발해 있었다. 얼굴에는 나뭇가지에 긁힌 상처까지 나 있었다.

그녀는 자신의 상태를 알지 못하는 것 같았고, 올레꾼을 발견하자 당황하며 어쩔 줄 몰라 했다. 나를 알아보고서야, 비로소 알은체를 했다.

나는 여자를 바위에 앉히고 물통을 꺼내 건넸다. 그녀가 반쯤 남은 물을 다 마실 때까지 기다렸다가 물었다.

"남편분은요?"

"그 사람이요." 그녀가 말했다. "헤어졌어요."

뜻밖에 낭랑한 목소리였다. 그리고 나는, 그녀의 등에 흙투성이가 된 채로 매달린 배낭을 보고 말았다.

"헤어졌다고요."

"예…… 어젯밤에요."

분명한 것은 아무것도 없다. 비어 버린 물통을 들고 내게 말하는 그녀의 목소리가 정말인지, 숙취와 감정에 휩쓸리다 언덕 위에서 본 것이 꿈결인지.

"어젯밤 모텔에서, 그 사람하고 이야기를 나눴어요. 밤새도록……." 그녀는 마치 먼 과거를 말하는 듯했다. "우리는 시작부터 어긋나 있었어요. 저는 어렸고 갈 곳도 의지할 사람도 없었죠. 그이가 저를 보듬어 줬어요. 그 사람밖에는 없었죠. 아니 최근에 들어선, 그것들이 다 거짓이고 저를 이용한 건지 모른다는 생각이 들기는 했지만요. 어쨌든 그때, 그 사람은 제게 잘해 줬어요. 정말 좋은 사람이었어요."

이 여자는, 여전히 그자를 이해하려 드는 걸까?

"어제 아저씨랑 이야기를 나눈 게 도움이 됐나 봐요. 그 사람에게 말을 해야겠다는 생각은 한 번도 해 본 적 없었거든요. 내 말을 들으리라곤 상상도 못 했으니까……. 아무튼 우리는 밤새 이야기했어요. 그 사람과 나에 대해, 지나온 날들의 사소한 것까지 다 말이에요."

그녀는 잠시 머뭇거리더니, 자신이 주도했음을 강조하려는 듯 덧붙였다.

"처음으로 제 생각을 말했어요."

마을 쪽에서 개 짖는 소리가 들려왔다. 나는 곶자왈 안에서 들은 소리를 떠올렸고, 나를 지나쳐 달아나던 노루를 기억했다.

"남편이 순순히 들어 주던가요?"

"그게," 그녀는 머뭇거렸다. "사실 그 사람은 저와 대화하는 걸 좋아하지 않아요. 말보다 행동이 앞서는 그런 사람이거든요. 처음에는 비웃었어요. 제 말을 대수롭지 않게 여겼죠. 그러고는 또다시 저를⋯⋯."

그자가 어떻게 나왔을지 짐작할 수 있었다. 그녀는 자신을 진정시키고는, 내 눈을 직시하며 말했다.

"그렇지만 나는 물러서지 않았어요, 이번에는요."

내면을 감추지 못하는 여자는, 정말 용기를 내고 있었다.

"나는 지금처럼 살 순 없다고 말했어요. 앞으로는 이렇게 살지 않겠다고 했어요. 지난 4년 동안 털어놓고 싶었지만 그러지 못한 속내를, 모두 털어놨어요."

그녀의 메마른 입술을 보며 쉰다리 한잔이 마시고 싶어졌다. 성산의 가게 할머니가 늘어놓던 말들이 기억났다.

"그 사람은 당황한 것 같았어요. 내가 그렇게까지 나올 줄은 예상 못 한 거예요. 그때 내가 무슨 생각을 했는지 아세요? 기뻤어요. 그 사람이 내 말에 당황하고 어쩔 줄 몰라 하는 것이."

그때 그 노루는, 어쩌다 화산암괴와 덩굴 사이에 숨은 늪에 빠진 걸까.

"그 사람은 이내 돌변해 화를 냈어요. 다시 욕을 하고 때리면서, 죽일 듯이 나를 몰아붙였어요."

숲이 자신만의 것인 줄 아는 녀석은, 뭔가를 쫓아 생달나무와 후박나무와 육박나무 사이를 내달렸으리라. 돌무더기와 덩굴 사이에 숨은 늪 쪽으로 말이다.

"하지만 이번에는, 나도 지지 않았어요. 나는 헤어지자고 말했어요. 고삐 풀린 말처럼 울면서 애원했어요. 나를 놔 달라고, 그래야만 한다고 소리쳤어요. 그 사람 곁에 있다간 정말 죽을 것 같았거든요!"

녀석은 자신의 튼튼한 다리로 충분히 뛰어넘을 수 있다 판단했으리라. 어쩌면 그저 물웅덩이로 여겼는지 모른다. 녀석이 깨달았을 때는 이미 늦었다. 늪이 끌어당기기 시작했으니까.

"그러자 그 사람 태도가 바뀌더군요. 울면서 사정했어요. 자신이 잘못했다고, 앞으로는 잘할 테니 살려 달라고…… 아니, 그만 화해하자고 말이에요."

아아, 생생하니 보이는 듯하다. 네발과 등까지 빠져든 녀석이 기다란 목을 치켜들고 공포에 질린 두 눈을 끔벅거리는 광경이.

"그런 모습을 보니 나도 흔들렸어요. 내가 너무 심한 건 아닌지, 그 사람이 불쌍하다는 생각도 들었어요. 그렇지만 나는 결심을 바꾸지 않았어요. 마지막 기회라는 걸 아니까요. 이 기회를 놓치면 그 사람에게서 영영 벗어나지 못하리라는 걸 알았거든요."

그렇게 된 거다. 녀석은 그렇게 늪으로 빠져 들었다. 곶자왈은 무슨 일이든 벌어질 수 있는 마법의 숲이니까.

"그 사람이 어떻게 됐는지 아세요?"

노루는 지금 늪 깊은 바닥에 누워 있다.

"가 버렸어요." 그녀는 곶자왈의 정적 속에 홀로 선 듯이 말했다. "나라는 아이한테 질렸다는 듯, 이제 미련 따위 없다는 듯이, 그렇게 가 버렸어요."

"그렇군요."

나는 그녀의 얼굴에 돌아오는 생기를 보았다. 이제 두려움이나 체념 따위는 없었다.

"그래서 혼자 곶자왈을 걸은 거군요."

"곶자왈을 포기할 순 없잖아요, 마지막 기회인데."

"그렇죠, 5년 동안 들어가지 못할 테니." 내가 말했다. 그리고 물었다. "이제 어떻게 할 건가요?"

"계속 걸으려고요." 그녀는 내 말을 잘못 이해한 듯했다. "새로 생긴 해안도로 올레길이 있대요. 거기를 걸어 보려고요."

그녀는 이제 수줍은 미소까지 보였다. 그녀에게서 처음 보는 것이었고, 풋풋했다. 온전히 자신을 되찾은 여자의 미소는 언제나 그렇다.

그녀의 옷에 달라붙은 잎과 이끼를 떼어 주었다. 그제야 자신의 꼴을 의식한 그녀는 흙을 털어 내며 일어섰다. 그녀는 손목에서 머리끈을 빼 머리를 묶으며 말했다.

"안 가세요?"

나는 그녀와 올레길을 며칠 걸어 볼까 하다가, 그만두기로 했다.

"먼저 출발하세요." 나는 바위에 반쯤 기대며 말했다. "오늘은 볕이 좋군요."

그녀가 이해한다는 듯 고개를 끄덕였다. 그러고는 나까지 후련해지게 환히 웃었다.

여자는 마을로 향하는 길을 따라 내려갔다. 내가 기억하는 걸음걸이로 어정쩡하니, 힘들게 걸어갔다. 그렇지만 다시 생동하기 시작하는 그녀에게선 어떤 힘이 느껴졌고, 그 힘으로 자신의 걸음을 내디뎠다.

나무들 사이 쏟아지는 햇살 속을 걸어가는 그녀를 보면서, 성산 가게 할머니의 말을 되뇌었다. 이왕 곶자왈 문을 닫는 거, 15년을 닫아도 괜찮겠다. 그래도 나쁠 것 없겠다.

이어 부질없는 의문. 이곳이 고향인 그녀는 애초 늪을

알았던 걸까? 그곳에 가기 위해 그자와 올레길을 걸은 것일까?

이미 말했지만 분명한 것은 아무것도 없다. 분명한 것은, 그녀가 원시의 생명력 안에서 자신의 진짜 모습을 보았으리라는 것이다. 그리고 그녀는 태고의 숲에 비밀 하나를 묻어 놓았다.

그녀는 이제 행복해지리라. 원시적 본능에 눈뜨고 원초적 의지로 가득했던 자신만의 비밀로 인해서. 장 그르니에도 말하지 않았던가, 비밀이 없다면 행복도 없는 거라고.

비밀은, 이제 나의 것이기도 하다.

16
개월 동안

이나경

《환상문학웹진 거울》 필진. 작품집 『극히 드문 개들만이』를 썼다. 앤솔러지
『꼬리가 없는 하얀 요호 설화』, 『공공연한 고양이』, 『라오상하이의 식인자들』
등에 참여했다.

내가 건달의 세계에 발을 들인 이래로 세상은 늘 불황이었다. 단지 덜 불황이냐 더 불황이냐의 차이가 있을 뿐이었다.

2010년에 나는 스물네 살이었는데 그때는 덜 불황에서 더 불황으로 바뀌는 과도기였다. 반짝 살아나던 경기 부양의 불씨가 금세 다시 꺼지려 하고 있었다. 그 여파는 우리한테까지 미쳤다. 꼬박꼬박 돈을 내던 상인들이 앓는 소리를 해 대며 상납을 미루었다.

나로 말하자면 돈을 빼앗는 일 자체에는 별다른 거부감이 없었다. 유리를 깨거나 물건을 부수는 것도 그럭저럭 괜찮았다. 하지만 아버지뻘 되는 작자들을 두들겨 패는 건 아무래도 껄끄러웠다. 그들이 겁내는 게 내가 아니라 우리 조직이라는 것쯤은 나도 알고 있었다. 내게 얻어맞으면서도 그들은 나를 두려워하기보다는 경멸했다. 때문에 나는 그들을 때리는 일이 내키지 않았다. 그들 앞에서 으스댈수록 초라해지는 기분이 들었다.

그럼에도 그런 짓을 해야 하는 상황과 종종 맞닥뜨렸다. 그렇게 해서 푼돈이나마 걷히면 다행이지만 대개는 힘만 빼고 말 뿐이었다.

이렇듯 예민한 시기에 宋에게서 연락이 왔다. 아마 11월 말쯤으로 기억한다.

宋은 중학 동창으로, 나를 건달의 세계로 이끈 장본인이었다. 아니, 엄밀히 말하면 중학교에서 퇴학을 당하게 한 데 책임이 있다 뿐이지 직접적으로 조직에 발을 담그게 한 건 아니다. 그건 전적으로 내 선택이었다.

이따금 나는 또래 친구들처럼 고등학교에 진학했으면 어땠을까를 상상했다. 평범하게 사는 것 말이다. 하지만 그런다고 뭐가 달라졌을까? 손윗사람들 대신 하급생들 지갑이나 갈취하며 졸업만을 기다렸겠지. 변변찮은 직장을 얻어 변변찮은 월급이나 받으면서 시시하게 살았겠지.

결국 힘쓰는 일 외에 별다른 재주가 없으니 일찌감치 생활 전선에 뛰어든 게 현명했는지도 모른다.

宋은 달랐다. 타고난 센스가 좋다고 할까, 하여간 꾀가 많고 셈에 밝았다. 생김새도 제법 번듯한 데다 언변도 좋아 쉽게 호감을 샀다. 건달이 아니었어도 宋은 어디서 무얼 하든 잘했을 것이다. 적어도 나는 그렇게 생각했다.

그런 宋이 감옥신세를 지게 됐다. 2007년의 일이다. 폭행치사라고 하는데, 실제로 사람을 죽인 건 다른 간부이고 宋은 그를 대신해 자수했다고 들었다. 조직에선 환송회까지 열어 주며 요란하게 배웅했다. 그렇게 들어가 3년 만에 출소한 것이다.

우리는 시내의 한 주점에서 만났다. 아직 이른 저녁이라, 혹은 불황이라 가게에 손님은 우리뿐이었다.

"잘 지냈어?"

宋이 다가와 악수를 청했다. 얼결에 손을 잡자 찌릿하고 정전기가 일었다.

내가 대답했다.

"똑같지 뭐."

사실 나는 그 상황이 의아하고 어색했다. 우리는 친구 사이가 아니었다. 한 번도 그랬던 적이 없다. 퇴학의 원인이 되었던 패싸움 때 우리는 각각 다른 편에 있었다. 이후로 같은 조직에 몸담았다고는 해도 엄연히 소속한 계파가 달라 얼굴 볼 기회조차 드물었다. 어쩌다 길에서 마주쳐도 냉랭하게 지나칠 뿐이었다.

서로 치고받을 적에는 솔직히 무언가 통한다는 느낌을 받긴 했다. 하지만 아무리 그래도 지금처럼 사적으로 만나는 건 상상도 못 했다. 그랬는데 느닷없이 불러내선 안부

나 물으니 어안이 벙벙한 것이었다.

어쨌든 나도 왠지 안부를 물어야 할 것 같았다.

"나오니까 어때? 위에서 잘 챙겨 줘?"

"챙겨 줄 거 뭐 있나. 용돈이나 두둑하게 받은 정도지
뭐. 그거 받고 손 씻기로 했어. 위에서도 은근히 바라는 것
같더라고. 아무튼 그래서 말인데 조만간에 가게 하나 낼
거야."

"무슨 가게?"

"거창한 건 아니고 그냥 사업이나 살짝 해 볼까 하고. 실
은 오늘 보자고 한 것도 그것 때문이야. 나랑 같이 할 맘
있나 해서."

내가 당황해 머뭇거리니 宋이 덧붙였다.

"강요하는 건 아니야. 일이랄 것도 없이 그냥 취미 삼아
하면 되는 거라…… 관심 있으면 같이 하자고."

"야, 혹시 보증을 서 달라는 거면……."

"아냐, 아냐. 밑천은 충분해. 너는 그냥 시간만 내어 주면 돼."

나는 궁금했다. 별로 친하지도 않은데 왜 나를 찾아왔
을까? 어디 으슥한 데로 데려가 해코지라도 하려는 걸까?

그래서 조심스레 물었다.

"혹시 누가 나 담그라고 시켰어?"

"김장하냐? 담그긴 뭘 담가. 곧이곧대로 좀 들어."

"다른 꿍꿍이 없는 거 맞지?"

"나 손 씻었다니까."

"하지만 왜 나를……?"

宋이 말했다.

"너는 배신하지 않으니까. 그리고 내가 아는 사람 중에 네가 제일 입이 무거우니까."

나는 그를 보았다. 그도 내 시선을 피하지 않고 마주 보았다. 주점에선 청승맞은 발라드가 흘러나오고 있었다.

"그래. 하자."

마침내 내가 대답했다.

그것으로 끝이었다. 그는 무슨 사업인지 알려 주지 않았고 나도 묻지 않았다. 하기로 했으면 하는 것이다.

그날 우리는 오랫동안 함께 시간을 보냈다. 주로 술을 마셨고, 간간이 대화했으며, 드물게는 농담도 주고받았다. 살아온 궤적이 닮아 말이 통했고, 그러면서도 꽤 달라 지루하지 않았다. 텅 빈 주점을 나와서도 우리는 늦가을의 스산한 밤거리를 묵묵히 거닐다가 새벽 어스름이 깔릴 무렵에야 헤어졌다.

*

새해가 되도록 宋에게선 연락이 없었다. 역시나 일이 잘 안 풀렸나 보다, 갓 출소해 의욕이야 넘쳤겠으나 모름지기 사업이라는 게 의욕만 가지고는 할 수 없는 법이지, 그냥 술이나 한번 얻어 마신 걸로 만족하자. 나는 그렇게 마음을 접은 상태였다.

정작 내가 일이 잘 풀렸다. 신년 들어 운수가 트이려는 모양으로, 보름도 되기 전에 수금을 마쳤다. 따라서 나머지 보름은 놀고먹을 작정이었다. 나는 주로 PC방에서 온라인 게임을 하며 시간을 보냈다.

하루는 문득 주머니에서 진동이 울렸다. 宋에게서 전화가 왔다.

"이것저것 세팅하느라 해가 바뀐 줄도 몰랐다. 이제 다 됐으니 오후에 잠깐 들러."

宋이 구상했다는 소위 괜찮은 아이템이란 060 음성정보 서비스였다. 그중에서도 성인 전용 서비스였다. 사무실이라고 해서 찾아간 그의 오피스텔은 전혀 사무실처럼 보이지 않았다. 그냥 집이었다.

나는 내심 실망했다. 060 서비스라면 누가 봐도 사양 산업이었다. 키스방이나 안마방이었다면 차라리 해 볼 만하다고 느꼈을 것이다.

이러한 속내를 읽은 듯 宋이 짐짓 목소리를 높였다.

"이게 다라고 생각하는 건 아니겠지?"

그가 말했다.

"걱정 마. 확실하게 돈을 버는 방법이 있으니까. 부지런히

만 하면 다달이 2000만 원씩 버는 건 일도 아냐."

짚이는 바가 없는 것도 아니어서 나는 아는 체를 했다.

"그러니까 성매매 같은 거지?"

"응?"

"폰팅으로 성매매 알선하는 거잖아."

"야, 그건 불법 아니냐?"

"그럼?"

"난 그냥 꼼수만 좀 부리려는 거야."

점점 알 수 없는 노릇이었다. 메뉴라고 해 봐야 폰팅 아니면 야설 따위를 읽어 주는 게 전부일 것이다. 정보 이용료는 더하거나 뺄 것도 없이 30초에 700원. 그런데 이걸로 월수입 2000만 원이 보장된다? 그렇다면 딴엔 대단한 꼼수일 것이 틀림없었다.

宋의 입가에 미소가 감돌았다.

"여기서는 더 볼 게 없고, 나랑 어디 좀 가자."

그가 내 손을 잡아끌었다.

호젓한 국도를 누비던 차가 무인 모텔의 주차장에서 멈추었을 때 나는 이게 무슨 상황인가 싶었다.

"뭐야? 모텔엔 왜 와?"

"여기가 우리 작업실이야."

宋의 설명은 이러했다. 모텔 객실에서는 전화를 외선으로 돌릴 수 있고, 사용에 제한이 없다. 그러니 밤새 전화를 걸

기만 하면 된다. 열두 시간을 묵는다 치면 이론상 100만 원
가량의 수익이 들어온다. 하룻밤 동안 말이다. 그야말로 놀
면서 돈을 버는 것이다. 꼼수라면 확실히 대단한 꼼수였다.

그는 자기 소유의 전화번호를 꾹꾹 눌러 몇 가지 설정을
하고는 수화기를 엎어 놓았다.

"이걸로 끝. 옆에서 쉬면서 안 끊어졌는지 가끔 확인만
해주면 돼."

"진짜 간단하네."

그때 나는 진심으로 감탄했다.

宋이 말했다.

"자, 지금부터 나는 맥주 캔이나 깔까 하는데 너는 어떡
할래? 오늘은 첫날이니까 조촐하게 개업식이나 할까?"

"여기서?"

"돈은 벌어야지."

宋이 턱짓으로 수화기를 가리켰다. 우리가 노닥거리는
동안에도 사업은 번창하고 있었다. 30초에 700원씩.

*

나는 宋의 원칙을 철저히 지켰다.

우선, 폰팅 메뉴는 유명무실하다. 구색을 갖추려고 메뉴
에 넣긴 했으나 따로 인원을 쓰지 않기 때문이다. 연결 중

이라는 안내만 나오도록 설정돼 있다. 결국 고를 수 있는 건 야설 메뉴뿐이다.

다음으로, 모텔에선 가급적 눈에 띄는 행동을 삼가야 한다. 특별한 용건이 없다면 방에서 나오지 않으며, 프런트에서 퇴실 전화가 걸려오기 전에 일찌감치 방을 비우는 것도 중요하다.

또한, 한번 다녀간 모텔은 절대로 다시 가선 안 된다. 이를 위해 우리는 방문한 모텔의 리스트를 공유했다.

처음 몇 번은 수화기 옆에서 밤을 지새웠다. 혹여나 통화가 끊기진 않을지, 프런트에서 눈치를 채진 않을지 노심초사하면서 말이다. 하지만 모텔을 전전하는 나날이 쌓일수록 나는 점점 긴장이 풀어졌다. 일은 아주 순조로웠다. 나는 이것이야말로 세상에서 가장 쉽고 안전하고 확실하게 목돈을 버는 방법이라고 확신했다.

나는 첫 달에 2200만 원을 벌었다. 그중 절반인 1100만 원이 내 몫이었고, 나머지 절반을 떼이는 것에는 불만이 전혀 없었다.

"이제부터가 문제야. 지금쯤 난리 나서 모텔들끼리 정보 공유하고 있을 테니까."

宋이 말했다.

"소문이 퍼졌어도 아직 다른 동네에선 심각하게 생각 안 할 거야. 그러니까 지역을 옮겨야 돼. 허를 찌르는 거지. 이번 달에 나는 인천에서 지내다 올 건데 너는 어디 있을래?"

"그런데 나는 여기 상가에서 수금해야 되는데……."

"꼭 한 달 내내 가 있을 필요는 없어. 출퇴근을 해도 좋고 아예 일을 끝내고 남는 날만 해도 좋고. 형편 맞춰서 하면 돼. 어차피 하는 만큼 버는 거니까."

그가 강조했다.

"명심해. 일정은 자유롭지만 장소는 아니야. 월 단위로 옮겨 다니는 거야."

다음 달에는 1000만 원밖에 못 벌었다. 하지만 그다음 달에는 1600만 원을 벌었고, 그다음 달에는 3000만 원을 벌었다. 둘째 달부터는 아예 수금을 다른 후배에게 맡겼기 때문이다. 말하자면 외주를 준 것이다. 덕분에 수입은 조금 줄었지만 부업으로 버는 돈이 훨씬 많았으므로 개의치 않았다.

나는 낯선 동네에서 낮 동안 한껏 빈둥댔다. 만화방이나 오락실에서 한나절을 보냈다. 때로는 수족관이나 동물원 같은 데를 기웃거리기도 했다. 그러다 노을 질 무렵 편의점에서 소주 한 병과 과자 두 봉지를 사서 미리 봐 두었던 모텔에 들어가 다음 날 오전 10시까지 스스로를 감금했다.

일상은 평화로웠고 생활은 안정적이었다. 말하자면 그때 나는 행복했다.

그런 나날이 언제까지고 계속되면 좋았으련만 행복은 얼마 가지 못했다. 실은 반년밖에 못 갔다. 사고가 터진 게 여름이었으니까.

*

南은 싹싹한 녀석이었다. 내가 자기보다 고작 한 살 많은 데도 南은 열 살쯤 많은 큰형 대하듯 내게 깍듯했다. 덩치는 산처럼 큰 주제에 헤헤거리며 웃을 때는 꼭 아이 같았다.

초등학교 때 유도선수였던 南은 엉덩이뼈가 골절돼 운동을 할 수 없게 되자 불량의 길에 빠졌다. 이후 중학교 2학년 때 패싸움에 참전했다가 나를 본 것이다. 당시 내가 제법 활약하긴 한 모양으로 그날 南은 나를 보고 반했다고 한다. 결국 그는 나를 따라서 건달이 됐는데, 나보다 더 대책 없었다. 열여덟 살에 아빠가 된 것이다.

아이가 생겼으니 이참에 마음잡고 어디 목공소에라도 들어가 착실히 기술을 배웠으면 좋겠다만, 그런 말을 내가 해 봐야 설득력이 있을 리 없었다. 南은 착실히 사무실에 출입했다.

南이 맡는 일은 만만한 노점상을 찾아가 자릿세 운운하며 행패를 부리는 수준의 잡무였다. 그는 내색은 않았지만 워낙에 불규칙적인 업무라 벌이가 시원찮았다. 생계를 책임지는 건 미용사인 아내였다.

그래서(단지 그 이유만은 아니지만) 나는 南에게 수금을 맡겼다.

"믿고 맡겨도 되겠어? 노점상 뒤엎는 거랑은 차원이 달라."

"걱정 마십쇼, 형님. 실망하시는 일 없을 겁니다."

사실 노점상 뒤엎는 것과 크게 다르지 않다. 자릿세와 다르게 보호비 명목이지만 근본적으로는 다를 게 없다. 단지 해이해질까 봐 그렇게 말한 것이다.

우려와 달리 南은 맡은 임무를 꽤 잘 해냈다. 깐깐한 상인들에게서도 척척 돈을 거두는 걸 보니 마음이 놓였다. 나는 내 몫의 절반을 南에게 주었다. 그 정도면 노점상 때보다 크게 늘진 않았어도 부족하나마 한 달 용돈벌이는 됐을 것이다.

그러다 일이 터졌다.

8월에 나는 수원에 머물고 있었다. 사고가 일어난 날 나는 영화관에서 영화 세 편을 연달아 봤다. 무더위에 시원한 곳을 찾다 보니 그렇게 됐다. 질리도록 영화를 보고 나와 냉면 집에서 거하게 배를 채운 뒤 일찌감치 모텔에 들어왔다. 에어컨을 세게 틀어 놓은 채 팬티 바람으로 침대에 누워 얼린 생수병을 배에 살살 문지르자니 졸음이 쏟아졌다.

정신이 든 건 전화벨 소리 때문이었다. 머리털이 쭈뼛 섰다. 프런트에서 전화가 왔나? 그러나 모텔 전화기가 아니었다. 내 휴대전화에서 나는 소리였다.

"혀, 혀혀, 형님."

南이었다. 목소리가 심상치 않았다.

"여기 문제가 생긴 것 같은데요……."

"뭐라고? 크게 좀 말해 봐."

"문제가 생겼습니다. 그, 그러니까 그게……."

마침내 말했다.

"사람이 죽었어요."

문구점 주인은 쉰 살 먹은 여자로, 그녀는 평소 바락바락 악을 쓰며 내게 맞서곤 했다. 아들이 대학에 갔는데 서울에서 지낼 생활비를 보내려면 지금 버는 수입으로도 빠듯하다는 것이었다. 하도 물고 늘어지는 탓에 나도 진력이 나서 1년에 두세 번쯤은 모른 척 넘어가 주기도 했다. 물론 그런 사정을 南은 몰랐다.

"그 아줌마가 죽었다고?"

"아, 아뇨……. 그 아들이요."

南이 저녁 9시쯤 문구점에 갔을 때 주인 여자는 없고 웬 말간 눈에 앙상한 체격의 청년이 가게를 보고 있었다. 슬쩍 물어보니 그 집 아들이라고 한다. 방학이라 그런지 문구점엔 손님이 없었다.

주인 여자 때문에 매번 애를 먹던 南은 이번엔 얘기가

조금 수월할까 싶어 한껏 예의를 갖춰 보호비를 요구했다. 아들은 정중히 거절했다. 그래서 그를 몇 대 때렸다. 그런 뒤에 돈을 내놓으라고 다그쳤다. 네가 잘 모르나 본데 원래 다달이 내던 거라고, 말하자면 세금이라고 했다. 하지만 아들은 자기 엄마 이상으로 강경했다. 그래서 몇 대 더 때렸다. 다시 몇 대 더. 그랬더니 갑자기 픽 쓰러져 숨을 안 쉬더라는 것이다.

"그래서 지금 어디냐? 병원이야?"

"아직 그 문구점입니다. 병원엔 데려갈 것도 없이 바로 죽어 버려서요."

나는 시계를 보았다. 12시 45분이었다.

"언제 죽었다고 했지?"

"9시 반쯤에요."

"세 시간도 더 됐잖아. 넌 거기서 여태 뭐 하고 있었던 거야?"

"뭘 어떻게 해야 할지 모르겠어서……."

"정신 바짝 차려, 이 새끼야. 누구 온 사람 없어? 아줌마는?"

"아뇨. 아무도 안 왔어요."

나중에 듣기로 주인 여자는 무슨 병에 걸려 입원했다고 한다. 그래서 마침 집에 와 있던 아들이 대신 가게를 보았다는 것이다.

"일단 네 흔적 말끔히 지운 다음에 열쇠 찾아서 문 잠그고 나와. 아무도 모르게 해야 돼. 나도 금방 갈 테니까 집에 가서 기다리고 있어."

나야말로 가서 뭘 어떡하겠다는 계획도 없이 허둥지둥 옷을 주워 입고 모텔을 나왔다. 택시를 잡아타고 두 시간을 달려 목적지에 도착했다.

南은 집 앞 전봇대 옆에 서 있었다. 희붐한 조명 아래선 투실한 몸집이 퍽 왜소해 보였다. 나를 보자 그는 얼른 담배를 비벼 껐는데, 발밑에 이미 꽁초 몇 개비가 있는 걸로 보아 집에 안 들어가고 그 자리에서 날 기다린 듯싶었다.

"안 들켰지?"

"네. 새벽이라 상가에 아무도 없었습니다."

"열쇠 줘 봐."

"어쩌시려고요."

"수습해야지. 너는 이제 집에 가."

"아, 아뇨! 저도 돕겠습니다."

"일없어. 내 구역이니까 내 책임이야. 너는 네 애나 잘 돌봐. 이참에 정신 차리고 어디든 취직하라고."

"하지만……."

南을 보낸 뒤에 잠시 공원을 거닐었다. 새벽 공기가 선선했으나 나는 가슴 한편이 꽉 막힌 것처럼 답답했다. 폼 잡을 땐 좋았지만 뒤늦게 막막해진 것이었다. 책임지겠다고 한 건 후회 없었다. 다만 아무리 머리를 굴려도 이 사태를 수습할 묘안이 떠오르지 않았다.

처음에 나는 거의 체념한 상태였다. 경찰서를 찾아가 자수하는 모습밖에 안 그려졌다. 감옥에선 얼마나 살게 될까? 애초에 내가 죽인 것도 아니지만 아무튼 죽이려는 의도는 없었다고 진술하면 참작해 줄까? 宋이 폭행치사로 3년 형을 받았으니 나도 그쯤 받을까? 돈을 뜯으려다가 그렇게 됐으니 경우가 다른가? 온통 그런 생각뿐이었다.

그러다 문득 기묘한 불안감이 엄습했고, 동시에 무언가 번뜩였다.

먼저, 불안감은 전화에 관한 것이었다. 모텔에서 나오기 전에 전화를 끊은 기억이 없었다. 늘 하던 대로 제대로 끊었으면 다행이지만 그런 걸 챙길 상황이 아니었으니 모를 일이었다.

다음으로, 여행용 캐리어를 본 기억이 났다. 문구점 구석 자리에 큼직한 걸로 두어 개 있었다. 전에는 생뚱맞다고 생각했는데 이렇게 되고 보니 마치 유사시에 시신을 운반하라는 계시로 느껴졌다. 시신을 숨기는 것이 내가 떠올린 최선의 수습 방법이었다.

먼저 나는 전화 문제를 해결하기 위해 폴더를 열어 다급히 宋의 번호를 눌렀다. 지금 宋은 부산에 있지만 바로 깨워서 출발시키면 퇴실 시간 전까지는 무리 없이 수원에 도착할 터였다. 하지만 문제는 그가 도무지 전화를 받지 않는다는 것이었다.

*

그날 내가 南을 문구점에 보내 시체를 숨기도록 했다면
어땠을까?

나는 차마 그렇게 할 수 없었다. 그는 실수했을 것이다.
어디엔가 필시 자신의 흔적을 남겼을 것이다. 그래서 모든
걸 망쳐 버렸을 것이다.

하지만 그런 이유에서가 아니었다. 나는 줄곧 폼을 잡고
있었다. 내 구역은 내 책임이라고 거들먹거려 놓고 그걸 곧
바로 번복하는 건 뭐랄까, 모양이 빠진다고 생각했다. 그러
니 문구점에 보낼 순 없었다.

대신에 나는 南을 수원으로 보냈다.

"잠깐 나와 봐. 네가 해 줄 일이 있다."

"뭐, 뭐든 시켜만 주십쇼."

헐레벌떡 튀어나온 그의 표정엔 긴장한 티가 역력했다.

"수원역 부근에 무지개 모텔이라는 데가 있거든. 주소 보
낼 테니까 거길 좀 다녀와. 아침 10시까지 갈 수 있겠지?"

"수원역…… 바로 출발하겠습니다."

"좋아. 거기 510호가 내 방이거든. 5층 10호. 방에 들어
가면……"

말하면서도 나는 내 주문이 얼마나 이상하게 들릴지 걱정됐다.

"들어가자마자 수화기를 확인해서 잘 놓여 있으면 상관없는데 혹시 잘못 놓여 있으면 제대로 끊어."

南이 잠시 기다리다가 물었다.

"그다음에는요?"

"그냥 그거면 돼. 10시 전까지 해 줘."

당연히 그는 이상하게 생각하고 있었다.

南이야 어쨌든 시키는 대로 할 테니 나는 입을 다물어도 무관했을 것이다. 하지만 만약에 그가 통화 중인 수화기를 귀에 가져간다면, 거기서 흘러나오는 교성 섞인 음담패설을 듣는다면, 그땐 이상하게 생각하는 정도가 아니라 나에 대해 심각하게 오해할 것이 분명했다. 그 짧은 순간에도 나는 그게 걱정됐다. 얕잡아 보이기 싫었다.

그래서……

"야, 내가 실은 宋이랑 하는 게 있거든."

급박한 중에도 나는 南에게 정색하고 사업 얘기를 했다. 설명을 들으며 南은 연신 고개를 주억거렸고, 어떤 대목에서는 감탄하기까지 했다. 내가 그랬듯이 그도 시야가 트이는 기분을 느꼈을지 모른다. 그는 전화기 바로 놓는 임무를 보다 진지하게 받아들이게 됐다.

우리는 비장하게 악수를 나눈 뒤 헤어졌다. 새벽 공기가 선선했으나 나는 문구점에 도착하기도 전에 이미 땀으로 흥건했다.

작업은 순조로이 진행되어 동이 트기 전에 나는 대학생의 시신을 캐리어에 담는 데 성공했다. 문구점을 나올 때는 꼼꼼하게 문을 잠그기까지 했다. 캐리어 바퀴가 아스팔트를 구르는 소리가 마치 시체의 신음 소리처럼 신경을 건드렸지만 태연한 척 걸음을 옮겼다.

마침내 집에 도착했다. 제일 어려운 고비를 넘긴 것이다. 오는 길에 행인 몇 명과 마주쳤지만 다들 자기 휴대전화만 들여다보기 바빴다.

이제 시체만 처리하면 끝이다. 낮 동안에 차를 빌리고 적당한 장소를 물색한 뒤에 자정에 나갔다 오면 된다. 깊이, 아주 깊이 파묻을 것이다.

마침 南에게서 문자메시지가 왔다. 잘 해결했다는 내용이었다.

나는 비로소 긴장이 풀려 네모난 시체 가방 옆에서 그대로 곯아떨어졌다.

*

캐리어도 시체도 잘 처리했다.

그 과정에 약간의 소동이 있긴 했으나 이 이야기와는 상관없으니 생략하겠다.

*

그 일이 있고 얼마 후에 南이 나를 찾아왔다. 이유야 들을 것도 없었다. 전화 사업에 자기도 끼워 달라는 것이었다. 060 이하의 번호만 알려 주면 당장이라도 돕겠다며 의욕을 보였다.

"내 마음대로 되는 게 아니야. 사장은 내가 아니라고."

"그래도 말씀을 전해 주실 순 있지 않습니까? 형님, 저도 좀 끼워 주십쇼. 딸내미 크는 게 정말이지 하루가 달라요. 벌써 내년이면 초등학교 입학하는데 자식새끼한테만은 모자란 것 없이 해 주고 싶지 않겠습니까?"

"그래, 말은 해 볼게. 그렇다고 너무 기대하진 말고."

"꼭 좀 부탁드립니다."

그의 말마따나 사실 宋에게도 손해는 아니었다. 손해는커녕 이익이었다. 직원이 늘면 그만큼 벌어 오는 돈도 많아지니까.

그럼에도 나는 망설이고 있었다. 내가 宋과의 약속을 지키지 못했다는 사실이 신경 쓰였던 것이다.

"너는 배신하지 않으니까. 그리고 내가 아는 사람 중에 네가 제일 입이 무거우니까."

나를 찾아왔을 때 그는 그렇게 말했다.

南을 소개하면 나 스스로 그 믿음을 깨 버린 꼴이 된다. 물론 南이 전화 사업을 알게 된 건 내가 경솔한 탓만은 아니었다. 피치 못할 사정이 있었다.

주말에 나는 宋에게 전화를 걸었다. 그리고 그간 있었던 일들을 소상히 털어놓았다. 시신을 땅에 묻은 이야기까지 전부. 宋은 끝까지 차분하게 들어 주었다.

"아무튼 그래서 말인데, 기왕 그렇게 됐으니 그 녀석도 우리 일에 끼워 주면 너한테도 좋을 것 같은 그런……."

"그게 꼭 그렇지도 않아."

宋이 말했다.

"돈이야 더 벌고 싶지. 하지만 아무리 급해도 황금알을 낳는 거위의 배를 가를 순 없잖아."

"배를 가르다니?"

"당장 눈앞에 보이는 이익을 꾀하다가 일을 그르칠 수 있다는 얘기야. 지금 너랑 나랑 두 구역에서 진행하는 것도 실은 꽤 아슬아슬하거든. 알게 모르게 수사망이 좁혀지는 느낌이야. 그래서 나는 매일 목숨 걸고 도박하는 기분으로 모텔에 들어가고 있어. 그런 상황에 세 구역으로 늘리면 나는 그 부담을 도저히 감당할 수 없을 것 같아."

"음…… 그래. 무슨 말인지 알겠다."

나는 南을 만나 宋의 말을 그대로 전했다. 잔뜩 기대하고 나왔던 南은 거의 울 듯한 표정이 되어 돌아갔다.

이 일은 이것으로 끝난 줄 알았다.

그러나 南은 포기하지 않았다. 그는 무서운 계획을 세워 나를 다시 찾아왔다. 2011년 11월이었다.

*

상가 수금 업무는 다시 내 차지가 됐다. 나는 수금을 마치고 월말까지 남는 기간에만 다른 지역의 모텔에 다녔다. 버는 돈은 대폭 줄었지만 무리하고 싶지 않았다.

나는 한동안 南을 만나지 못했다. 안정적인 식업을 갖길 바랐지만 소식을 전해 듣기로 다시 노점상들 협박하는 일을 하고 있다고 했다.

그러다 11월 중순에 南에게서 연락이 왔다. 만나서 할 얘기가 있다고 했다. 예감이 썩 좋지 않았으나 어쨌든 우리는 약속을 잡았다.

"형님, 오랜만에 뵙습니다."

南은 안색이 썩 좋아 보이지 않았다.

"일은 아직 하고 계시죠?"

"그 얘기라면 이제 끝났잖아."

내가 그의 수작을 사전에 차단하자 그는 못마땅한 듯 콧김을 씩 뿜었다.

"요새는 우리도 몸 사리느라 많이 안 번다. 그러니까 너도 이만 단념해."

"형님은 참 속도 편하십니다. 이렇게 자꾸 이용만 당하는데요."

이건 또 무슨 소린가 싶어서 쳐다보니 그가 내 앞으로 바싹 다가앉았다.

"형님. 버는 돈에서 반절밖에 못 받는다고 하셨죠."

"그래."

"형님께선 그게 공정하다고 생각하십니까? 개뿔이나 보태 주는 것도 없이 절반을 뜯어 가는 게 우리가 장사치들한테 수금하는 거랑 다를 게 뭐냐고요."

흠. 그런 식으로는 한 번도 생각해 본 적이 없었기에 나는 어떻게 대꾸해야 좋을지 망설였다. 그러자 南은 기세가 등등해져서 마구 쏘아 댔다.

"그 새끼가 형님을 호구 취급 하고 있는 거예요!"

"네가 뭐라 하든 상관없어. 하는 일에 비하면 지금도 엄청 버는 거니까."

"왜 상관이 없습니까!"

南은 중국집 탁자를 쾅 내리쳤다. 어찌나 소리가 컸는지 카운터에 앉아 있던 화교 여자가 깜짝 놀라 어깨를 들썩였다. 나는 그를 보는 눈에 힘을 주었으나 그는 단단히 작심한 듯 말을 멈추지 않았다.

"제가 지금 이렇게 울분을 터뜨리는 건 형님이 정당한 대우를 못 받아서에요. 형님. 차라리 형님께서 사장 하시죠. 제가 사장 자리에 앉혀 드릴게요. 지금만큼만 일하셔도 지금보다 세 배 더 가져가시는 거예요."

"계산이 어떻게 그렇게 되냐?"

"보세요. 지금은 형님이 반절밖에 못 벌지만 그걸 전부 챙기면 두 배가 되지 않습니까? 거기에 제 몫의 절반을 형님 드리면 세 배 맞지요."

"네가 방금 절반이나 뜯어 가는 건 불공정하다며."

"그건 다르죠. 저는 큰 욕심 없어요. 형님 밑에서 죽으라면 죽는 시늉이나 하면서 살고 싶다고요. 돈이야 뭐 지금 형님 버시는 만큼만 벌어도 감지덕지죠. 그러니까 제 말은, 어차피 정원이 두 명이면 우리 둘이서 하자는 겁니다."

"아니, 그래서 뭘 어쩌자는 건데? 죽이기라도 할 거야?"

"그건 제가 알아서 할 테니까 승낙만 해 주십쇼. 예?"

"됐어. 집어치워."

그때까지 나는 宋을 배신할 생각은 한 번도 해 본 적 없었다.

"하여간 무슨 일만 벌여 봐. 그땐 너도 무사하지 못할 줄 알아."

"형님, 그러지 마시고……."

"약속해. 아무 일도 하지 않겠다고."

"이렇게 강경하신데 저도 별수 없죠. 네, 손 떼겠습니다."
南이 떨떠름하게 대답했다.

화교 여자가 TV를 보며 낄낄거렸다. 요리는 맛이 없었다.

*

宋의 소식을 들은 건 南을 만난 다음 달이었다. 뺑소니를 당해 그 자리에서 즉사했다고 한다. 새벽에 진눈깨비가 내려 길이 미끄럽긴 했다. 어쩌면 연말이라 운전자가 술에 취해 있었을 수도 있다. 다른 많은 보행자들처럼 宋도 휴대전화를 들여다보느라 주변을 잘 살피지 않았을지도 모른다.

하지만 무엇보다 나는 南을 의심했다. 과연 우연일까? 南은 宋의 죽음에 책임이 없을까?

장례를 치른 지 일주일 만에 南으로부터 전화가 왔다. 나는 목소리가 떨릴까 걱정하며 전화를 받았다.

"소식 들었습니다, 형님."

"그래."

"앞으로 어떡하실 겁니까?"

"뭐를?"

"하시는 사업 말입니다. 자리가 하나 빈 것 같은데요."

나는 숨을 고른 뒤 최대한 차분히 그에게 물었다.

"네가 그랬냐?"

그러자 희미하게 웃음소리가 들렸다. 히죽거리는 南의 얼굴이 그려졌다.

"압니다. 저도 제가 수상하다는 거 충분히 알고 있어요. 하지만 제가 죽였다면 감히 형님께 이렇게 연락이나 했겠습니까? 의심은 거두시고 미래를 생각하시죠."

"그래……. 알았다. 하자."

그때 나는 조금 지쳤던 것 같다. 다 관두고 싶었다. 멀리 떠나 버리고 싶었다.

"그 대신 지금까지 하던 거 싹 엎어 버리고 새로 세팅할 거야. 내가 연락할 테니 기다리고 있어."

"아, 알겠습니다! 사장님 연락 기다리겠습니다!"

*

"9시쯤 은행 사거리 용궁모텔로 와. 816호야."

南은 내가 불러 주는 대로 받아 적었다.

"알겠습니다. 오늘부터 바로 시작하는 겁니까?"

"여기서 나 하는 것 보고 배워. 전화번호랑 그 밖에 주의할 점 등등 다 알려 줄게. 그런 뒤에 조촐하게 개업식이나 하자. 맥주는 있으니까 올 때 안줏거리나 좀 사 와."

"개업식을 모텔에서 해요?"

"돈 벌어야지."

그가 호탕하게 웃었다.

南은 9시 정각에 딱 맞춰 도착했다. 급하게 뛰어왔는지 뺨이 상기되어 있었다.

그는 내게 장난스레 인사한 뒤 외투를 벗어 옷걸이에 걸었다. 뭐가 그리 좋은지 연신 싱글벙글 웃고 있었다. 불현듯 그는 침대 옆에서 여행용 캐리어를 발견했다. 그걸 보면서도 그는 앞으로 무슨 일이 벌어질지 전혀 예상하지 못했다. 아니, 당장 그에게 닥친 일조차 이해하지 못했다. 내가 그의 뒤로 다가가 얼음송곳으로 그의 옆구리를 푹 찔렀을 때에도 南은 영문을 모르겠다는 듯이 나를 쳐다보았던 것이다. 그는 옆구리를 감싸며 침대에 풀썩 쓰러졌다. 양손이 금세 뻘게졌다.

"왜…… 왜……?"

그렇게 묻는 것인지 아니면 그저 신음이 새어 나오는 것인지 분간이 안 됐다. 어쨌든 나는 할 말을 했다.

"내가 너 무사하지 못할 거랬지."

"왜…… 왜……."

나는 南의 몸에 구멍을 몇 군데 더 냈다. 송곳을 찌를 때마다 셔츠가 빨갛게 물들었다. 그는 바람 빠진 풍선처럼 흐물거렸다. 숨이 끊어지기 직전엔 뻐끔거리며 무언가 말하려 했으나 끝내 아무 말도 하지 못했다.

사람을 죽인 건 그때가 처음이었으나 캐리어에 넣는 건 두 번째였다. 그 덩치를 가방에 욱여넣기에 앞서 나는 맥주를 한 모금 벌컥 들이켰다.

"걱정 마. 네 몫까지 벌어 줄 테니까."

그때는 진짜로 그럴 생각이었다. 하지만 세상 일이 어디 계획한 대로 되던가. 반드시라고 해도 좋을 정도로 계획은 어그러진다. 宋도 南도 내 말에 동의할 것이다.

*

계획은 엉망진창이 됐다. 홀로 전국을 떠돌던 나는 2012년 4월에, 즉 4개월 만에 경찰에 붙잡혔다. 2011년 가을부터 사이버수사대가 예의 주시하고 있었다고 한다.

宋이 말했던 대로 모텔에서 전화를 사용한 것은 범죄가 아니었다. 그걸로는 나를 처벌할 수 없었다. 그러나 내가 잠을 잘 목적으로 투숙했다고 보기에는 무리가 있다는 판단이 적용되어 주거침입이 성립된 것이다. 나는 상습주거침입 혐의로 구속되었다.

결국 나는 감옥살이를 하게 됐다. 죄목이 시시한 것치고는 형량이 과하다 싶지만, 4개월 동안 8400만 원 상당의 부당이득을 챙겼으니 나로선 할 말이 없다.

하지만 아무도 모른다. 내가 모텔에 다닌 기간이 실제로는 16개월이라는 사실을. 그동안 모은 돈이 2억 원 가까이 된다는 사실을. 宋과 일하던 시절에 벌어 숨겨 둔 1억 원 가량을 반반 나누어 문구점과 미용실에 몰래 나눠 주고 왔다는 사실을.

그리고 복역을 마치고 나온 지금도 가끔 모텔에 묵으며 누군가의 060 서비스를 이용한다는 사실을 말이다.

독

현이랑

명절에 모이는 건 안 좋아하지만 명절 음식은 좋아하는 작가. 웹소설과 장르
소설을 쓰고 있으며 장편소설 『레모네이드 할머니』로 2019년 브릿G어워드 일
반 부문을 수상하고 2021년 출간 후 영상화 계약. 2022년에는 인도네시아와
태국에 수출을 완료했다.

그걸 가장 먼저 발견한 건 막내 고모였다.

할아버지의 장례식이 끝나고 모두 할아버지의 집에 모여 저녁밥을 준비했다. 낡은 기와집의 좁은 부엌 대신 여자들은 금이 간 시멘트를 바른 마당에 나와 요리를 했다. 엄마가 익숙한 손길로 배추를 똑똑 꺾어 배추전을 부쳤다.

3일 동안의 장례식에서 손님을 맞고 이런저런 일들을 처리하느라 어른들은 피곤에 절어 있고 하릴없이 장례식장에서 꿀떡이나 주워 먹던 자식들은 편편한 얼굴로 노닥거렸다.

"아이, 왜 10년도 더 된 일을 꺼내? 지금 얘기해서 좋을 일이 뭐 있다고."

"그래서, 그래서 당신이 잘했어?"

담벼락 너머로 셋째 삼촌과 숙모가 싸우는 목소리가 들

려왔다. 부모가 싸우는 게 익숙한 듯 세쌍둥이는 서로의 대화에만 집중한다.

"언니, 나 핫스팟 좀 켜 줘."

"나도 데이터 없어."

"아, 지성우 기사 뜬 거 보려고 했는데. 아무리 시골 바닥이라지만 진짜 느려 터졌네. 무슨 사진 하나 보는 데 이렇게 오래 걸려?"

이내 아이돌 지성우에게 숨겨진 여자 친구가 있다느니, 자기의 먼 지인이 길에서 그를 봤는데 어쩌구 하는 가십거리로 빠르게 화제가 넘어갔다. 나보다 나이가 많은 쌍둥이들이지만 하는 행동은 영락없는 중고등학생 같아 속으로 한숨이 나왔다.

다들 못 들은 척 자기 일을 하면서도 신경은 담 너머의 일에 쏠려 있었다.

나는 무슨 일인지 알고 싶으면서도 괜히 알게 된다면 어른들 일에 휘말리게 될 것 같아 다가가고 싶지 않았다. 이중적인 감정을 느끼며 담 밖의 목소리에 귀 기울이는데 숙모의 높고 째지는 목소리에 화답하듯 막내 고모가 비명을 질렀다.

"엄마야!"

배추된장국을 해 먹으려고 분홍색 플라스틱 바가지를 들고 장을 푸러 갔던 막내 고모가 뒤로 나자빠졌다. 할머니는 이미 2년 전에 돌아가시고 없는데도 막내 고모는 자기 엄마를 부르며 엉덩방아를 찧었다. 턱, 하는 소리와 함께 막내 고모 손에 들려 있던 장독 뚜껑이 깨졌다.

더운 여름밤이라 방 안에 있기가 힘들어 다들 마루와 마당에 나와 있던 터였다. 이목이 막내 고모에게로 쏠렸다. 마당에서 모깃불을 피우던 막내 고모부가 제일 먼저 막내 고모에게 달려갔다.

"왜 그래? 무슨 일이야?"

"저기, 안에⋯⋯."

막내 고모가 입을 벌리고 손가락으로 장독을 가리켰다. 차마 말로 설명하기 힘든 모양이었다.

"장독에 구더기라도 봤나⋯⋯."

"그런 걸 갖고 뭘 그래. 우리 땐 굼벵이도 잡아먹었는데."

어른들이 뭔데, 뭔데 하며 장독으로 모여들었다.

"히익!"

"아이고!"

수녀인 여섯째 고모가 하느님을 중얼거리며 십자 성호를 긋고 손을 모아 기도했다. 어른들의 반응에 자식들도 고개를 들었다. 마루에 나란히 앉아 데이터가 터지지 않는 스마트폰을 보며 짜증을 내던 셋째 삼촌의 세쌍둥이들도 고개를 들었다.

"엄마, 무슨 일이에요?"

어른들의 반응에 큰오빠가 앞으로 나섰다. 큰오빠는 둘째 고모의 첫째 아들이다. 사촌들은 그를 이름 대신 '큰오빠'라 부르곤 했다.

"윤명아, 사, 사람이다!"

둘째 고모가 떨리는 손으로 장독을 가리키며 비명을 지르듯 말했다. 사람이라고? 뒤로 물러난 어른들 사이로 자식들이 뛰어가 확인하려 했다. 어른들이 자식들을 막았다.

"애들은 이런 거 보는 거 아니다. 얼른 들어가!"

어른들은 아이들을 돌려세워 방 안으로 밀어 넣었다. 엄마의 우악스러운 손에 밀려 방 안에 들어가면서도 내 고개는 마당을 향했다. 나는 분명히 보았다.

소금 속에 파묻혀 있는 사람의 정수리를.

하얀 소금 가운데 검은 머리카락이 비죽 튀어나와 있었다. 누군가 사람을 소금에 절여 놓은 것이다.

"야, 봤어? 봤어?"

쌍둥이들이 모여 시체를 봤느냐며 호들갑을 떨었다. 나는 방 한구석에 처박혀 저게 뭔지 생각하고 있었고 문 앞에는 나와 동갑인 둘째 고모의 둘째 아들이 문틈으로 바깥을 내다보고 있었다. 파르라니 깎은 군인 뒤통수가 내 시야를 가렸다. 원래도 말이 없는 녀석이긴 했지만 어색한

76

나와 대화를 하느니 밖을 염탐하는 편이 낫다고 여기는 듯했다. 피가 섞였다고 해도 친척들은 자주 만나지 못해서인지 친구들보다 훨씬 어색했다.

"경찰에 신고했다. 곧 오겠대."

불투명 유리가 끼워진 낡은 나무 미닫이문을 열고 들어오며 큰오빠가 말했다. 뒤이어 어른들도 안으로 들어와 앉았다. 할머니, 할아버지가 쓰던 거실 겸 부엌이 좁아 서로의 어깨가 닿을 듯 가까워졌다. 하지만 그런 불편함도 잊을 만큼 조금 전 상황은 너무나 강렬했다.

"밥은 아까 남은 걸 먹자."

둘째 고모가 말했다. 남자들은 상을 가지러 가고 여자들은 냉장고에서 점심때 먹던 음식들을 꺼냈다. 자식들은 식은 육개장에 찬밥을 말아 먹고 어른들은 남은 꿀떡을 몇 개 주워 먹다 말았다. 시체를 보고 난 후라 다들 입맛을 잃은 듯했다. 음식을 끝까지 다 먹은 건 나와 동갑내기 사촌뿐이었다.

"누가 저런 해괴한 짓을 했을까?"

"모르지."

셋째 삼촌의 물음에 첫째 삼촌이 담배 연기를 피워 올리며 말했다. 아까 본 장면의 충격 때문인지 평소엔 밖에서 담배 피우라고 잔소리하던 둘째 고모도 별말 하지 않았다. 셋째 삼촌 옆에 앉아 있던 셋째 숙모가 담배 냄새에 얼굴을 찌푸렸다.

평소에도 말이 많은 셋째 삼촌은 입이 근질근질한 모양이었다. 자꾸만 휴대전화 다이얼을 눌렀다가, 지웠다가를 반복했다. 셋째 삼촌은 늘 남들과 이야기하는 걸 좋아했다. 아니, 남들에게 말하는 걸 좋아했다. 그런 셋째 삼촌에게 변호사는 최고의 직업이었다. 아마 신이 셋째 삼촌 하라고 그 직업을 만든 게 아닐까.

"이따 경찰이 오면 알려 주겠지. 일단 다 먹었으면 상 치웁시다."

아빠가 말했다. 수녀님이 아직도 시체 생각이 나는지 손깍지 끼고 중얼중얼 기도문을 외웠다.

"아무도 밖으로 나가지 마라. 무슨 일이 일어날지 모르니까."

둘째 고모가 낮은 목소리로 말했다. 첫째 삼촌이 젊은 나이에 사업으로 가산을 탕진하는 바람에 동생들을 키우며 사실상 가장 노릇을 했던 고모였다. 고모는 억척스러웠다. 그 앞에서는 가족 중 아무도 찍소리 못 했다. 말 많은 셋째 삼촌도 둘째 고모 헛기침 한 번이면 입을 다물었다. 집안에 법조인 하나 내겠다고 법대 학비와 고시 생활 돈을 다 대준 게 둘째 고모였으니까. 그나마 가장 발언권이 있는 건 고모의 도움 없이 대학을 나온 우리 아빠 정도일까.

"비가 오나 본데."

둘째 고모부가 문밖을 내다보며 말했다. 곧 마당에 후드 득 장대비 꽂히는 소리가 났다.

"오늘 뉴스에서 호우 특보라고 했어요."

내가 말했다. 아침에 할아버지의 오래된 티브이에서 본 일기예보가 기억났다. 고르지 않은 화면에서 지직거리는 목소리가 흘러나왔더랬다.

"여보세요. 예. 맞습니다. 예. 예? 지금 당장은 못 온다고 요? 아니. 시체가 있다니까요. 예. 예."

큰오빠가 실망한 표정으로 전화를 끊었다.

"무슨 일인데 그래. 누가 못 온대?"

셋째 삼촌이 그새를 못 참고 물었다.

"경찰이요. 지금 당장은 못 오고 두 시간 뒤에나 올 수 있대요. 시내에 큰일이 생겼나 봐요."

"하여간 깡촌이란. 서울 같았으면 5분 안에 왔을 텐데. 이래서 사람은 서울로 가야 돼."

첫째 삼촌이 투덜거렸다. 삼촌은 사업이 망하고 나서 부 모와 함께 사는 것을 늘 불만스러워했다. 하지만 달리 갈 곳도 없었다. 부인과는 오래전에 이혼했고 그 사이에서 낳 은 하나뿐인 딸은 부인을 따라 외국에서 살고 있다고 했 다. 이젠 익숙한 깡촌에 남아 있을지, 아니면 늘 가고 싶어 했던 낯선 서울로 갈지가 그에게 닥친 문제였다. 하지만 삼 촌은 늙었다. 지나온 세월의 관성을 무시할 수 없었다.

빗발이 거세지는 소리가 얇은 유리문을 넘어 들려왔다. 소금 장아찌가 되어 있을 시체 생각을 하니 끔찍했다. 아직 뚜껑도 못 덮은 장독에 시체가 담겨 있다. 곧 물 반 소금 반이 되어 푸르뎅뎅하게 불은 시체가 마당에 널브러져 있을 것이다. 어쩌면 시체가 불어서 장독 밖으로 문어처럼 튀어나올지도 모른다. 그런 과학적으로 말이 되는지 안 되는지도 모를 생각을 하고 있을 때 첫째 삼촌이 말했다.

"그래도 그 독은 고추장 뚜껑으로 덮어 놨으니 다행이지. 물은 안 들어갈 거 아냐."

첫째 삼촌이 시체가 담긴 독에 뚜껑을 덮은 모양이었다. 둘째 고모가 경악한 표정으로 말했다.

"고추장에 물이 찰 텐데. 그럼 못 먹잖아."

"고추장이 문제야? 옆에 있던 장독에서 시체가 나왔는데. 그걸 먹을 수나 있겠어?"

"엄마랑 아버지가 담그신 건데. 못 먹을 건 또 뭐유? 오빠는 항상 엄마, 아버지가 만든 음식이나 농사지은 걸 함부로 말하더라. 돈은 다 빼 갔으면서."

항상 어른들의 대화는 첫째 삼촌의 불평으로 시작해 둘째 고모가 툭 던진 핀잔에 화르르 불타올라 넷째인 우리 아빠가 말리면서 전면전으로 확대되다가, 셋째 삼촌이 어릴 적 가난해서 설움을 당한 일화를 늘어놓으면서 주춤해져 막내 고모의 침묵, 수녀님의 훈화 말씀으로 끝나곤 했다. 그리고 아침이면 으레 새벽까지 술을 마신 고모와 삼촌 들이 거실에 뻗어 있었다. 모두가 자기 하고 싶은 말들만 해 댔다.

어릴 때 셋째 삼촌에게 어른들이 왜 저러는 건지 물어본 적 있는데 삼촌은 "너도 나이 들면 그렇게 될 거다."라고 대답했다. 왜 어른들은 "너도 나중엔 나처럼 될 거야."라는 말을 그렇게 쉽게 하는 걸까? 인생은 그리 간단하지 않은데.

같은 레퍼토리의 반복에 질린 자식들이 슬금슬금 옆방으로 자리를 피했다. 어른들이 앉은 거실에는 큰오빠와 나만 남았다. 큰오빠는 어른들의 말싸움이 격해지거나 몸싸움으로 번질 조짐을 보이면 말리기 위해 대기하고 있는 것이었다.

큰오빠는 자식들 중에서는 가장 나이가 많았고 어른이라고 하기엔 가장 어렸다. 큰오빠는 집안에서 애매한 포지션을 유지하며 어른들과 자식들을 잇는 중간자 역할을 해냈다. 보통 때 같으면 나도 이놈, 저년 하는 어른들의 말싸움을 듣느니 옆방으로 건너가서 세쌍둥이가 나에게 거는 시비를 들어 주고 있었을 텐데 오늘은 자리에 앉아 있었다. 나에겐 다른 목적이 있었으니까.

할아버지가 돌아가셨다는 소식을 듣고 다 같이 차를 타고 내려가는 길이었다. 승용차 뒷좌석에 누워 잠을 자다 문득 깬 나는 스마트폰을 만지작거리고 있었다.

"이젠 얘기할 때 안 됐어?"

아빠가 어두운 고속도로의 정면을 응시하며 말했다. 엄마가 "뭘 말이야?" 하고 대답하긴 했지만 내가 자는 걸 확인하기 위해 힐끔 뒷좌석 눈치를 보는 것을 보니 아빠가 뭘 얘기하는지 아는 듯했다. 나는 재빨리 스마트폰 화면을 끄고 자는 척했다.

"쟤도 알 때가 됐잖아. 입양됐다는 거."

차가 터널로 들어서자 오렌지색 불빛이 차 안에 줄무늬를 만들어 냈다. 아빠가 차창을 올리자 차 안이 진공상태처럼 조용해졌다.

"뭐 하러 알려. 쟨 누가 뭐래도 내 딸이야."

"누가 뭐래? 그래, 당신 딸이야. 그래도 이젠 쟤가 성인이 됐으니 자기 뿌리가 어딘지 알 때도 됐지 않느냔 말이야. 궁금하지 않겠어?"

"나한텐 아직도 아기야."

"당신한테만이지. 정신 차려. 당신 딸 올해 대학 들어갔다고. 대학 졸업하고 결혼하는 거 금방이야. 언제까지 숨길 수 있을 것 같아?"

"그래. 말 잘했다. 갓난쟁이 내가 분유 먹여 키우고 밥 먹여 걷게 하고 옷 입혀 학교 보냈어. 당신이 아빠고 내가 엄마야. 그런데 부모가 또 왜 필요해? 뭐 하러 알아야 하냐고?"

엄마의 목소리가 격해졌다. 아빠가 말했다.

"애 깬다. 좀 조용히 해."

아빠가 룸미러로 내 얼굴을 살피는 기색이 느껴졌다. 나는 눈을 꾹 감고 자는 척 '으응' 소리를 내며 몸을 뒤척였다.

내가 입양된 아이라는 건 이미 알고 있었다. 그것도 여기 할아버지 집에서였다. 초등학교 3학년 때 추석이었나. 할아버지 집 마당에 핀 해바라기를 보고 있는데 내 뒤로 세쌍둥이가 다가왔다. 친척들이 모이는 때마다 만만한 나를 건드리는 게 예나 지금이나 그들의 소일거리였다. 첫째가 나에게 다가와 말했다.

"야, 너 입양된 애라며?"

"……"

나는 첫째의 얼굴을 보며 가만히 서 있었다. 뭐라고 대답해야 할지를 몰라서였다. '응'이라고 하자니 내가 입양되었다는 걸 그동안 몰랐으니 거짓말을 할 수는 없고(그땐 산타를 믿었다.) '아니'라고 하자니 어른들이 흘린 사실을 주워듣고 온 애들을 자극할 것 같았다. 분명 "무슨 소리야. 우리 엄마가 너 입양된 애라 그랬는데. 입양아 주제에." 하며 엄마가 곱게 땋아 준 내 머리칼을 잡아당기며 얼굴에 모래를 뿌릴 것이었다. 그리고 내가 울음을 터뜨리면 만족스러운 미소를 지으며 돌아가겠지.

첫째는 씩 웃으며 내 반응을 기다리고 있었고 셋째는 뭣도 모르고 옆에서 히죽대고 있었다. 모두 나보다 세 살은 많았는데 행동은 훨씬 유치했다. 내가 목석처럼 굳어서 가만히 서 있자 무엇엔가 두려움을 느낀 둘째가 첫째와 셋째를 돌려세워 어른들이 식사 준비를 하는 쪽으로 향했다.

이후로 내가 입양되었다는 사실도 잊은 채 살아오고 있었는데 차 안에서 부모님이 나눈 대화를 들은 뒤 갑자기 궁금증이 치솟기 시작했다. 아빠의 말 한마디 때문이었다.

"얘 부모가 이번에 오잖아. 얘한테 말하고 싶어 할지도 모른다고. 그 전에 우리가 알려 주는 게 낫지 않겠어?"

일이 이렇게 된 고로 나는 장례식에서부터 어른들을 하나하나 뜯어보기 시작했다. 지루한 3일의 장례식을 견디기에 꽤 좋은 놀이였다.

첫째 삼촌은 모든 일에 부정적인 인간이었다. 늘 뒤에서 꿍얼대는 것을 좋아했다. 아마 사업이 망하기 전에는 그것이 꿍얼거림이 아니라 하나의 '발언'이었겠지만. 나도 회의론자이긴 했지만 첫째 삼촌처럼 그것을 입 밖으로 내어 말하는 인간은 아니었다.

나는 둘째 고모처럼 괄괄한 성격은 못 되었다. 셋째 삼촌처럼 말이 많은 것도 아니었고. 오히려 극도로 말이 없는 정반대의 타입이었다. 어쩌면 정반대의 성향을 가진 게 자식이라는 증명이 될지도 모른다. 어떤 부모와 자식들은 전혀 다르기도 하니까.

넷째는 우리 아빠니까 제외. 다섯째는 고모였는데 그 고모는 태어나고 나서 두 돌이 되기 전에 죽었다고 했다. 아마 급성 백혈병이었다던가. 여섯째 고모는 수녀님. 나와 얼굴이 전체적으로 비슷하게 생기긴 했지만 그렇다고 그게 자식의 증명이 되는 것은 아니었다. 삼촌 고모 들은 내가 할머니랑 비슷하게 생겼다고 말하곤 했으니까, 아마 나는 할머니랑 비슷하게 생겨서 그 자식들인 삼촌 고모 들과 비슷하게 생긴 거지 다른 의미는 없을 것 같았다.

다음은 막내 고모. 막내 고모는 잘 알지 못한다. 어릴 때부터 몸이 아파서 바깥출입을 잘 하지 못한다는 것 빼고는. 막내 고모는 늘 말수가 적고 약간 어수룩해 보였다. 비둘기같이 멍한 눈빛이 특징이었다. 고모의 얼굴을 마주할 때면 늘 어딜 보고 있는 건지 헷갈릴 때가 많았다. 고모가 내 친모일까? 아직은 알 수 없는 일이었다.

담배 피울 시간이 되었는지 첫째 삼촌과 셋째 삼촌이 미닫이문을 열고 밖으로 나갔다. 나는 문가로 자리를 옮겨 문을 살짝 열고 그들의 대화를 엿들었다. 다른 이들은 크게 틀어 놓은 TV 뉴스에 집중했다. 수신이 불안정한지 지직거리는 소리가 방을 메웠다. 나는 문밖의 대화에 귀를 기울였다.

"그래, 아까 제수씨는 왜 그런 거냐?"

"아, 자꾸 나보고 바람났냐고 의심하잖아. 참 나, 10년도 더 전에 한 번 논 걸 가지고 자꾸 들먹여. 짜증 나게. 아니,

그렇게 물고 늘어질 거면 세상에 깨끗한 놈 어디 있수? 안 그래요, 형님?"

"학교는 어때? 남자 친구는 있어?"

내 옆으로 다가와 앉은 큰오빠가 물었다. 삼촌들의 대화를 엿들은 게 들킬까 봐 고양이 머리통만큼 열어 둔 문을 슬며시 닫았다. 나는 한 박자 늦게 웃으며 도리질 치는 것으로 대답했다.

큰오빠는 누구에게든 다정하게 말을 걸곤 했다. 사람들과 대화하는 걸 좋아했지만 셋째 삼촌처럼 자기 하고 싶은 말만 해 대는 타입은 아니었다. 중학교 도덕 교사인 큰오빠는 만난 사람에 맞추어 주제를 능란하게 바꾸는 재주가 있었다. 아마 '말 친구'라는 직업이 있었으면 큰 부자가 되고도 남을 사람이었다.

"그래도 쟤들이 오늘은 일찍 자려나 보다."

큰오빠가 건넌방 쪽으로 시선을 주며 말했다. 세쌍둥이 이야기다. 그가 세쌍둥이에게 당하는 나를 불쌍하게 여겨 말을 걸어 주는 것을 안다. 나는 그게 싫지 않아 불쌍히 여기게 내버려 두었다.

늘 큰오빠는 나를 만나면 어릴 적 이야기를 하곤 했다. 나는 어릴 때부터 조용한 아이였다고. 그가 그 말을 할 때면 옛날에 세쌍둥이를 비롯한 초등학생 정도의 친척 아이들이 대학생인 그의 팔에 매달려 놀 때 내가 한 발짝 뒤에

서서 그들을 지켜보던 것이 기억났다. 하지만 그건 내가 조용한 아이여서가 아니라 거기에 내 자리가 없는 것같이 느껴졌기 때문이었다. 하지만 굳이 그 말을 하지는 않았다. 나는 다정히 말 걸어 주는 사람을 싫어하지 않는다.

"오빠는 여자 친구 있어?"

큰오빠가 고개를 끄덕이며 이를 드러내고 웃었다. 자랑하고 싶어 안달 난 자의 웃음이다. 누가 물어봐 주길 기다린 것 같았다. 큰오빠가 휴대전화 사진첩을 열어 여자 친구와 함께 찍은 사진을 보여 주었다. 사진 속 여자는 통통하고 순하게 생겼다. 큰오빠와 잘 어울렸다. 예쁘다고 하니 큰오빠가 전해 주겠다며 휴대전화를 두드렸다.

"그래, 앞으로 제사는 누가 지낼 거야?"

첫째 삼촌이 성마르게 물었다. 원래 제사는 할아버지 집에서 모여 지내곤 했는데 이젠 주관자가 사라져 버린 것이다.

"제사는 무슨. 요즘에 그런 거 하면 여자들이 안 좋아해요. 워낙 여성 상위시대가 돼 놔서……."

둘째 고모 눈치를 보며 막내 고모부가 너스레를 떨었다.

"아니, 그래도 우리 집안이 보통 집안도 아니고 조선 시대만 해도 벼슬을 몇 번을 하고 누구나 성만 들으면 아는 집안인데, 조상님은 깍듯하게 모셔야지. 안 그러면 벌 받아."

입이 댓 발은 나온 첫째 삼촌의 말이었다.

"아, 됐어요. 조상은 무슨 놈의 조상. 우리가 무슨 조상

덕을 봐서 이렇게 사는 줄 아우. 다 피똥 싸도록 노력해서 입에 풀칠이나 하고 다니는 거지. 오빠가 제사 지낼 거 아니면 말 마슈."

둘째 고모가 손사래를 쳤다. 조상 덕 본 놈은 명절에 다 해외여행 가고 없다는 거였다.

"제사는 둘째 치더라도 우리 애들이 한자리에 모이기나 할까 그게 걱정이야. 생판 연락도 없이 살다가 1년에 두 번 명절에 모이는 게 고작인데 그마저 없어지면 서로 얼굴도 못 보고 살 거 아냐."

셋째 삼촌이 혀를 찼다.

과연 우리 중에 서로를 만나고 싶어 하는 사람이 있기나 할까. 혈연이라는 걸 제외하면 공통점도 없고 나눌 대화도 없었다. 잘해 봐야 카페에서 만나 하나 마나 한 안부 몇 마디 나누고 헤어질 것이고 여차하면 어른들처럼 말싸움이나 하다 감정만 상하고 다신 안 볼 사이가 될 수도 있었다.

"너 어디 가니?"

건넌방 문을 열고 거실로 나온 쌍둥이 셋째에게 고모가 물었다.

"화장실 가려고요."

셋째가 대답했다.

"다른 애들이랑 같이 가."

"언니들은 방에서 폰 하고 있어요."

할아버지 집은 꽤 오래전에 지은 집이라 화장실이 재래식인 데다 집 밖에 있었다. 그래서 명절 때 할아버지 집에 지내러 오면 항상 화장실이 제일 큰 문제였다. 평소에는 멀리 마을회관까지 가거나 물을 최대한 안 마셨다. 아니면 풀숲에 오줌을 누거나.

가끔 재래식 화장실 냄새가 싫어 풀숲에서 오줌을 누고 있노라면 옆집 소의 울음소리가 들려오곤 했다. 어지간하면 참는데 셋째가 못 참을 지경인가 보았다. 셋째가 아까 콜라를 쭉쭉 들이켜던 게 기억났다.

"제가 같이 갈게요."

내가 나섰다. 의아한 표정으로 셋째가 나를 쳐다보았다. 평소에도 불이 없어 혼자서는 못 갈 곳인데 오늘같이 비가 쏟아지는 날이야 말할 것도 없다. 똥통에 빠져 허우적대는 셋째를 보는 것도 볼 만하겠지만 어쩐지 오늘은 그러고 싶지 않았다. 그러기엔 오늘 이 집에 사건이 너무 많았으니까.

"야, 내가 비밀 하나 말해 줄까?"

애써 장독대를 보지 않으려 우산을 기울이고 걸어가는데 내 옆에 착 붙은 셋째가 말을 걸어왔다. 독 안에 든 누군가가 뚜껑을 들고 나를 쳐다볼 것 같았다. 무서운 생각을 하지 않으려면 뭐라도 해야 했다.

"미팅? 나 아는 남자애 없다니까."

"그게 아냐. 나 사실 미팅 필요 없어. 남친 있다고."

남녀공학인 대학을 간 나에게 자꾸만 미팅을 주선해 달라며 조르던 세쌍둥이었다. 평소엔 그렇게 시비를 걸다가 본인들 필요할 땐 어찌나 서슴없이 부탁하는지. 나는 그들의 얼굴 두께가 몇 인치일까 궁금했다.

"으, 냄새. 일단 화장실 좀 갔다 올게. 어디 가면 안 된다!"

셋째가 코를 싸쥐고 화장실로 들어갔다. 암모니아 냄새가 코를 찔렀다. 나도 숨을 흡, 들이마시고 참았다.

"어휴, 씨. 짜증 나."

일을 보고 번개같이 화장실에서 뛰쳐나온 셋째가 몸을 푸르르 떨었다. "넌 안 가?"하고 묻기에 도리질 치고 앞서 걸어 나가며 후우, 숨을 내쉬었다. 셋째가 빠른 걸음으로 우산 안으로 들어왔다.

"나 가출할 거야. 아빠도 엄마도 언니들도 지겨워."

느닷없이 셋째가 말했다. 나는 셋째의 옆얼굴을 쳐다보았다. 나도 모르게 말이 튀어나왔다.

"그걸 왜 나한테 말해?"

말려 달라는 건가? 나는 고개를 갸웃했다. 나랑 그리 친한 것도 아니었으면서 왜 이런 속 깊은 사정을 털어놓는지 알 수 없는 일이었다. 셋째는 나보다 한 뼘은 큰 키로 나를 내려다보며 묘한 표정을 짓고 있었다. 그 말을 내뱉은 스스로가 대견하다는 것 같기도 하고 내 반응이 어떨지 살

피는 것 같기도 했다. 장독대 앞을 지나고 있었지만 셋째
의 말이 신경 쓰여서 어느새 무서운 것도 잊어버렸다.

"그냥. 너는 좀 둔한 애지만 입은 안 싸잖아."

셋째가 피식 웃었다. 나는 놀랐다. 셋째에게서 처음 들은
칭찬 비슷한 말임에도 기쁘다기보다는 경악했다. 이제 20대
중반을 향해 달려가고 있는, 나보다 세 살이나 많은 사람
이 저렇게 철이 없을 수도 있구나.

가출이 셋째의 인생에서 처음 세워 보는 인생 계획일지
도 모른다는 생각이 들었다. 그런 인생 계획조차 자신의
형제들이나 가족들이 들어 줄 것 같지 않아서 피가 섞였
다 뿐이지 남이나 다름없는 나에게 털어놓은 것이다. 어설
프고 황당한 계획일망정 남에게 말할 수 있는 용기를 가졌
다는 것만으로도 스스로가 기특할 만큼 셋째의 세계는 좁
았던 모양이다.

"아휴. 나는 세수하고 애들이랑 같이 자야겠네."

우리가 들어오자 셋째 숙모가 삼촌의 장광설에 지쳐 자
리에서 일어났다. 셋째 숙모가 일어나니 수녀님과 막내 고
모도 저린 다리를 주무르며 자리에서 일어났다. 엄마가 내
게 손짓했다. 낮의 장례식과 저녁의 한바탕 소동으로 엄마
도 지친 얼굴이었다. 좀 더 앉아서 내 부모일지도 모를 사
람들의 얼굴을 더듬으려고 했는데. 나는 미적거리다 자리
를 옮겼다.

여자들이 한꺼번에 우르르 몰려 나가니 아무도 밖에 나가지 말라던 둘째 고모도 별말 하지 않았다. 변변한 세면대도 없어 비 오는 마당 수돗가에 나가 세수를 해야 했다.

수녀님, 엄마, 나 순으로 씻고 한 수건으로 돌아가며 얼굴을 닦았다. 향긋한 비누 냄새가 났다.

"얘, 엄마가 여자 얼굴 비누로 씻는 거 아니랬지! 자, 여기 폼클렌징."

언제 들고 왔는지 셋째 숙모가 세쌍둥이 중 첫째에게 폼클렌징을 내밀었다. 수돗가에 놓여 있던 딱딱한 알뜰 비누로 얼굴을 씻은 수녀님과 엄마, 내가 괜히 머쓱해져 눈빛을 교환했다.

얼굴을 닦고 들어와 로션을 대충 펴 발랐다. 수녀님 손에 로션을 덜어 주고 뚜껑을 닫았다. 뒤이어 들어온 셋째 숙모와 세쌍둥이가 서로의 민얼굴을 놀리며 들어왔다. 쌩얼이니 존못이니 하는 단어들이 이리저리 방 안을 튀어다녔다. 셋째 숙모와 세쌍둥이들이 낡은 벽걸이 거울을 꺼내 바닥에 기대 놓고 네모진 거울 안으로 얼굴들을 들이밀었다.

나는 문득 내가 셋째 숙모의 자식이 아닐까 하는 생각이 들었다. 인간은 적응의 동물이다. 환경의 영향을 무시할 수 없다. 내가 엄마 밑에서 자라서 그렇지 셋째 숙모 밑에서 자랐으면 세쌍둥이처럼 행동했을지도 모르는 일이었다.

얼굴이 안 닮은 것은 그들은 성형을 했고 나는 안 했기 때문이라고 설명할 수도 있었다.

"나 전에 쌍수 했던 거 좀 풀리는 것 같아. 엄마, 나 쌍수 다시 해 주면 안 돼?"

"야. 이번에 나 코 하기로 했잖아. 너 다음에 해."

"언니는 그렇게 갈아엎고 또 하고 싶냐?"

첫째와 둘째가 성형 때문에 옥신각신했다. 얼굴이 어지간히 마음에 안 드는지 셋째 숙모와 세쌍둥이들은 만날 때마다 조금씩 얼굴이 바뀌어서 오곤 했다.

자기 얼굴이 마음에 안 드는 건 이해할 수 있었다. 문제는 남의 얼굴에서도 단점을 찾으려 한다는 거였다. 보는 사람마다 얼굴 지적을 하는 셋째 숙모를 보면 인간에게 얼굴이 달렸다는 자체가 마음에 안 드는 것 같았다. 대체 무엇이 그녀를 그렇게 만든 것일까.

"얘, 넌 괜찮니?"

거울 너머로 나를 쳐다보는 셋째 숙모의 시선이 느껴졌다. 새로 나온 아이돌 가수의 얼굴을 교본 삼아 세쌍둥이들이 서로의 얼굴을 지적해 주는 걸 듣고 있을 때였다. 괜찮냐니? 뭐가? 예전에 쌍둥이 첫째가 "너 입양된 애라며?"라고 물었을 때처럼 '예', '아니요'로 대답하기 어려운 질문이었다. 숙모가 말을 이었다.

"너도 관심 있으면 애들이랑 같이 상담 받으러 가. 요즘 여자애들은 코가 오뚝하던데 넌 아니잖니. 넌 코가 낮아서 못생겼어."

역시나. 나를 걱정해 주는 척하면서 깎아내리는 거였다. 안 그래도 세 살 많은 언니들인 세쌍둥이는 강남 8학군에 다니고 돈을 쏟아부어 온갖 과외와 학원을 시켜도 전문대를 간 탓에 숙모는 사교육 없이 대학에 간 나에게 열등감을 느끼고 있던 차였다. 그런 와중에 서로 얼굴 지적을 하다가 못났다는 느낌을 받으니 주위의 누구라도 깎아내리지 않고는 못 버티겠는 모양이었다.

"저가 환자니 세상이 다 병원으로 보이는가 베."

셋째 숙모가 정상 체중인 나를 보고 살 빼라고 헸을 때도 피식 웃고 말던 엄마가 이번엔 지나가는 소리로 한마디 했다. 물론 방에 있는 사람 다 들으라고 하는 얘기였다.

거울 속 셋째 숙모가 눈을 번뜩이고 숨소리가 거칠어지는 것이 느껴졌다. 종알대던 세쌍둥이도 심상치 않은 기류를 느꼈는지 말을 멈췄다. 주위가 조용했다. 이상한 조용함이었다. 으레 사람들이 '귀신 지나간다'고 하는 종류의 조용함. 왁자하게 떠들던 거실 쪽에서도 아무 소리가 들리지 않았다. 순간 팔에 소름이 돋았다.

"동서는 자기 자식도 아니면서 어떻게 그렇게 감쌀까? 난 그렇게는 못 하겠네."

셋째 숙모가 픽, 웃으며 쏘아붙였다. 평소 같으면 동서긴

하지만 자기보다 나이가 열 살이나 많은 엄마의 핀잔에 새침하게 입을 다물고 삐죽거렸을 숙모였다. 옆에서 느껴지는 이상한 기운에 고개를 돌려 보니 엄마의 얼굴에 피가 몰려 시뻘게지고 이마에 힘줄이 돋은 것이 보였다.

살면서 엄마가 그렇게 화난 모습은 처음 보았다. 엄마는 들키면 안 되는 비밀을 들킨 얼굴이었다. 당장 셋째 숙모의 머리끄덩이를 잡아도 이상하지 않을 모습이었다. 엄마는 내가 입양 사실을 안다는 것을 아직 모르니까 더 예민하게 구는 것이다. 엄마가 자리에서 일어섰다. 금방이라도 엄마가 셋째 숙모에게 달려들 것만 같았다. 나와 수녀님이 엄마를 따라 자리에서 일어났다.

"그래! 그럼 누군지 한번 알아보자고!"

밖에서 아빠가 지르는 소리가 들려왔다. 내가 아는 한 아무리 화가 나도 큰소리를 낸 적 없는 아빠였다. 방에 있던 모두의 시선이 거실 쪽으로 쏠렸다. 쾅 하고 미닫이 유리문이 덜컹거리는 소리가 났다. '아이고' 소리가 뒤따랐다. 내가 먼저 방문을 열고 나가니 어른들이 마당에 맨발로 나간 것이 보였다. 나도 운동화를 꺾어 신고 마당으로 나갔다.

픽.

누가 말릴 새도 없이 아빠가 장독대에서 시체가 든 독을 꺼내 마당에 쓰러뜨렸다. 독이 깨지며 둔탁한 소리와 함께 소금에 잠겨 있던 시체가 드러났다. '꺅, 꺅' 소리를 내며 세쌍둥이들이 주춤주춤 물러났다. 나도 놀라 한 걸음 물러섰다. 수녀님이 내 손을 잡는 것이 느껴졌다. 시체처럼 싸늘한 손이었다.

"어마."

막내 고모가 외마디 비명을 지르며 고모부 뒤에 숨었다.

"충수 아니야?"

셋째 삼촌이 허리를 숙여 얼굴을 확인했다. 어른들 사이에 어색한 침묵이 흘렀다.

"충수가 왜 여기 있지?"

"첫째 날 문상 왔다가 가지 않았어? 서울 올라갔다는 사람이 왜 여기 있느냔 말이야?"

"허……."

이상했다. 지금쯤이면 패닉 상태의 사람들을 양 떼처럼 몰아 방에 집어넣었어야 할 둘째 고모도 시체의 얼굴을 멍하니 들여다볼 뿐 아무 말도 하지 않았다. 어른들은 뭐에 씐 것처럼 자리에 붙박여 움직이지 않았다. 뒤늦게 정신을 차린 큰오빠가 어른들과 아이들을 들여보냈다. 내가 방에 있던 홑이불을 꺼내 시체를 덮었다.

"어른들이 뭔가 알고 있어."

내가 말하자 큰오빠가 내 얼굴을 쳐다보았다. 큰오빠의 얼굴에 평소의 웃음기는 사라지고 없었다. 나를 두려워하는 것 같기도, 아니면 내가 앞으로의 일들을 감당할 수 있는지 재 보는 것 같기도 했다.

"들어가."

큰오빠가 내 등을 밀었다.

모두가 좁은 거실에 모여 있었다. 정적이 흘렀다. 나는 직감했다. 어른들은 의도적으로 입을 다물고 있었고, 아이들은 새로운 상황에 부딪혀 할 말을 찾지 못하는 것이었다.

"갑자기 독은 왜 깼어요? 경찰이 의심하면 어쩌려고."

엄마였다. 아빠가 허옇게 질린 얼굴로 대답했다.

"아니, 자꾸 독에 든 사람이 누구냐면서 우리 중에 누가 죽였냐고 의심을 하잖아."

"야, 니네 엄마 막내 고모야."

세쌍둥이 중 첫째였다. 갑자기 튀어나온 말에 바늘에라도 찔린 것처럼 모두가 놀라 첫째를 쳐다봤다. 셋째 숙모마저 눈을 둥그렇게 뜨고 첫째의 등짝을 때렸다.

"왜. 엄마가 아까 하고 싶던 말이 그거 아니야? 왜 알면서도 아무도 말을 안 해? 여기 있는 사람 중에 쟤 빼고 그거 모르는 사람 있어?"

"미친년."

동갑내기 사촌이 말했다. 평소에 말수가 적어 어른들이

고 아이들이고 대화가 없던 녀석이었다. 목소리마저 가물 가물하던 차였다. 과묵한 이에게서 말이, 그것도 욕이 나오자 쌍둥이 첫째도 입을 다물었다. 어른들도 그 애를 꾸짖지 않았다.

이럴 줄 알았으면 혼자 궁금해할 것이 아니라 미리 세쌍둥이들과 친해져 놓을걸 그랬다. 시시했다. 나는 뭘 기대했던 걸까. 막내 고모는 혼이 빠져나간 사람처럼 눈을 바닥에 고정한 채 멍하게 앉아 있었다. 엄마와 아빠는 내 얼굴을 살폈다. 지금 나는 어떤 표정을 하고 있을까.

어릴 땐 '소공녀' 동화를 좋아했다. 엄마가 학습지 숙제를 하라고 방에 밀어 넣을 때나 먹고 싶은 아이스크림을 사 주지 않을 때는 부자인 내 친부모가 나타나 지겨운 학습지 따윈 찢어 버리고 내게 바닐라 소프트아이스크림을 사 주는 걸 상상하곤 했다. 하지만 그런 부모는 없다. 내 앞에 앉은 사람은 낯익은 타인일 뿐이었다.

"저 사람은 누구예요?"

내가 묻자 방 안의 모든 어른들이 어깨를 움찔 떨며 내 눈을 피했다. 둘째 고모가 쥐어 짜내듯 대답했다.

"우리 사촌이다. 큰아버지 아들."

"성화야."

첫째 삼촌이 둘째 고모의 이름을 불렀다. 터지려는 둑을 막기 위한 마지막 몸부림이었다.

"왜 아무도 슬퍼하지 않죠?"

내 질문이 마치 그들의 얼굴 한 겹을 벗겨 낸 것 같았다. 어른들은 각자의 괴로움에 인상을 찌푸렸다. 비슷한 얼굴들이 같은 경험을 떠올리며 비슷하게 괴로운 표정을 짓고 있었다.

"저이는 받아야 할 벌을 받은 거다. 다만 늦게 받았을 뿐이야."

둘째 고모가 말했다.

"누나!"

셋째 삼촌이 소리 질렀다. 하느님, 하느님. 수녀님이 눈을 감고 손을 모았다. 둘째 고모가 비명을 지르듯 중얼거렸다.

"왜. 내가 못 할 말 했니? 이제라도 말할 수 있어야 할 것 아니야. 이젠 받아들여야 할 것 아니냔 말이다. 우리 모두 공범이다. 우리 모두 그 자리에 있었어. 저 애가 도와달라고 하는 말을. 어둠 속에서 어린 것이 혼자 저 짐승만도 못한 놈한테 끌려가서 험한 꼴을 당하고 돌아왔을 때, 그 애가 울면서 그 일을 얘기했을 때, 뭐라고 했니. 뭐 하러 그런 얘길 하냐고 했다. 아버지, 어머니, 우리 다 그 일이 있었다는 걸 알고 있었으면서도."

경찰차 사이렌 소리가 멀리서 희미하게 들려왔다.

누군가는 문을 열어 주어야 했다.

파티에서 주는
박하차는
위험하다

김태민

호러와 미스터리를 사랑하는 영원한 아마추어 작가로 주로 브릿G에서 활동
중이다.

이 글은 내가 공서진이라는 대한민국 유일의 경찰청 소속 탐정과 함께 해결한 살인 사건 보고서로, 경찰의 공식 사건 보고서에 우리의 지대한 공헌이 일절 언급되지 못한 현실을 통탄하며 여러 번 이의를 제기했음에도 철저한 무시로 일관하는 경찰청 홍보 및 기록 담당관에게 보내는 분노 섞인 메시지라고 봐도 무방하다.

지금이라도 도움을 청한다면 대식(大食) 탐정 공서진과 내가 심혈을 기울여 해결한 사건의 전모와 수사의 진행 방향 및 수사 기법의 모든 것을 언제든 제공할 의향이 있음을 밝힌다.

일단 내 소개를 하자면 이름은 양희주, K일보의 기자로 사회부에서 강력 사건을 담당하고 있다.

말이 좋아 강력 사건 담당이지, 대부분의 진짜 강력 사건은 먼저 들어왔다는 이유로 선배들이 다 채 가고 내게는 진짜로 강력(하게 짜증 나는) 사건들만 떨어지는 게 이 바닥의 현실이다.

자랑하려는 건 아니지만 내가 최근 세간을 떠들썩하게 했던 사건을 두 건이나 해결했는데도 말이다!

물론 나 혼자 해결했다고 공을 날름 차지하려는 건 아니다. '식탐에 미친 곰탱이' 공서진의 도움이 컸다는 걸 인정해야겠지.

공서진은 현재 서울과 경기도 경찰청의 특별 자문이라는 묘한 직함을 맡고 있는 대한민국 최초의 허가받은 사립 탐정이다. 그렇다고 아무 사건이나 맡을 수 있는 건 아니고 경찰청에서 의뢰한 사건에만 참여할 수 있다는 단서가 붙긴 하지만 그래도 공식 수사관이 아닌 일반인이 강력 사건을 수사하고 경찰의 협조를 받을 수 있다는 건 보통 일이 아니다.

영국에 런던 경시청의 골치 아픈 사건들을 속 시원하게 해결해 주던 베이커가의 명탐정이 있었다면 한국엔 '경찰청 특별 자문 공서진'이 있는 것이다!

190센티미터의 키에 110킬로그램은 되어 보이는 이 거구의 탐정은 대사 속도가 미국 땃쥐 수준이라(미국 땃쥐는

빠른 대사 속도 탓에 세 시간을 굶으면 사망한다고 한다.) 쉬지 않고 입에 뭘 넣어야 하는 괴이한 식습관의 소유자이며, '동선 파악을 통한 행동패턴 예측' 뭐시기라 하는 독특한 수사 기법을 사용하는 정말 이상한 녀석이다.

저 인간의 식습관 때문에 같이 다니는 시간 동안 내 컨디션은 최악일 수밖에 없는 게, 나는 덩치도 작고(사이즈는 절대로 밝히지 않을 생각이다.) 특히나 입이 매우 짧은 편인데 공서진과 함께 다니면 수사가 아니라 맛집 탐방을 다니는 수준으로 쉬지 않고 뭘 먹어야 하기 때문이다. 탐방 후 남는 건 위궤양과 만성 소화불량, 그리고 너덜너덜해진 카드 명세서를 지켜보며 울컥해서 생겨 버린 역류성 식도염 뿐이다.

그래서인지 언제부터인가 커피 대신 차를 즐기게 되었다. 아무래도 차는 커피보다 덜 자극적이고(성분을 분석해 보지는 않았다. 그냥 느낌이다.) 심신이 안정되는 것 같은 기분이 드는데 플라시보 효과라 해도 반박하진 않겠다.

여러 종류의 차를 마셔 본 결과, 나에게는 한국의 전통차가 맞는 것 같았다. 녹차나 홍차는 뜨거울 때 향이 좋지만 식으면 떫은맛이 난다. 그래서 여러 가지를 섞는데 섞을수록 본연의 향이 사라지는 느낌이 든다.

반면 한국의 전통차는 향이 강하진 않지만, 달달하고 여러 가지 좋은 향이 난다.

입이 짧고 음식을 빨리 먹지 못하는 체질을 가진 내게 식을수록 혀에 감기는 풍미를 가진 호박차는 이제껏 못 만났던 전생의 인연을 만난 것과 같은 반가움과 만족을 안겨 주었다.

더 좋은 차를 찾아 여기저기 기웃거리다 보니 경남 하동에 질 좋은 차를 만들기로 유명한 농장이 있다는 정보를 얻은 나는 안 내도 될 휴가를 내고 매일 산책한 강아지보다 장수 중인 애마의 시동을 걸었다. 기자라고 하면 불편해할까 봐 출퇴근이 자유로운 IT 업종 종사자라고 해 두는 것도 잊지 않았다.

그리고 그곳에서 그녀를 만났다. 마치 그렇게 각본이 짜여 있었던 것처럼.

다섯 명이 편하게 앉기도 힘든 작은 온돌방에서 구석진 자리에 숨소리도 내지 않겠다는 자세로 앉아 있던 그녀의 모습은 마치 웅크린 작은 고양이 같았다.

그렇다 해도 본연의 외모에서 풍기는 아름다움을 감출 수는 없었던 터라 그녀가 앉은 구석 자리에서 희귀 광석이 빛을 내고 있는 것만 같았다.

30년 넘게 차를 연구해 온 인자한 얼굴의 장인은 차분하게 찻잎에 대해 설명하고 손수 차를 끓여 주었지만, 내 시선이 어디로 향하건 모든 신경이 그녀에게 쏠리는 것을 막을 방법 같은 건 없었다.

모임이 끝나자마자 이민이라도 가는 사람처럼 인사도 없이 사라지는 그녀를 보며 난 용기를 내서 장인을 불러 세웠다.

"소현 씨요? 몇 년째 차를 공부하고 계신 분이죠. 성실하고 또⋯⋯."

중년의 여인은 세상에 존재하는 비밀의 절반을 알고 있다고 했던가. 그녀는 내 표정만 봐도 짐작이 간다는 듯 엄마 같은 미소를 지어 보였다.

"어린 나이에 결혼을 해서 가정을 잘 이끌고 남편의 사업까지 돕는 훌륭한 여성이지요. 저도 소현 씨를 보면서 많이 배운답니다."

역시나. 세상의 멋진 여자는 남의 여자이거나 레즈비언이거나 연애 혐오주의자인 것이다.

나를 위로해 보려고 노력하는 장인에게 차나 열심히 만드시라는 표독스러운 눈빛을 남기고 농장을 나왔다.

돌멩이가 여기저기서 차 바닥을 긁어 대는 기분 나쁜 비포장도로를 달리고 있으려니 차밭에서 찻잎을 따고 있는 그녀가 보였다. 소현은 용케 나를 발견하고 머리에 쓴 하얀 두건을 벗으며 살짝 고개를 숙였다.

세상에 존재할 거라 생각지 않았던 아름다운 미소였다.

부드럽고 따뜻한 뭔가가 그녀의 눈과 입에 담겨 있었다.

돌아오는 길에 난 찰나를 스쳐 간 그녀의 미소를 생각하며 헤벌쭉 웃다가 시도조차 해 볼 수 없는 운명의 꼬임에 다시 슬퍼하기도 하고, 왜 난 연애도 하면 안 되는가 하는 주제를 벗어난 분노에 소리를 지르기도 했다.

고속도로 한가운데에서 소리를 지르는 나를 보고 공포에 질렸을 운전자 여러분에게 이 기회를 빌려 진심 어린 사과를 전한다.

내가 그녀와 함께 있을 수 있는 모임들을 찾아다니게 된 것은 '훔친 사과가 맛있더라' 하는 동네 한량들의 사고방식에 영향을 받아서도 아니요, '못 먹는 감 찔러나 보자'는 막 나가는 심보는 더욱 아니었다.

사랑에 대해 조금이나마 이해하게 되었다고 할까? 그냥 가끔 얼굴을 보며 아무 주제로나 이야기를 나누고 오다가다 안부를 전하는 게 좋았기 때문이었다. 다행인지는 모르겠으나 그 이상의 감정과 욕구가 생기지는 않았다.

가끔 내 이런 복잡하면서도 단순한 심리에 대해 생각해 보기도 했지만 내 감정이 어떤 것이든 간에 지금 이 상태가 좋았기 때문에 아무런 문제가 되지 않았다.

다만 한 가지, 사건이 터지면 필연적으로 만나야 할 뚱땡이 탐정에게만은 내 속을 보이고 싶지 않았다.

그런데 하필 그런 생각을 하고 있는 찰나에 서진에게 전화가 왔다. 이놈은 이제 내 심리 상태까지 예측을 하고 있는 건가.

'이런 행동을 하는 요런 성격의 양희주는 이맘때쯤 아무도 인정 안 하는 멍청한 짝사랑을 하고 있을 가능성이 높다'라든가……

제발 그런 일은 일어나지 않기를 바랄 뿐이었다. 서진의 목소리가 또랑또랑한 것이 방금 배불리 먹은 모양이었다.

"시간 여유가 있으시다면 동탄 제2신도시로 오시겠습니까? 강력 사건이 발생한 것 같습니다."

"살인 사건? 아니면 납치나 실종이야?"

"현재로선 알 수가 없습니다. 셋 다일 수도 있어요."

지난 정부부터 야심차게 진행 중인 동탄 신도시에는 수십 단지의 아파트를 지었고 앞으로도 그만큼을 더 지을 예정이었다.

낮에는 수많은 사람들과 여러 종류의 차량이 오가지만 해가 지면 급격히 사람들이 빠져나가는 오피스 빌딩 같은 느낌의 건물들이 끝도 없이 이어져 있었다.

외국의 끝없이 반복되는 똑같은 모양의 주택 단지를 보고 뜻 모를 두려움을 느낀 적이 있던 나는 아무리 돈이 된다 해도 이런 대단지 아파트에서는 살지 않겠다는 굳은 다짐을 다시 한번 하면서 서진이 찍어 준 위치에 도착했다.

폴리스 라인까지는 몰라도 경찰 인력은 있을 줄 알았는데, 진흙투성이의 공사 현장에는 사철 변함없는 레인코트를 둘러쓴 곰 한 마리만이 주위를 서성거리고 있었다.

최근 비포장도로만 주구장창 다니는 주인의 부주의함에 대해 오랜 친구 05년식 각그랜져에게 미안한 마음을 가지며 차에서 내린 나는 서진의 얼굴을 보고 놀라움을 금할 수 없었다.

항상 뭔가가 가득 차 있는 볼이라 신경을 쓰지 않았는데, 오늘따라 얼굴 전체가 파리채로 맞은 것처럼 부풀어 있었던 것이다.

아무리 손아랫사람이라 해도 공적으로 만난 사이니 비웃는 건 예의가 아니다. 기왕 웃을 거면 민망하지 않게 크게 웃어 줘야 한다.

내 호탕한 웃음소리에 웬만하면 감정 표현을 하지 않는 서진이 살짝 눈살을 찌푸렸다.

그래, 그 정도는 반응해 줘야 크게 오버한 보람이 있지. 평소엔 아무리 웃긴 얘기를 들어도 소리 내서 잘 웃지 않는 사람이 나다.

"뭐 재미있는 일이 있었나 보군요."

"요즘 그런 일이 딱히 없었는데 방금 생겼네, 고마우이."

"타인의 불행에 그렇게 크게 웃을 수 있는 분인 줄은 몰랐네요."

"더 크게 웃을 수도 있는데 여기까지만 할게. 어떻게 된 거야?"

"모르겠어요. 어제 결혼식 갔다가 오후 4시에 횟집에서 문어 숙회를 먹고 후식으로 비빔국수를 먹긴 했는데 어디서 잘못된 건지……."

"당신 얼굴 말고 사건 말이야. 여기가 현장이라는 건가?"

"그걸 알아내려고 희주 형님을 부른 겁니다."

서진이 설명해 준 사건의 현재 상황은 이렇다.

LK 인베스트먼트의 부사장 겸 재무이사 천용구는 외동딸 천세라가 납치된 것 같다는 신고 전화를 자신이 직접 했다. 천용구는 신고 전화에서 학원에 도착했어야 할 딸이 학원에 오지 않았으며 연락도 받지 않는다고 했으나, 경찰은 아직 시간이 오래 지나지 않았으므로 기다려 보길 권했다.

그러자 천용구는 갑자기 화를 내면서 검찰청에 다시 신고를 했고, 납치 사건답지 않게 사건 발생 세 시간도 되지 않아 수사팀이 꾸려지게 되었다.

"명호 삼촌이 머리 좀 아프시겠네. 천용구 같은 돈 지랄러들을 아주 싫어하시는데……."

"이번 사건은 3팀의 김해원 팀장에게 배정되었습니다. 신명호 반장님은 악성 치질 때문에 휴가를 내셨어요."

"그런 얘기까지는 안 해도 돼. 불쌍한 우리 삼촌…… 그런데 여기서 뭘 찾아야 되지?"

"천세라가 다니는 학원은 청담동이고, 학교는 어제저녁 6시에 끝났어요. 바로 납치를 당했다면 스무 시간 경과한 셈이죠. 그사이에 천세라의 휴대전화가 세 번 켜졌는데, 그 중 두 번째가 여기입니다."

"나머지 두 곳은?"

"자택 근처 빌딩에서 어제 새벽 1시 15분에 한 번, 여기서 오늘 아침 5시 52분에 두 번째, 그리고 강남 고속 터미널에서 한 시간 전에 한 번 켜져서 광수대가 출동했어요."

하룻밤 사이에 여러 장소를 옮겨 다닌다는 건 이런 짓을 해 본 놈들이라는 뜻이다. 사방에 눈이 달린 시대에 한 곳에 자리를 잡고 있는 건 좋은 선택이 아니다. 납치 대상의 휴대전화를 다른 곳에 옮겨 놓기도 하고 일부러 흔적들을 엉뚱한 곳에 남기기도 한다. 기술은 선량한 이들에게만 은총을 베풀지 않는다.

깡패들이 연장 들고 세력 다툼을 하던 시대를 지나 이제 그놈들은 법의 테두리 안에서 연장 대신 첨단 장비를 들고 사람들을 괴롭힌다.

더 많은 정보가 필요하지만 서진의 분위기로 보아 좋은 상황은 아니다.

"무슨 말인지 알겠어. 만약에 납치범들이 천세라를 살해 또는 유기했다면 이곳일 가능성이 크다고 생각한 거지?"

"그렇습니다. 형님이라면 아실 줄 알았어요."

"서진 씨 생각대로 납치 대상을 데리고 돌아다니는 방식이나 일부러 여기저기서 폰을 켜 두고 수사에 혼선을 주는 건 조폭들의 방식이지. 중국 쪽은 아닌 것 같아. 중국 조폭들은 바로 인천이나 목포 쪽으로 가더라고.

대상을 바로 죽일 생각이었다면 휴대전화가 켜진 장소에서 그러진 않았을 테지만 여기라면 눈에 띄지 않게 시신을 유기할 방법은 도처에 깔려 있으니…… 예감이 좋지 않네."

"유기 방식이라면……?"

"벽에 바르거나 땅에 묻거나 아니면 큰 건물의 경우엔 여기저기 안 쓰는 공간이 많은데 드럼통에 공구리 친 다음 안 쓰는 창고 구석에 처박아 두거나…… 방법은 많지."

"큰일이네요. 이 많은 건물들 중에 어떤 건지 알아내는 건 힘들겠죠……."

"나한테 조폭과 연계된 건설사 명단이 있어. 시신을 유기하려면 완공을 앞둔 단지가 유리할 거야. 입주 전 인테리어가 시작되면 수사관들이 건드리기 힘들어지니까. 이런 식으로 리스트를 좁혀 보자고."

"그건 날렵한 수사관들한테 맡기자구요. 우리는 다른 방향을 찾아보는 게 좋겠어요."

"엥, 그럼 여긴 뭐 하러 온 거야?"

"동탄에 대게 맛집이 있다는 얘기를 들었거든요. 형님이라면 아실 것 같아서요."

"동탄에 대게 맛집이라면 아는 곳이 하나 있긴 한데……
아이가 납치돼서 생사가 불분명한 상황에 대게가 식도로
넘어가냐?"

"허기가 지면 머리가 안 돌아가니까 먹으면서 생각해 보
자는 겁니다. 안내하시죠."

무릇 맛있는 음식이라 함은 대개 훌륭한 식재료에 사람
의 손맛과 정성이 어우러진 인간 기술의 집약체라 할 수
있지만, 기본이 되는 식재료가 과하게 훌륭하면 그 외의
다른 작업을 얹지 않는 것이 나을 때도 있는데 대게가 바
로 그런 음식이다. 탕도 좋고 찜도 좋고 구워도 튀겨도 좋
지만 역시 대게는 생긴 그대로 섭취해 주는 것이 풍미로
보나 만족도로 보나 제일인 것이다.

관자놀이를 후리고 갈 만한 충격을 주는 그놈의 시가(市
價)만 아니라면 대게는 매달 매일 매 끼니를 먹어도 질리
지 않는 최고의 밥이자 술안주가 된다.

어지간히 입이 짧은 나도 대게만은 양보할 수 없는지라,
테이블에 싱싱한 대게가 놓인 순간부터 쉬지 않고 손과 입
을 놀렸다. 옆 테이블에서 먹방 유튜버가 왔나 보다고 호
들갑을 떨면서 인증샷을 찍으려는 사람이 있었지만 서진
과 난 시선도 주지 않았다.

"게도 먹을 만큼 먹었으니 사건 얘기를 해 볼까요? 만약 천세라가 납치당한 게 아니라면 지금 어디에 있겠습니까?"

"손에 들고 있는 다리나 놓고 그런 얘길 하시지, 밑장 빼기나?"

"형님 점점 식탐이 느는 것 같네요. 건강에 좋지 않습니다."

"누구 덕분이겠냐. 이 납치가 자작극이라면 누가 계획한 것이냐에 따라 달라지겠지. 천용구가 꾸민 거라면 본인이나 처가 소유의 별장 또는 회사 워크숍 장소 같은 곳에 있을 가능성이 높고, 천세라의 이유 없는 반항이라고 하면 보통 친한 친구 집인데 탈선 수준에 따라 무인 모텔 같은 곳에 있을 수도 있지."

예상대로 서진은 내게 말을 시켜 놓고 급히 다리 하나를 진공청소기처럼 흡입한 후, 금세 가장 통통해 보이는 집게발 하나를 집어 들었다.

"천용구가 도박으로 많은 빚을 지고 있다는 정보는 경찰도 알고 있습니다. 아마 사채도 꽤나 끌어다 썼겠죠. 가능성은 양쪽 다 충분하지만, 저는 사채업자들이 이런 방법으로 대출금을 회수하려고 하진 않았을 것 같습니다."

"동감. 한일 월드컵 이후로 그런 구닥다리 방법은 동네 양아치들도 쓰지 않지. 명색이 대형 투자 회사의 이사인데 뭐 하러 손을 더럽히겠어? 보통 채무자를 압박해서 회삿돈을 빼돌리게 하거나 채무자 스스로 불법적인 행동을 하도록 유도하지."

"그렇다면 역시…… 어떤 식으로 진행될지도 예상이 되는군요."

"뻔하지 뭐. 어디어디로 돈 가져오라고 한 다음에 딸은 무사 귀환하고 돈은 증발. 본인 재산은 다 처분해서 딸 몸값으로 줬으니 개인 파산 수순이고, 가족들은 사건의 충격 핑계를 대면서 해외로 급히 나갈 거고, 은행이랑 돈 빌려준 주위 사람들은 손가락 빠는 거고. 이미 사채 빚은 해결했을지도 몰라. 은행은 몰라도 사채업자들은 끈질기거든.

사채 빚은 불법적으로 마련한 돈으로 해결하고 나머지 돈은 여기저기에 묻어 뒀겠지. 배임으로 6개월 정도 살다 나오면 바다 건너 미세 먼지 없는 나라에서 유유자적하게 요트 몰면서 해피엔딩."

"왠지 배알이 꼴리는군요. 누군 여기서 대게나 먹고 있는데."

"표현이 잘못된 거 아니야? 1년에 한 번도 먹기 힘든 대게씩이나 그것도 남의 돈으로 먹으면서!"

"흥분은 혈관 건강에 좋지 않습니다. 안주도 좋은데 소주라도 한잔할까요?"

"너 때문에 술 생각이 간절하긴 하다만 네 얼굴을 보니 그것도 안 되겠다. 이거나 마셔."

가져온 보온병에서 김이 모락모락 오르는 호박차를 따라

주니 서진의 눈이 휘둥그레졌다. 뭔지도 모르면서 홀짝홀짝 들이켜는 모습을 보니 입맛이 동해서 나도 목을 축였다.

"아주 좋네요. 따뜻하고 부드럽고 달콤한 향이 입안에서 맴돕니다."

"호박차야. 혈압을 낮춰 주는 효과가 있어서 특히 당신을 만날 때 필요하지."

"차에 조예가 깊으신 줄은 몰랐네요. 우리나라 전통차인가요?"

"요즘 차에 관심이 생겨서 전통차 만드는 모임에 나가고 있거든. 관심 있으면 나랑 같이 가 봐도 되고."

"차를 만드는 여성이라면 우아하고 아름다운 여성이겠군요. 좋은 만남 되시길 바랍니다."

"만남은 무슨…… 만남이 될 미세한 가능성까지 원천 차단당했는데…… 잠깐, 너 어떻게 알았어!"

나도 모르게 홀을 쩌렁쩌렁 울릴 정도의 괴성을 내뱉은 나는 주위의 손님들과 식당 직원, 많이 놀랐는지 오줌을 지린 강아지한테까지 사과를 해야 했다. 이 망할 곰탱이랑 같이 다니면서 얻게 되는 곤란한 상황과 부끄러움은 왜 항상 온전히 내 몫이란 말인가.

내가 새빨개진 얼굴을 식히느라 얼음찜질을 하는 사이 공서진은 몇 개 안 남은 다리를 난폭하게 물어뜯고 있었다.

"사람은 대상을 말할 때 그 대상의 이미지를 상상하니

다. 예를 들어, 코끼리 똥을 상상한다고 하면 똥이 주는 느낌과 감정이 얼굴에 나타나게 되죠. 특히 개인적, 감정적인 대상은 그런 현상이 더욱 두드러지게 드러납니다."

"너는 코끼리 똥을 떠올리면서 그게 입에 들어가냐……."

"방금 형님의 얼굴에 나타난 얼굴 근육의 변화는 향이 좋은 차를 상상한 것과는 많이 달랐습니다. 그렇다 해도 어느 정도는 넘겨짚은 건데 이리 강력한 반응을 보여 주시니 제가 다 민망하네요."

똥을 언급하며 민망하기까지 한 사람치고는 너무 잘 먹고 있는 거 아닌가. 그래도 이번엔 진짜로 민망했는지 다리를 다 먹지도 않았는데 냅킨으로 입을 닦은 서진은 취조라도 할 것처럼 갑자기 나를 뚫어지게 노려보았다.

"그래서…… 누굽니까?"

특유의 비열함으로 헤어지는 순간까지 비웃음을 날릴 거라는 내 예상과 달리 서진은 자못 심각하게 내 시작도 못 해 본 연애담을 경청했다. 이유를 어느 정도는 알 것 같았지만, 지금 분위기가 맘에 들었기 때문에 내색하지 않았다.

내일이라도 '연애 실패자' 혹은 '짝사랑 전문가' 같은 닉네임을 경찰청에 뿌리고 다닐지도 모를 인간이다.

오늘 하루만이라도 평화롭게 잠들고 싶었다.

"이거 오랜만에 찾아온 남자의 사랑을 응원하는 것조차 허락되지 않다니…… 셰익스피어는 이 시대에 태어났어야 합니다. 그는 진정한 비극을 경험하지 못했어요."

"알았고 당신은 이제 집에 가서 따뜻한 물 한잔 마시고 푹 자. 볼거리엔 약도 없으니까."

"볼거리요?"

"내가 의사는 아닌데 아는 건 많으니 믿어도 돼. 쉽게 말해 식중독의 친척뻘이고 좀 쉬어야 낫는 병이야. 보통은 어렸을 때 예방주사를 맞는데 미국에 있어서 안 맞았을지도 모르겠네."

"그냥 쉬면 괜찮아지나요?"

"대부분 자연치유 되지. 추측하기엔 횟집에서 세균 감염이 된 게 아닐까 싶은데 구토나 설사가 없으면 머리 좀 아프다가 3일 정도면 나을 거야."

"아는 게 많은 형님을 둬서 좋군요."

"대게를 사 주는 형님이라 좋다고 해야지. 이번 달은 이걸로 끝이다. 또 부를 거면 네가 사."

그릇에 담긴 얼음으로 탱탱 부은 볼을 문지르는 서진에게 사건 정보를 넘기는 것도 잊지 않았다.

저놈은 전생에 무슨 선행을 했길래 나 같은 의인을 만난 건지 모르겠다. 아니, 내 죄가 큰 건가…….

"LK 인베스트먼트에서 투자한 기업 목록이야. 이 중에 천용구가 뒷돈을 받고 묻지 마 투자를 해 준 회사들이 있을 거야. 몇 군데 파 보면 입을 여는 놈들이 있을 거고, 운이 좋으면 이 루트로 천세라의 행방을 찾을 수도 있겠네. 본인이나 가족 소유 별장보다는 추적을 피하기 쉬울 거라 생각했을 가능성도 있으니까. 사채업자의 납치설 같은 건 접어 두고 광수대 아저씨들한테도 여기에 집중하라고 하면 더 빨리 해결될 것 같은데?"

"이런 정보는 어디서 얻으신 겁니까?"

"정보원 없는 기자 봤어? 내 정보원은 급이 좀 다르긴 해. 메일로 보낼 테니까 넌 이것만 광수대에 전하고 푹 쉬어."

내 오랜 친구는 어서 달리자며 거친 금속음을 내뿜었지만, 난 대게집의 주차장에서 태블릿 PC를 바라보며 한참 동안 생각에 잠겨 있었다. 정보원이 건네준 LK 인베스트먼트의 '묻지마 투자 의심 기업 명단'에는 내가 최근에 알게 된 이름도 끼어 있었다.

바른 누룩 컴퍼니. 소현의 할아버지가 창업했고, 지금은 그의 남편이 대표로 있는 회사의 이름이었다.

1956년, 한천 막걸리라는 조그만 공장에서 18세부터 막걸리를 만들기 시작한 소현의 조부 안형만은 끈기와 성실함, 뛰어난 사업 수완으로 1990년에는 연 매출 100억을 달성할 정도로 전통주 업계에서 알아주는 알찬 기업을 만들었다.

1996년에 가업을 물려받은 소현의 아버지는 부친의 끈기와 성실함을 물려받았으나 불행히도 사업 수완이 모자란 탓에 2000년에 들어서면서 업계 라이벌들과의 경쟁에서 밀려나게 되고 몇 년 전에는 부도 위기까지 겪었다.

할아버지의 사업 수완을 한 세대 걸러 넘겨받은 손녀는 할아버지와 아버지의 피땀이 담긴 회사를 살리기 위해 쉬지 않고 노력했지만, 결국 본인의 힘만으론 부족하다는 걸 느꼈는지 업계 1,2위를 다투는 주류 업체인 금천 양조와 합병을 선택했다.

그리고 그 대가로 보이는 금천 양조의 젊은 후계자와의 결혼도 동시에 발표했다. 그렇게 함으로써 그녀는 오랜 역사의 전통주 공장이 사라지는 것을 막고 부친과 조부의 자존심까지 지켜 낸 것이다.

이게 무슨 현대판 심청전이란 말인가……. 내 일도 아닌데 슬쩍 부아가 치밀었다.

전통주 업계는 최근 외국 주류 업체의 무차별 침공과 전통주를 외면하는 젊은 세대의 취향 공략 실패로 위기를 겪고 있었다. 한때 대기업만큼 탄탄하다는 소리를 듣던 소현 남편의 금천 양조도 영업 이익 감소와 무리하게 벌인 공장 증축으로 내년을 장담하기 힘들 정도라는 기사가 최근에 올라와 있었다.

물론 의심일 뿐이다. 아무리 요 몇 년 흔들렸다 해도 업계 1,2위를 다투던 회사가 한 방에 모든 걸 잃을 수 있는 불법적인 일에 뛰어들었다고 확신하는 건 지나친 비약이다. 기자가 경계해야 할 것 중 하나가 추측으로 기사를 쓰는 것이다.

서진의 볼거리가 옳은 것처럼 머리가 지끈지끈 아파 왔다. 이럴 땐 소현이 타 주는 차를 한잔 마시며 이런저런 이야기를 나누는 게 최고인데…… 하동의 너른 밭과 선선한 바람이 부는 대청마루가 못 견디게 그리웠다.

"산수유를 하늘에서 준 선물이라 한다지요. 산수유는 중금속을 배출해 주고 피를 맑게 하며 숙면을 들게 하는 등 효능이 기억하기 힘들 정도로 많다고 하네요. 고명숙 님, 적지 않으셔도 된답니다."

여인들 사이에서 속삭이듯 웃음소리가 들려왔다. 현모양처라고 이마에 써 붙인 것 같은 외모에 귀여운 눈웃음이 매력적인 고명숙은 주위를 둘러보며 수줍은 미소를 지어 보였다. 나이는 나랑 비슷해 보이는데 소현과 유독 친하게 지내는 사람 중 한 명이라 나와도 몇 번 인사를 나누었던 인상 좋은 여인이다. 살랑거리는 바람에 섞여 흩어지는 그들의 미소에 여유와 아름다움이 묻어났다. 남자라고는 나 혼자뿐인지라 연애도 제대로 못 해 본 나로서는 무척 불편할 수밖에 없으리라 생각했지만, 연령도 생김새도 다양한 이 아름다운 사람들은 차를 우려내듯 그들 가운데 스며들 자리를 내주었다.

물론 이 순간을 화양연화(花樣年華)로 만들어 주는 사람은 따로 있었지만, 난 마음 편히 다리를 뻗고 쉴 수 있는 숲속 정자도, 보고 있으면 절로 미소가 나오는 사람들도, 오래전 정년퇴직했는데도 훈화 말씀 늘어놓는 버릇을 못 놓는 전통차 장인 서선자 선생님도 너무 좋았다.

"산수유꽃차는 활짝 핀 것들보다는 조금 덜 핀 것을 사용해야 합니다. 여기 있는 꽃들은 덖음이 다 된 것들이니 바로 우려내도 되는데…… 오늘은 양희주 님이 도와주시겠어요?"

발효되지 않은 차 맛을 즐기기 위해 효소를 죽이는 과정을 덖음이라 하는데, 뜨거운 솥에 차 재료를 몇 번씩 뒤집어 가며 상태를 살펴야 하는 신중함이 요구되는 작업이다. 서 선생님의 덖음질은 전국에서 알아주는 수준이라 덖음질만을 배우러 오는 사람도 많다. 선생님의 작품을 망치면 안 된다는 압박감에 저절로 손에 힘이 들어갔다.

조막만 한 찻주전자를 들고 달달 떨고 있는 내 모습이 안쓰러웠는지 누군가 내 손목을 받쳐 주었다.

뒤를 돌아보니 소현이었다. 손의 떨림이 다섯 배는 심해졌다.

"급하게 하실 필요 없어요. 내려놓으셨다가 천천히……."

중매 결혼한 신혼부부 같다고, 풋풋하니 보기 좋다며 주변에서 속닥거리는 소리를 들으니 몸이 더 굳는 것 같았다.

찻잔에서는 산수유꽃에서 우러난 은은한 풀빛이 마치 물감 묻힌 붓을 닦은 것처럼 풀어져 나왔다.

초록은 마음을 편하게 하고 흥분을 가라앉히는 색이라고 들었는데, 지금의 내 흥분을 가라앉히기엔 부족했다.

"열매와는 다른 빛깔이지요? 열매의 연다홍빛도 좋지만, 전 꽃차의 완두 빛깔도 참 좋더군요. 조금 식혔다가 맛을 볼까요? 수고해 주신 양희주 님과 안소현 님께 감사의 박수를 보내 줍시다."

소현이 내 쪽으로 고개를 돌리고 부끄러운 듯 얼굴을 붉혔다. 내 심장은 타오르다 못해 터져 나갈 것만 같았다.

"기자시라면서요? 차에 대한 특집 기사를 쓰시려는 건가요?"

다기를 정리하고 있는 나에게 소현이 다가와 친근하게 말을 건넸다. 저렇게 상큼한 미모를 가진 여인이 사람을 이렇게 편하게까지 해 준다면 반칙이 아닐까 싶을 정도로 그녀는 누구에게나 친절하고 오랜 친구처럼 다정다감했다.

"기사를 쓸 때는 눈에도 힘을 더 주고 인상도 씁니다. 지금은 그냥 차가 좋아요."

"기자 양희주 님은 무서운 분인가 보네요. 무서운 기사를 쓰시나 보죠?"

"기사에 무섭고 안 무섭고가 어디 있겠어요? 전해야 하는 사실이 무겁고 무서운 거죠."

소현이 말을 멈추고 갑자기 빤히 바라보는 바람에 난 귀한 다기를 두 번이나 떨어뜨릴 뻔했다. 서진이 봤다면 얼굴 근육의 움직임을 통한 심경의 변화를 알아맞힐 수 있었을까.

그녀의 얼굴과 눈빛은 나름 세상을 겪어 봤다고 자부하는 내게도 미지의 영역이었다. 마치 투명해서 바닥이 보이지만 깊이를 가늠하기 힘든 호수 같았다.

"농장에 나오신 지도 두 달이 넘어가는 것 같네요. 집에서도 차를 만들어 드시고 계신가요?"

"여기서 만들어 간 걸 겨우 끓여 먹는 수준입니다. 집 문만 열면 게으름뱅이가 되네요."

"제가 쓰던 다기들이 있는데 몇 개 드려도 될까요? 댁에서도 자주 연습해 보시라는 뜻으로요."

예상치 못했던 제안에 난 눈만 끔벅거리다 답을 기다리는 그녀의 눈빛에 고개만 끄덕였다.

소현의 저택은 전주의 한적한 논밭 사이에 있었는데, 좌우로 전통주 공장들이 서 있어 마치 중세시대 성을 보는 것 같았다. 현대식으로 지어진 저택의 입구로 들어서니 방금 가부키 공연을 마친 것처럼 진한 화장을 한 여인이 와인 잔을 들고 우릴 기다리고 있었다.

"손님을 데리고 온 거야? 오늘 가족 모임을 잊은 건 아니겠지?"

"차 모임에서 모신 양희주 기자님이세요. 다기만 받고 가실 거예요."

"기자라고? 기자를 데려온 거야, 이 시국에?"

무슨 범죄 모의라도 벌이고 있는 건지 의심스러운 멘트를 던지는 여인을 뒤로한 채, 우리는 주방을 지나 저택 뒤편에 있는 조그만 창고에서 그녀의 컬렉션을 구경했다.

오랜 정성이 깃든 수백 기의 찻잔과 매일 닦지 않으면 얻을 수 없는 오래된 자기 특유의 매끈함이 소현의 꼼꼼한 성격을 짐작하게 해 주었다.

나의 제지에도 소현은 30분 넘게 다기들을 고르고 골라 잘 모르는 내가 봐도 감탄이 나오는 멋진 찻잔 세트와 빅토리아풍의 찻주전자(사실 빅토리아가 사람 이름인지 시대인지도 잘 모르지만 왠지 그런 분위기였다.)를 박스에 담아 직접 포장까지 해 주었다.

황송한 은혜를 입은 돌쇠처럼 굽실거리며 창고를 나서니 이번엔 40대로 보이는 키가 크고 늘씬한 남자가 와인병을 들고 우릴 기다리고 있었다. 이 집 사람들은 와인이 기본 장착 아이템이라도 되는 모양이었다.

오랜 역사를 가진 전통주 업체에 어울리지 않는 행색이었지만, 외모만은 아이돌을 데려다 놔도 꿀리지 않을 수준이라는 건 인정하지 않을 수 없었다.

검색을 해 보았기 때문에 언뜻 보면 30대로 볼 정도의 이 미남이 바로 소현의 남편이자 대형 주류 업체 금천 양조의 후계자인 금태영이라는 걸 알 수 있었다. 나라님도 못 알아본다는 낮술로 인해 눈은 풀려 있었지만, 잘생긴 이마 아래로 가지런히 뻗은 멋진 눈썹과 날렵한 콧날에 도톰한 입술까지…… 나이는 내가 열 살 이상 어린데도 주눅이 들 수밖에 없는 압도적인 매력의 소유자였다.

마흔 살이 저 정도의 수컷력을 풍기는 건 불법이 아닌가 싶을 정도로 온몸에서 페로몬을 발산하는 태영은 급히 인사를 남기고 돌아서려는 내 손목을 덥석 잡았다.

"여기까지 와 주신 손님을 그냥 보내는 건 당신 스타일이 아닌데? 나한테는 보여 주기 싫은 건가?"

"오늘 저녁에 고모님 내외가 오기로 하셨잖아요. 전경련에서 사무장 두 분도 오겠다고 했어요."

"그런 자리니 언론사 대표로 기자님이 참가하는 게 맞지, 안 그렇습니까?"

소현의 난처한 얼굴 때문이었을까, 어딜 봐도 비빌 만한 구석이 없어 보이는 저 완벽한 남자에 대한 반발 심리였을지도 모르겠다. 난 최대한 고개를 빳빳하게 들고 평소라면

절대 하지 않았을 인생 최악의 불편한 저녁 식사 초대를
수락했다.

이제는 금천 양조의 자회사가 된 바른 누룩 컴퍼니의 대
표 내외와 금천 양조 대주주이자 TB맥주 대표인 금창선,
오미영 내외, 전국 경제인 연합회의 사무장 두 사람(개인정
보 보호를 위해 실명을 밝히지 않기로 한다.)에 국내 최대 규
모의 전시관인 우황 미술관 관장인 금주희까지. 지인이었
어도 불편할 사람들인데 초면인 데다 내 직함을 듣자마자
하나같이 불쾌한 표정을 대놓고 보여 주었기 때문에 식사
시간 내내 물 한 모금 넘기기가 어려웠다.

날 의식해서인지 암호 같은 대화만 주고받는 사람들 사
이에서 억지웃음만 짓다가 위경련이 오기 직전 겨우 테이
블을 빠져나왔다. 다행히 소현이 금세 뒤따라 나온 덕에
헤매지 않고 저택에서 나갈 수 있었다.

금방이라도 울음을 터뜨릴 것 같은 소현의 얼굴을 보니
오히려 내가 위로를 해야 할 것 같은 기분이 들어서 마지
막 기운을 짜내 최후의 억지웃음을 지어 주었다.

그걸 본 소현은 잠시 머뭇거리더니 놀랍게도 내 볼에 살
짝 입을 맞추었다.

내 초인적 헌신에 대한 감사 표시일까? 아니면……

얼떨떨해진 나는 그녀의 손에 이끌려 저택 별채에 있는

테이블에 함께 앉았다. 잠시 후 그녀가 김이 오르는 찻잔을 내게 건네주며 싱긋 웃었다.

"국화차예요. 꿀 대신 조청을 넣었는데 어떠실지 모르겠네요."

국화차는 두통을 완화시켜 준다고 서 선생님께 들은 기억이 있는데 과연 몇 모금 들이켜니 무겁던 뒷목이 조금씩 풀리는 것 같았다. 소현은 제로백 3초의 스포츠카처럼 갑자기 나를 붙잡고 사업 때문에 힘들었던 얘기며, 술과 외박이 주특기인 남편 얘기, 회사 경영권 문제로 시도 때도 없이 찾아와 으르렁거리는 시댁 식구들 얘기까지 시시콜콜 털어놓았다.

당황스러운 상황인 건 틀림없었지만, 조금 전 미리 받은 피로회복제 덕인지 힘들다는 생각은 들지 않았다.

"저 너무 웃기죠? 희주 씨를 이렇게 곤란하게 만들고선 이젠 제 이야기로 붙잡고 있네요."

"지금은 괜찮습니다. 지금은…… 싫지 않아요."

물론 난 그녀가 날 잠깐의 한풀이 상대로 여긴다 해도 괜찮았다. 하지만 뭔지 모를 감정이 마음속 어딘가에 남아서 몸 이곳저곳을 쿡쿡 찔러 댔다. 건조한 돌멩이 같은 불편한 기분의 정체를 고민하다 결국 자리에서 일어섰다.

"3일 후에 여기에서 파티가 있어요. 희주 씨가 와 주시면 자리가 덜 불편할 것 같아요."

"불편함을 나누자는 제안이라면 좋습니다. 오늘 해 보니 별것도 아니더군요."

그녀가 내 손을 꼭 잡으며 건네준 초대장을 조수석에 두고 어두워진 밤길을 달렸다. 이렇게 머릿속이 복잡할 땐 어떻게든 해결책을 제시해 주는 사람이 떠오르는 법이다. 그게 내 급여 통장을 갉아먹는 말레이곰 같은 녀석이라도 말이다.

며칠 동안 잘 쉬었는지 이젠 불어 터진 곰에서 그냥 곰으로 돌아온 서진이 맵기로 유명한 떡볶이집에서 날 기다리고 있었다.

"이젠 이런 것도 도전하는 건가? 도선직이고 탐구적인 식탐의 자세로구먼."

"며칠 동안 죽만 먹었더니 자극적인 음식이 생각나서요. 저녁 먹고 온 거 아닌가요?"

"내 인생에서 가장 화려하고 정성도 많이 들어간 음식들을 살펴보다 왔지."

친구들이 들었으면 몇 번은 빵빵 터졌을 이야기지만 서진은 자못 심각한 얼굴로 떡볶이에 손도 대지 않은 채 내 이야기를 들어 주었다. 가끔 보이는 이런 모습 때문에 싫어하려도 싫어하기가 힘든 것 같다.

"역시 셰익스피어는 형님과 같은 시대에 태어났어야 합니다. 그가 이런 비극을 본 적이 있었을까요?"

"한번 써먹은 대본은 넣어 두도록 하자고. 공 탐정의 생각은 어때? 그녀의 행동에 어떤 의미가 있을까?"

"형님이 전통차 모임을 나간 지 3개월 정도 됐는데, 그동안엔 별다른 행동이 없었다는 건 상대가 꽤나 신중한 사람일 가능성이 높죠. 오랜 시간 살펴본 다음 오늘과 같은 이벤트를 미리 준비하지 않았을까 싶습니다. 상대방이 당황하고 화가 날 수도 있는 상황에서 그런 행동을 했다는 건 자신의 행동에 자신이 있다는 거구요. 결론적으로 안소현 씨는 형님이 자신에게 반했다는 걸 알고 있고, 손을 내밀면 바로 잡을 거라는 확신도 있었다는 거네요."

"기분은 안 좋지만 사실이야. 주변에서도 내가 감정을 잘 숨기는 성격은 못 된다더라. 그런데 상대방이 거짓말을 하고 있다는 걸 알 수 있는 행동이나 습관 같은 게 있을까? 얼굴 근육의 변화로 알아채기엔 눈썰미가 부족한 것 같아서 말이야."

"학계의 연구 결과나 경험 많은 수사관이 쓴 책을 보면 몇 가지 신호를 알 수 있기는 해요. 하지만 개인차가 있는 데다가 주변 상황이라든지 고려해야 할 요소가 많아서 100퍼센트 신뢰하긴 힘들죠. 예를 들어 말을 하기 전에 오른쪽 위를 보면 이야기를 지어내고 있을 가능성이 높다고 하는데, 오랜 시간을 들여 이야기를 꾸며 온 경우엔 그렇지도 않더라구요. 형님은 지금 그녀의 본심을 알고 싶으신 건가요?"

"내가 성인(聖人)처럼 살아온 것도 아니고 그녀가 날 진
짜 좋아하는가 같은 형이상학적 주제엔 관심 없어. 내가
좋으니 그걸로 된 거라고 생각하는데 다만 뭔가 찜찜하다
고 해야 할까? 아니다, 별거 아니니 신경 쓰지 마."

언제부터 가지고 있었는지도 확실치 않은 이 감정을 서
진에게 설명하기가 쉽지 않았다. 내 마음속 상자의 구석에
자리잡고 있는 이 감정은 지금 한껏 부풀어 오른 연애 감
정을 흔들 정도는 아니기 때문이기도 했고, 의식적으로 억
누른 것일 수도 있었다. 그것이 내 상자를 부수고 나올 정
도의 크기가 되지 않는다면 언제까지든 꺼내지 않을 참이
었다.

하지만 지금까지의 내 삶이 그랬듯, 앞으로의 일도 내
바람처럼 흘러가 주지는 않았다.

다시 들어선 소현의 저택은 며칠 전에 와 보았던 곳이
맞나 싶을 정도로 전혀 다른 공간이 되어 있었다.

차가운 무관심과 불쾌한 적의가 가득하던 1층 로비에는
손님을 환대하는 따뜻한 공기가 넘쳐흘렀고, 저택 곳곳을
가득 채운 사람들의 얼굴엔 달라이 라마가 가르침을 청해
도 될 정도로 여유와 자애가 가득했다.

잘 먹지도 않는 독한 전통주가 담긴 와인 잔을 들고 소

현을 찾아다닌 나는 2층에서 여성들에게 둘러싸여 있는 금태영을 만났다. 천지창조 속 아담 같은 자세로 가득 찬 와인 잔을 들고 소파에 기댄 그는 나를 보자 오랜 친구를 본 사람처럼 잔을 들어 올렸다.

"Bienvenue, Amie amicale(환영합니다, 친절한 친구여)! 내 아내의 친절한 벗, 양희주 기자님이 오셨군요."

과한 몸짓으로 와인 잔을 건네는 그를 따돌리고 소현을 찾아다닌 나는 의외의 장소인 주방에서 그녀를 찾을 수 있었다.

소현은 나를 보며 살짝 웃음을 지어 보였는데, 우리만의 비밀이 생긴 것 같은 기분이 들어 기분이 묘했다.

"안주인이 여기 있어도 되는 겁니까?"

"위에는 내가 끝까지 올라오지 않길 바라는 사람들이 많아요. 그들의 작은 기쁨을 지켜 줘야죠. 희주 씨도 올라가셔서 남편을 지켜봐 주세요. 나중에 배웅하러 갈게요."

"그러면 제가 여기 온 목적에 부합되질 않는데요."

용기를 내서 던져 본 내 추파에 소현의 눈이 커졌다가 입가에 미소가 번졌다. 서진의 표현을 빌리자면 '오랜 시간 연습한 준비된 리액션' 같은 느낌이었지만, 내겐 그걸로 충분했다.

나에 대한 반응을 보면 금태영은 분명 아내와 함께 나타난 불청객을 어느 정도는 신경 쓰고 있었다. 내 치기 어린 행동으로 소현을 불편하게 만들고 싶진 않았기에 난 차를 준비하느라 정신이 없는 소현을 뒤로하고 다시 파티장으로 향했다.

금태영은 재계 100위권의 대기업 후계자답게 주위에 사람이 많았다. 잘 보이려는 사람들과 그저 그의 근처에 있는 것만으로도 행복해 보이는 사람들, 불만에 가득 차 보이는 사람들까지 다양한 목적과 꿍꿍이를 가진 사람들이 그의 옆에 빈자리가 생기기만을 기다리며 주위를 서성이고 있었다.

이번엔 태영이 건네는 샴페인 잔을 마다하지 않았다. 세 병이면 내 급여 통장을 가뿐하게 비울 수 있는 가격을 자랑하는 아르망디 샴페인은 예전에 서진과 새우 요리에 곁들여 먹었던 돔 페리뇽과는 맛과 향이 달랐다.

여기서 취할 생각은 아니었기에 아쉬움을 남기고 잔을 내려놓는 내 곁에 금주희가 나타나 쓸데없는 존재감을 발산했다.

"내 첫인상이 별로 좋지는 않았나 봐? 그래도 너무 대놓고 싫은 티를 내진 말아야지."

금주희는 주위의 시선이 신경 쓰였는지 반가운 지인을 본 것처럼 환하게 웃으며 내 옆에 앉았다. 경영을 하려면 싫은 사람 앞에서 밝게 웃는 법부터 배우는 모양이었다.

"안소현이 사람을 집으로 끌어들인 것도 처음인데 그것

도 현역 기자일 줄이야. 조그만 게 꼭 우리 예상을 벗어난 다니까. 아, 그쪽을 보고 한 얘기 아니니까 기분 나빠 하지 말라구."

책에서 본 말이 맞았다. 기분 나쁘게 듣지 말라며 하는 얘기가 가장 기분 나쁘다.

"집으로 끌어들였다는 게 제가 아는 의미라면 우린 그런 사이가 아닙니다."

"내가 말하는 게 이래서 친구를 잘 못 만들어. 그래도 확실한 건 우리가 적이 아니라는 거지. 내 적의 적은 친구까진 몰라도 파트너 정도는 될 수 있잖아?"

금태영을 말하는 건가. 현 회장의 건강이 좋지 않고 경영에서도 손을 놓았다는 얘기는 몇 년 전부터 들려오던 비밀 아닌 비밀이었다. 도무지 속을 알 수 없는 행적으로 후계자 구도에 대해 말이 많다 보니 형제 간 알력이 생길 만도 했다.

"난 안소현이 뭘 하건 신경 쓰지 않을 거야. 당신도 마찬가지고. 자세히 보니 꽤 귀엽긴 하지만 내가 요즘 좀 바빠서."

금주희가 갑자기 내게 밀착하며 깊게 팔짱을 끼는 바람에 주위의 시선이 잠깐 우리에게 집중되었다. 어지간한 돌부처라 자부하는 나도 이런 갑작스러운 육탄 공세엔 당황할 수밖에 없었다.

그녀가 내 귀에 입술을 가까이 가져다 댔다.

"그러니까 폭탄 던지러 온 테러리스트처럼 인상 쓰고 있지 말고 좀 즐겨, 여기가 재미없으면 날 찾아와도 돼."

이런 무례한 사람에게도 약간이나마 몸이 반응하는 걸 보니 내가 연애를 오래 쉬긴 한 모양이었다.

금주희가 자리를 떠난 후 금태영을 보니 곁눈질로 나를 살피고 있었다. 일주일만 함께 지내면 신경 쇠약에 걸릴 것 같은 피곤한 사람들이었다. 나와 눈이 마주친 금태영은 갑자기 사춘기 소년 같은 미소를 지었는데, 성별, 인종, 연령을 불문하고 눈앞에 있는 상대를 홀릴 수 있을 만한 아름다운 미소였다.

문제는 그 직후 금태영이 갑자기 얼굴을 급격히 찡그렸고, 땀까지 흘리기 시작했다는 것이었다. 누군가의 높은 굽에 발등이라도 밟힌 걸까 생각하고 있는데, 얼굴색이 진보라색으로 변해 가는 걸 보니 뭔가 심상치 않았다.

비극을 연기하는 연극배우처럼 그가 가슴팍을 붙잡고 소파에서 고꾸라지자 찰싹 붙어 있던 여성 중 두세 명이 새된 비명을 질렀다.

소리를 질러 댈 뿐 결국은 구경만 하는 사람들을 밀쳐 내고 그에게 다가가 상태를 살폈다. 이미 호흡이 멎은 그의 입가에 하얀 거품이 묻어 있었고 술 냄새에 섞여 은은한 아몬드 향이 풍겨 왔다. 테이블엔 여러 종류의 잔과 소현이 정성 들여 차려 낸 찻잔 들이 놓여 있었다.

먼저 사람들을 빈방으로 옮긴 후 경찰에 전화를 했다. 신고를 마친 후 바로 서진에게 연락을 넣었다.

서진은 놀랍게도 먹던 식사를 중단하고 오겠다는 황당한 말을 남겼다. 그에게도 이게 보통 사건이 아니라는 촉이 왔던 것일까. 대낮에 수많은 사람이 있는 파티장에서 호스트인 금태영이 사망했다.

사인은 청산가리 중독. 살인 사건일 가능성이 매우 높은 상황이었다.

"애거서 크리스티의 추리 소설에 어울리는 무대로군요. 파티장과 많은 사람들, 그 속에서 벌어진 살인."

무슨 바람이 불었는지 경찰보다도 먼저 도착한 서진이 사람들로 인해 엉망이 된 페르시아산 카펫을 바라보며 안타까운 표정을 지었다. 서진이 도착한 후 10분이 채 안 되어 전북 경찰청 소속 수사관들과 감식반원들이 도착했다.

서진 못지않은 전북 수사관들의 속도에 감탄하고 있는데, 큰 키에 희멀건 얼굴을 한 남자가 다가와 고개를 살짝 숙였다. 신분증엔 박현수라는 이름이 흐릿하게 새겨져 있었다.

"양희성 경감님 자제분이라고 들었습니다. 경감님께 많은 걸 배웠죠. 가업을 이으신 겁니까?"

"불행히도 그러진 못했어요. 전 K일보 기자입니다."

"상황을 처음부터 보신 거죠? 피해자가 쓰러졌을 때부터 설명을 좀 부탁드립니다."

"사망자 금태영은 형사님 뒤에 있는 소파 가운데에 앉아 있었어요. 오후 2시 10분경에 저는 그와 눈이 마주쳤고, 얼마 안 있어 그의 얼굴색이 변하는 걸 봤지요. 얼굴색이 변하고 쓰러지기까지 30초가 걸리지 않았어요. 가까이 있던 여자 두세 명이 비명을 질렀고, 제가 쓰러진 금태영에게 다가가 사망을 확인했습니다. 호흡도 맥박도 없었어요. 사람들이 우왕좌왕하기에 제가 일단 모두를 옆방으로 옮겼지요. 사람들을 옮기고 있는데 사망자의 아내인 안소현 씨가 현장에 도착했고, 울부짖는 그녀를 다른 방으로 안내했습니다. 그리고 30~40분 정도 후에 여러분들이 도착했어요."

"저기 있는 저 사람하고 말이죠. 도대체 특별 자문이라는 게 뭡니까?"

꿀통이라도 찾는 것처럼 여기저기를 쿵쿵대며 기웃거리는 서진을 마뜩잖게 쳐다보는 박현수를 보니 나도 모르게 헛웃음이 나왔다. 곰탱이는 사건을 해결하기 전까진 계속 저런 시선을 받아야 할 것이다. 그나마 식후라 나사가 두 개쯤 빠진 모습으로 보이지 않는 게 다행이었다.

"서울, 경기 경찰청 형사들과 함께 어려운 사건들을 여럿 해결한 사람이니 도움이 될 겁니다. 큰 도움이 안 되더라도 피해는 주지 않을 게 확실하구요."

박현수는 감식반을 피해 무용수처럼 파티룸의 이곳저곳을 사뿐사뿐 걸어 다녔다. 그에 비해 서진은 뭘 훔치러 온 게 아닐까 싶을 정도로 굼뜬 동작에 기웃거리고 킁킁거렸다. 멋들어지게 소개를 해 준 것이 후회가 될 즈음에 서진이 오랜만에 등을 펴고 고개를 들었다.

"청산가리가 든 잔은 찾았습니까?"

"나랑 끈적하게 눈을 맞추고 있을 때 벌어진 일이라 찾기가 어렵지 않았지. 여기 안주인이 중간에 쉬는 시간을 가지라는 뜻으로 차를 내왔는데, 거기에 들어 있었어. 박하차는 전통차 중에선 향과 맛이 강한 편이라 금태영이 눈치를 못 챘던 것 같아."

"차는 누가 가져왔죠?"

"여기 고용인들이 가져왔지. 저택 복도에 CCTV가 있어서 바로 확인이 가능할 거야."

"찻잔이 있는 테이블 쪽을 비추는 CCTV는 없는 거군요?"

"살펴봐야겠지만 내가 보기엔 그래."

"안소현 씨라고 했나요? 아내의 반응은 어땠습니까?"

"보자마자 울더군. 계속 울었어. 지금도 울고 있을지 모르겠다."

"이거 어렵군요. 난처한 상황이네요."

서진이 이렇게까지 말하는 건 처음이었다. 내가 봐도 도

무지 감을 잡을 수 없는 사건이긴 하다.

"이렇게 좋은 캐비어에 아르망디 샴페인이 있는데 손도 댈 수 없다니…… 청산가리 중독으로 죽더라도 이런 캐비어는 먹어 줘야 합니다."

그새 먹은 게 다 소화된 건지 정신 나간 소리를 하기 시작한 서진을 데리고 일단 저택 밖으로 나왔다. 어차피 경찰이 먼저 현장 감식을 마친 후 파티 참가자들을 조사해야 우리 차례가 올 것이고, 서진은 사건 현장에 집중하는 스타일이니까 잠깐 바람을 쐬는 것도 괜찮겠다 싶었다.

망할 돼지 곰탱이는 이제 눈까지 풀린 것이 며칠 아픈 사이 제대로 못 먹은 것에 대한 한풀이라도 하려는 것 같았다.

서진을 차에 구겨 넣고 전주 시내로 나오니 그가 쌍수를 들고 반길 만한 맛집들이 도처에 널려 있었다.

그중에서 올 때마다 한 번씩 들르는 아구찜집을 선택한 나는 비틀거리는 서진을 의자에 앉히고 사장님을 불렀다.

서진은 주문을 받으러 오는 인자한 미소의 사장님께 거의 울 듯한 얼굴로 외쳤다.

"빨리 주세요!"

"그럼 주문을 빨리 하세요."

한국인이라면 '아구찜엔 콩나물이지'라고 생각하는 분들이 대부분이겠지만, 의외로 아구찜엔 시래기가 잘 어울린다. 아구찜 자체의 매운 맛을 부드럽게 감싸 안아 달래 주는 부드럽게 씹히는 맛이 일품이기도 하고, 아구찜 특유의 걸쭉한 양념엔 시래기가 더 잘 어울린다는 게 내 개인적인 생각이다. 이곳은 전국에서도 몇 안 되는 시래기 아구찜 전문점이었다.

서진에게도 내 의견을 인정받고 싶었지만, 눈을 뜬 건지 감은 건지 알 수 없는 묘한 얼굴로 '접시에 있는 걸 집어 입에 넣는다'는 단순한 행동만 몇 분째 반복하는 서진에게 작은 간섭도 하고 싶지 않아 내버려 두었다.

다만 사람들에게 모자란 아이를 며칠 굶기다 주변 등쌀에 밥 한 끼 겨우 먹이러 나온 나쁜 형처럼 보이는 건 아무래도 신경 쓰이는 일이었다.

"점심 먹다가 온 거라며. 대사 속도가 점점 빨라지는 거 아니야? 조만간 링거를 꽂고 다니는 걸 볼지도 모르겠구먼."

"식사를 링거로 대신하게 될 날은 절대 오지 않을 겁니다. 약속하죠."

뭐 그런 걸 약속까지…… 더욱이 나에게 저런 선언을 하는 건 '마지막 한 입까지 너를 뜯어먹고 가겠다'는 포식자의 굳은 다짐처럼 들려서 기분이 좋지 않았다.

보통 성인 남성 3~4인 정도가 술을 곁들여 만족하며 먹을 수 있는 양인 특대 아구찜을 혼자, 그것도 30분도 안 돼서 해치우는 광경은 최근 수위가 강력해진 유튜브 개인

먹방에서도 보기가 쉽지 않은 명장면이라 우리 테이블 주변엔 사람들이 모여들었다.

접시까지 먹을 생각은 없었는지, 서진은 깨끗해진 접시를 내려 두고 고개를 들었다. 저리 게걸스레 먹으면서 입술에 양념조차 묻히지 않는 것도 능력이라면 능력이다. 나를 빤히 보기에 이번엔 본인이 사겠다고 하려나 하는 헛된 바람도 가져 보았다.

"어서 계산하고 오시죠. 후식을 먹으러 갑시다."

보통 입안이 얼얼하게 매운 걸 먹은 후의 후식이라면 깔끔한 아메리카노 한잔이나 달콤한 브라우니 같은 걸 생각하기 쉽지만, 역시나 일반적인 입맛을 벗어난 공서진의 선택은 피순대였다.

조금 전까지 살인 사건 현장에 있던 사람이 상상하기 어려운 메뉴였다. 그곳에서도 주변의 놀란 시선을 아랑곳하지 않고 자신만의 먹방을 고집스레 진행하던 서진은 어느 순간 정상으로 돌아온 눈빛으로 나를 보고 있었다.

"범인은 왜 그런 클래식한 방식을 선택했을까요?"

"추리 소설 마니아한테는 청산가리가 뻔한 클리셰지만, 그만큼 소량으로 효과 확실한 독이 없잖아?"

"방법보다는 상황이 독특해요. 불특정 다수가 용의자로 떠오르는 건 살인자에게 그리 좋은 방법이 아닙니다. 혐의를 씌울 확실한 희생양을 만드는 게 더 좋겠죠."

"그럴 만한 여유가 없었다던가? 갑작스럽게 계획된 일일 수도 있지."

"형님이 주신 LK 인베스트먼트 자료를 조사하다가 살해된 금태영도 상당한 투자를 받았다는 걸 알게 됐어요. 명목상 대표로 있는 바른 누룩 컴퍼니 명의로 125억이라는 거금을 투자받았더군요. 투자금의 사용처가 알쏭달쏭해서 관련 기관에서 조사에 들어가려는 참이었습니다."

"그렇잖아도 파티장에서 예상치 못했던 얼굴을 봤어. 천용구가 여길 왔더군. 딸이 납치됐는데 한가하게 파티에 오다니 좀 이상하더라고. 그러고 보니 납치 사건은 어떻게 되고 있어?"

"경찰도 천용구의 자작극으로 생각하는 분위기입니다. 납치범한테는 아무런 연락도 없고, 천용구 또한 경찰이 요구한 정보를 전혀 제공하지 않고 있어요. 버티기에 들어간 것처럼 보입니다."

"하지만 그렇게 해서 천용구가 얻는 게 대체 뭘까? 딸의 몸값을 지불하고 자신은 처벌을 받는 결말이 되는 게 가장 이상적인데…… 이렇게 되면 굳이 자작극을 벌이는 의미가 없어."

"그게 좀 이상하긴 한데, 자신의 배임 혐의에 대한 수사가 들어오다 보니 후속 조치를 궁리 중인지도 모릅니다.

궁금하시면 저택을 빠져나가기 전에 한번 물어볼까요?"

"취조는 수사관하고 특별 자문께서 맡으셔야지. 난 저택에 들렀다 올라가서 기사나 좀 써야겠어. 오랜만에 특종을 눈앞에서 잡았는데 선수를 뺏길 순 없지."

"그렇네요. 많이 놀라셨을 텐데 가서 잘 위로해 주시고 너무 들이대지는 마세요."

"너, 내 말을 제대로 듣고 있는 거냐……."

테이블에 있는 계산서를 집어 든 서진이 나를 보며 의미심장한 한마디를 남겼다.

"그런데 말이죠. 금태영의 잔이 어떤 건지는 누가 알려 준 걸까요?"

다시 돌아온 소현의 저택은 예전의 분위기를 되찾고 있었다. 미국 중남부에 있는 농장주의 저택 같은 분위기는 어디론가 사라지고 외부인에게 불친절한 차가운 공기가 집안 구석구석에 들어차 있었다.

다행히 조사가 완전히 끝나진 않아서 서진과 나는 천용구를 만날 수 있었다. 난 별로 내키지 않았지만 서진의 거대한 손에 붙잡혀서 함께 들어갈 수밖에 없었다.

키는 크지 않지만 어깨가 넓고 가슴 근육도 발달한 전형적인 마초 스타일의 체격을 가진 천용구는 우리를 보자마자 도사견처럼 으르렁거렸다. 마치 투견장 케이지에 들어온 기분으로 자리에 앉으니 서진이 쉴 틈도 없이 입을 열었다.

"사실 저희는 따님 천세라 양의 납치 사건을 조사하고 있습니다. 세라 양의 행방에 대해 아시는 게 있는지요?"

천용구가 어이없다는 얼굴로 서진과 나를 번갈아 보더니 대뜸 담배를 물었다.

"지금 그걸 나한테 물어보는 거요? 당신들 경찰 맞아? 피 같은 세금으로 이런 머저리들한테 월급에 연금까지 주고 있었다니 내 참……."

당사자도 아닌데 갑자기 내가 울컥했다.

"보니까 2년째 세금 체납 중이시던데. 그거 완납할 때까지 당신은 그런 말 나불대면 안 되지."

"뭐라고? 너 방금 뭐라고 했냐?"

오랜만에 나보다 작은 사람 앞에 서서 그런지 왠지 용기가 샘솟는 것 같았다.

"당신이 무슨 생각을 하는지는 경찰도 대충 알고 있어. 세금 추징은 국세청이 할 일이고, 횡령 및 배임에 대한 건 법원에서 판단할 테니 상관없는데 요즘 중학생이 며칠씩 결석하고 여기저기 돌아다니는 게 학업에 얼마나 악영향을 끼치는지는 아빠로서 자각을 하고 있어야지. 애를 데리고 언제까지 언론 쇼를 할 건지 모르겠다만, 우린 크게 관심도 없고 보다시피 살인 사건까지 터져서 정신이 없으니까 조용히 애 집에 데려다 놓고 검찰에 출두해. 그게 지금 당신에게 최선이야."

천용구가 자리에서 벌떡 일어섰다. 부들부들 떠는 모습이 내가 예상한 것과는 많이 달라서 적잖이 당황할 수밖에 없었다. 이상하게도 그는 지금 화가 나 있었다.

"멍청이들이 아무것도 모르면서 큰소리는…… 이런 헛소리할 시간에 내 딸이나 찾아와. 지금 당장!"

천용구의 도발은 서진이 자리에서 일어남과 동시에 간단히 제압되었다. 천용구는 싸움의 유불리를 파악하는 능력이 탁월했다. 서진은 입을 굳게 다문 천용구에게 부드럽게 말했다.

"따님은 찾을 겁니다. 도와주신다면 더 빨리 찾겠지만 아니더라도 곧 찾을 것 같군요. 문제는 따님이 돌아와서 아빠가 자신의 안위를 두고 계산기를 두드렸다는 사실을 알게 됐을 때가 아닐까요?"

우리는 입을 다문 채 생각에 잠긴 천용구를 그대로 두고 그곳을 나왔다. 아귀가 스태미나에 좋다더니 서진에게도 에너지 보충이 제대로 되었는지 눈빛이 초롱초롱했다.

"확실히 딸 얘기를 할 때 당황하는 것 같았지? 대체 왜 집으로 돌려보내지 않는 걸까?"

"딸 얘기를 할 때 당황했던 건 맞지만 약간 이상하군요. 우리는 직접적으로 그의 행동을 끄집어냈어요. 자신의 치부가 드러나면 사람들은 냉정한 태도를 보이려고 노력하죠. 땀을 많이 흘리고 동공이 흔들리면서도 외부로 드러나는 자세는 침착하게 유지하려고 애쓰게 됩니다. 천용구는 반대의 반응을 보였어요. 그는 자신의 상태를 감추려고 하지 않더군요. 오히려 뭔가 알아채 주길 바라는 것처럼요."

"뭐야, 그렇다면 설마?"

"경찰이 밝혀낼 겁니다. 형님은 어떻게 하시겠어요? 말씀드린 대로 조사에 더 참여하셔도 됩니다."

"그냥 가려고 했는데 한 사람만 더 보고 가야겠어."

다시 만난 금주희는 파티 때 보았던 것과는 다른 사람이 되어 있었다. 두껍게 덧칠되어 있던 화장을 지우니 감추어져 있던 투명한 피부가 드러나면서 청초한 미인이 되어 있었다. 인정하긴 싫지만 내가 어렸을 때부터 좋아하는 여성상이 분명했다. 그녀의 육탄 공세에 내가 싫은 티를 못 냈던 건 지극히 본능적인 이유였던 것이다.

금주희는 나를 보며 짧은 윙크를 해서 다시 한번 나를 당황시키려 했지만 이번엔 실패했다.

"15분쯤 전에 박현수라는 사람한테 다 얘기해 줬는데. 할 얘기가 더 남았나요?"

"아까 하지 않았을 내용만 물어보겠습니다. 금태영 씨가 쓰러지신 후에 금태영 씨의 잔이 뭔지 물어본 사람이 있었습니까?"

"그런 사람은 없고 테이블에 손대지 말라고 소리친 사람은 있었죠. 자기 박력 있던데? 셜록 홈즈 같았어."

방심하고 있다가 당한 2차 도발엔 내가 조금 반응을 해버리고 말았다. 서진의 눈썹이 기분 나쁘게 살짝 씰룩거렸다.

"금태영 씨가 쓰러진 후에도 소파에 계속 앉아 있던 사람이 누군지 혹시 기억하십니까?"

"글쎄요. 오빠한테 끈덕지게 달라붙는 나이 먹은 아이돌이 하나 있는데 걔였던 것 같기도 하고, 사실 거기 있던 사람들은 죄다 오빠 곁에 있던 거나 마찬가지였어요. 오빠는 항상 주위의 시선을 끄는 사람이었거든요."

주희의 얼굴에 그림자가 드리워지는 걸 본 나는 나도 모르게 그녀의 어깨에 손을 얹을 뻔했다. 아차 싶어 서진을 보니 분명 입꼬리가 살짝 올라가 있었다. 제길, 이번엔 제대로 한 건 걸린 것 같았다.

금주희가 자릴 뜬 후 나도 급히 따라나서려는데 예상대로 서진이 날 불러 세웠다.

"비극엔 치정이 있는 게 맞죠. Sense & sensibility인가요…… 갈수록 재미있어지는군요."

"알았어. 이번엔 내가 졌으니 사건에 집중하자고. 이거 살인 사건이야."

"그래야겠죠. 그럼 형님이 안소현 씨께 여기로 와 달라고 전해 주시겠습니까?"

"그 전에 네가 왜 소현 씨를 의심하는지부터 말해 줘."

서진이 나를 뚫어지게 노려보기에 나도 지지 않고 눈싸움 한판을 벌였다. 학창 시절부터 눈싸움이라면 누구에게도 지지 않는다 자부했는데 눈앞의 곰탱이도 만만치 않았다. 원래 곰이 눈을 깜박거리지 않던가?

그래도 결국은 내가 마포 눈싸움 황제의 자존심을 세웠다. 딱히 자랑스럽진 않았다.

"살인 사건에서 범인이 용의 선상에서 벗어나는 가장 쉬운 방법은 누군가에게 누명을 씌우는 겁니다. 희생자는 많으면 안 돼요. 반드시 한 명이어야 수사 방향도 집중되고 이견의 여지없이 사건이 종결될 수 있죠. 이 사건의 경우 파티장에 있던 용의자 모두를 의심해야 해요. 재산 다툼이 극에 달한 가족과 불법 투자의 책임을 서로 떠넘기려는 기업인, 치정 관계가 의심되는 여인 들도 있네요. 이렇게 되면 사건의 범위가 넓어지면서 자신의 알리바이 또한 검증을 받게 되죠. 안소현 씨는 파티 호스트의 아내이면서 파티장엔 얼굴도 내밀지 않았죠. 형님을 비롯한 여러 사람들에게 그 사실을 주지시켜 주기도 했어요. 미리 벽을 세워 둔 후 무대를 꾸민 거죠. 이제 경찰은 막강한 힘과 대중적 영향력을 가진 사람들을 용의 선상에 놓고 들쑤셔야 합니다. 상당한 시간이 필요하겠죠. 안소현 씨도 뒤가 구린 거

액의 돈을 깨끗하게 만들 시간이 필요했을 겁니다. 형님도 LK 인베스트먼트의 비밀 투자 내역을 보셨을 테니 무슨 말인지 아실 거라고 생각합니다."

"전에 했던 내 얘기 때문에 선입견이 생긴 건 아니고? 난 그저 사람을 잘 못 믿는 성격 탓에 나 혼자 검증에 들어간 것뿐이야. 솔직히 너도 바보 같다고 생각했을 거 아냐. 이런 사건이 일어날 거라 예감하고 그런 게 아니라고."

"오랜 시간 준비한 무대일 경우에 이런 문제가 생기는 겁니다. 제가 보기에 안소현 씨는 1년 이상 이 살인을 준비했어요. 청산가리는 출처를 절대 찾을 수 없을 것이고 어떻게 금태영에게 먹였는지도 밝혀내기 힘들 겁니다. 하지만 오랜 시간 준비한 행동을 계획하고 실행하려는 사람은 어떤 정해진 방향으로 진행하려는 흔적을 지속적으로 남기게 되고, 결국 형님처럼 느낌이 좋은 사람들을 자극하는 거죠. 형님도 그런 소현 씨의 흔적을 계속 봤기 때문에 제게 그런 이야기를 한 겁니다."

사실이다. 그녀에 대한 맹목적인 호감이 커질수록 정체를 알 수 없는 찝찝함도 자신의 자리를 지키며 조금씩 크기를 키워 나갔다.

소현은 내가 기자라는 걸 알고 있었다. 아마도 처음 농장에 간 날부터 뒷조사를 했던 것 같았다. 그리고 관심 없는 척 꾸준히 나를 지켜봤다. 어디에 쓸모가 있을지 어떻게 사용해야 할지 3개월 동안 지켜보며 계획했을 것이다.

서진의 말대로 그녀는 내가 자신에게 빠져 있다는 걸 알고 있었다. 이 사건에서 사랑에 빠진 내가 맡은 역할이라면 슬픔에 잠긴 그녀의 곁을 지키면서 금태영의 사망 당시 그의 곁에 있던 사람들을 기억해 내서 들쑤시는 일일 것이다.

기자에게 맡기기 좋은 역할이었다. 분명 그곳엔 너무 많은 사람들이 있었지만, 요즘 같은 시대에 찻잔에 독을 주입하는 신묘한 기술이 없으란 법도 없다. 그래, 그것이 문제다.

독은 박하차가 담긴 잔에서 나왔다. 금태영이 마신 잔에서만 독이 검출됐는데, 서빙을 한 직원조차 잔의 위치도, 금태영이 그 차를 마실지 안 마실지도 확실하게 알 수가 없는 상황이었다. 차는 한 쟁반에 여섯 잔씩 담겨서 테이블에 놓였다. 태영이 집기 좋은 위치에 놓는 건 불가능한 일은 아니다. 하지만 그 작업을 소현이 직접 하는 건 불가능하다.

소현의 성격상 공범을 생각하기가 어려웠다. 내가 본 소현은 계획부터 준비, 실행까지 모두 완벽하지 않으면 시작도 하지 않을 성격이었다. 나에게 보여 주던 표정, 몸짓 하나도 전부 상대의 맘을 흔들고 조종하기 위한 과정 같다는 생각을 언젠가부터 하고 있었다. 그러나 이 모든 게 사실이라 해도 그녀에겐 알리바이가 있다.

"쪼잔한 성격인 내가 날 봐 주지 않는 미모의 유부녀한
테 앙심을 품고 그런 생각을 가졌을 가능성도 배제하면
안 되지. 무엇보다 네 말대로 그녀와 사건 현장 사이에는
벽이 세워져 있다고."

"맞습니다. 그녀는 그 벽을 지켜야 하기 때문에 다시 행
동에 나설 수도 있습니다. 그래서 빨리 알아내는 게 중요
한 겁니다."

서진이 갑자기 내 손을 잡았다. 무겁지만 따뜻한 손이었다.

"딱 한 번만 묻겠습니다. 금태영 살인 사건의 수사 자문
자격으로 묻는 겁니다. 소현 씨에게 금태영이 마신 찻잔이
뭔지 알려 주셨습니까?"

마지막 질문을 듣고 나니 서진이 생각한 금태영 독살 사
건의 트릭을 어느 정도 유추해 낼 수 있었다.

"요즘은 환자의 상태에 따라 다양한 형태의 캡슐 제제가
발매되고 있습니다. 30분 단위로 녹는 시간을 조절할 수
있다고 하더군요. 오늘은 바쁜 날이었으니 아마도 아침 일
찍 먹이지 않았을까 생각됩니다. 일고여덟 시간 정도 후에
녹아 없어지는 캡슐에 담긴 청산가리를 영양제에 섞어 주
었겠죠.

금태영은 파티 중에 캡슐이 녹으면서 내장을 녹이기 시
작한 청산가리에 의해 사망하게 됩니다. 금태영이 마신 찻

잔에서 청산가리가 발견되고 용의자 중 한 명인 안소현 씨는 주방에서 나간 적이 없으니 일단 알리바이가 생기겠죠.

음주량이나 그날 컨디션에 따라 오차는 생길 수 있지만 크게 걱정할 필요는 없습니다. 파티 중에 독효가 나타나기만 하면 되니까요. 여기서 공범자의 역할이 중요해집니다. 이 계획은 혼자서 벌이기엔 어려운 점이 많습니다. 금태영이 마신 찻잔에서 청산가리가 발견되지 않으면 그녀의 알리바이가 의미 없어지는 거니까요. 그리고 부검에서 캡슐 조각이 발견될 가능성도 있으니 가장 좋은 방법은 수사관들의 시선을 찻잔에 묶어 두는 거겠지요.

금태영에게 앙심을 품은 누군가가 정신없는 파티 와중에 그의 찻잔에 독을 탔다. '대기업 후계자의 어이없는 죽음' 혹은 '권력 암투가 빚어낸 끔찍한 비극' 같은 기사들을 언론에서 쏟아 내고 경찰을 압박하면 더욱 좋구요.

공범에게 많은 역할을 맡기는 건 그녀의 성격상 쉽지 않았을 겁니다. 공범의 역할을 최대한 제한하고 본인이 해결하려 했을 겁니다. 공범은 금태영이 쓰러진 후 급히 올라온 안소현에게 금태영이 마신 잔이 어떤 건지 알려 주기만 하면 됩니다.

안소현은 사람들의 관심이 금태영에게 쏠린 틈에 그의 잔에 청산가리를 넣고 바로 울부짖으며 모두의 시선을 자신에게 집중시킵니다. 그렇게 함으로써 자신이 현장에 손

을 쓸 여유가 없었다는 걸 사람들에게 무의식중에 각인시
키는 거죠.

솔직히 말해서 저도 아무런 정보가 없는 상태에서 현장
에 왔다면 보이는 그대로 믿기 쉬운 상황이었습니다.

그만큼 잘 꾸며 놓은 현장이에요. 안소현 씨의 입장에서
보자면 운이 없었던 거라고 할 수 있겠습니다."

소현이 서진의 말을 듣지 않아서 다행이라는 생각이 들
었다. 가공된 표정이라 해도 난 그녀의 실망한 얼굴을 보
고 싶지 않았기 때문이다. 그녀가 이 계획을 생각한 건 아
마 남편 금태영의 불법 투자금 유치를 알게 된 후가 아닐
까 추측해 본다.

평생을 정직하게 일구어 온 회사의 신용이 금태영의 실
수로 무너지게 된 상황, 그나마 받았던 투자금은 구경도
못 해 보고 남편의 도박 자금으로 사라져 버렸다. 회사를
살리기 위해 선택한 원치 않은 결혼이었는데 결국 회사의
위기를 부채질한 결과를 초래했다는 걸 깨달은 소현은 모
든 걸 바로잡기로 결심한 것이다.

아직 한 가지 남은 것이 있다. 그녀를 도와 이 불행한 트
릭을 완성시킨 공범은 누구일까?

금주희는 금태영의 파멸을 바라고 있었다. 말 그대로 파
멸이다, 죽음이 아니라. 자신의 앞에 무릎 꿇는 걸 보고 싶
어 하는 것 같았다. 금창선 또한 회장 자리가 욕심났겠지

만 이런 짓을 벌일 머리가 있어 보이진 않았다.

그렇다면 천용구가 남는데 조사 때 본 그는 화가 난 것처럼 보였지만 사실 겁을 먹고 있는 게 분명했다.

줄을 세워 놓고 보니 서진이 날 의심한 것도 무리는 아니었다. 결단력과 행동력이 있고, 사랑에 눈이 먼 멍청이.

사건이 종결되면 절교하려고 했는데 아무래도 한 번은 봐줘야겠다는 쪽으로 마음이 흔들렸다.

"저, 저기 형님께 실례의 말씀 드린 걸 알고 있습니다. 어떻게 사죄를 드려야 할지……."

"그 실례를 안 했으면 너한테 큰 실망을 했겠지. 이래 봬도 강력반 형사의 아들이라고. 실례는 이제 잊어버리고 대신 실망시키고 싶지 않다면 공범을 당장 찾아봐."

"그래야겠죠. 공범은 자신의 행동이 어떤 결과를 불러올지 몰랐을 수도 있습니다. 지금쯤 크게 당황하고 있겠죠. 안소현 씨의 입장에서 그 공범은 매우 큰 불안 요소일 겁니다."

"설마……."

"그렇게 되지 않게 해야죠. 형님은 들어가시죠. 일이 생기면 연락드리겠습니다."

조사실에서 나온 나는 집을 잘못 찾아 들어온 아이처럼 넓은 방과 복도를 걸어 다녔다. 소현은 2층에 있는 메이크업 룸에서 멍하니 앉아 화장을 고치고 있었다. 내가 들어서자 소현은 주변을 잠깐 살피더니 내 품에 안겼다.

마치 그녀를 지키는 기사라도 된 듯한 기분이 들게 하는 자연스러운 행동이었다.

이게 진짜라면, 아무런 이유도 없이 그냥 내게 안긴 것이라면 얼마나 좋을까 하는 생각을 하니 심장 근처가 저릿했다.

"손님들은…… 인사도 제대로 못 했는데……."

"지금은 인사 나눌 상황이 아니니 걱정 말고 쉬고 있어요. 사람들은 이제 저택을 나가겠지만 수사관이 몇 명 남을 겁니다. 현장 보존 때문에……."

"미드에서 봤어요. 범인이 잡힐 때까지 집에 계속 있는 건가요? 그분들 식사랑 잠자리는 어떻게 해요?"

소현이 언젠가 보았던 눈으로 나를 빤히 쳐다보았다. 순수함을 강조하는 티 없이 맑은 눈빛이다.

"제가 이런 걸 걱정할 때가 아닌 거죠? 남편을 방금 잃은 여자가 하는 행동으로는 맞지 않은 거 맞죠?"

"사업가의 행동 양식에 대해서는 잘 모릅니다만, 억지로 슬픔을 표현할 필요는 없습니다."

"사람들은 그렇게 보지 않아요. 사업가든 아니든 여러 사람의 입에 오르내리는 경우는 다 똑같아요. 남편이 죽었는데 반응이 저런 걸 보니 쟤가 죽인 거네, 불륜이네 뭐네 하면서 한참을 떠들어 댈 거예요. 그리고 막걸리에 독이라도 탄 것처럼 진저리를 치겠죠."

"오후에 슬픔은 충분히 표현하셨어요. 오늘은 일찍 쉬는 게 좋을 것 같은데요."

"사실은 그럴 생각이에요. 너무 정신이 없고 조금 어지러워서…… 제가 괜히 초대를 해서 희주 씨한테는 너무 죄송해요. 지난번에 집에 억지로 모시는 게 아니었나 봐요."

"저도 유감이라고 생각합니다."

이건 진심이었다.

처음부터 만나지 않았으면 좋았을 인연이라는 게 존재한다는 걸 몸소 깨달은 나는 무거운 마음을 들쳐 안고 저택을 나섰다. 급한 걸음으로 쏟아져 나오는 사람들 사이로 어딘가 익숙해 보이는 푸근한 중년 여인의 뒷모습에 나도 모르게 뒤를 쫓다가 순간 다리가 풀리면서 거대한 곰의 앞발로 뒤통수를 탁 하고 얻어맞은 기분이 들었다.

난 다시 저택의 계단을 미친 듯이 올라 스낵바에서 과자를 몇 봉지째 흡입하고 있는 서진의 어깨를 붙잡았다.

"공범! 알 것 같아! 파티 참가한 사람들 연락처 어디 있어? 빨리!"

다음 날 아침, 난 아직 소현의 저택에 있었다. 많은 일이 있었고 피곤할 법도 했지만 잠이 오질 않았다.

소현은 내 꾀죄죄한 몰골에 놀란 건지 아니면 아침부터 찾아온 내 얼굴에서 풍기는 분위기를 읽었는지, 그녀를 만난 후 처음으로 보여 주는 정말로 놀란 표정을 지어 보였다.

"차 한잔 드릴까요? 기분은 나쁘시겠지만 전 그래도 박하차가 좋아요. 머리를 맑게 해 주거든요."

"박하차 좋습니다. 제게도 필요할 것 같네요."

달그락거리는 소리가 규칙적으로 들리는 것이 마치 자장가 같았다. 그냥 이대로 잠들고 싶다는 생각이 들 정도로 편안한 기분이었다. 누가 죽었고, 누가 죽을 뻔했는지 그리고 누구에게 진실을 얘기해야 하는지…… 모든 게 번거로웠다.

최대한 편한 자세로 찻잔을 닦고 물을 끓이는 소현의 뒷모습을 감상했다.

"다행히 고속도로에 들어가기 전에 찾았습니다. 아, 고명숙 씨 말입니다. 약효가 나타나기 전에 차를 세울 수 있어서 천만다행이었죠. 대형 사고로 연결될 뻔했습니다. 고명숙 씨가 사망했다면 졸음운전으로 인한 연쇄 추돌 사고 정도로 마무리되었겠죠. 당신이 나를 이용해야겠다고 결심하고 접근했던 것처럼 고명숙 씨에게도 그럴 수 있다는 걸 알아채지 못했어요. 분명 당신은 그곳에서 빛나는 위치에 있으면서도 누구와도 친하게 지내지 않는다는 걸 알았는데 말이죠. 고명숙 씨에겐 저보다 더 공을 들였겠죠. 알고 보니 그녀도 작은 증류주 제조장을 운영하고 있더군요. 적지 않은 나이에 미혼이고 사람들 사이에 오가는 묘한 소문들이 있다는 건 당신도 알고 있었을 겁니다. 아마 요구는 별게 아니었겠죠. 남편을 위해 특별히 차를 끓였는데 제대로 마셨는지 알아보고 싶다. 그러니 그가 마시는 잔에 조그맣게 표시를 해 달라고. 근처에 있는 잼이든 캐비어든 상관없었겠죠. 장난이라고 생각했으니 그녀는 아무런 부담 없이 그 일을 했을 겁니다. 그리고 얼마 안 있어서 자신이 계획 살인 사건의 공범이 되었다는 걸 깨닫고 혼란에 빠졌을 겁니다. 자신이 믿고 사랑하던 사람에게 이용당한다는 건 인생의 실패와도 비견될 만한 충격이었을 겁니다."

소현은 아무것도 못 듣는 사람처럼 차를 만드는 일에만 열중했다. 난 일부러 시선을 창밖으로 돌렸다.

"고명숙 씨는 이마에 찰과상이 약간 있긴 하지만 괜찮습니다. CCTV에 고명숙 씨가 잔을 만지는 장면이 잡혀 있을 가능성은 높지 않죠. 얼마 전에 누군가의 지시로 카메라 위치를 조정했다고 하더군요. 남편분의 위에서 캡슐 조각이 발견될지도 확실치가 않고요. 확실한 건 잔에 있는 금태영 씨의 입술 자국과 시신의 입, 식도에서 나온 청산가리의 흔적을 살펴보면 입으로 섭취했을 때와는 다른 결과가 나올 수도 있다는 거죠."

소현의 움직임이 멈췄다.

"물론 그게 소현 씨를 용의 선상에 두게 되는 결정적 증거가 될 순 없습니다. 만약에 당신이 눈에 띄지 않기 위해

비닐장갑 같은 걸 착용하지 않고 청산가리를 직접 손으로
가져와서 금태영에게 사람들의 시선이 쏠린 틈을 타서 잔
에 쏟어 넣지 않았다면, 그래서 당신의 손바닥에 청산가리
접촉에 의한 화상 자국이 없다면 말이죠. 말하고 보니 이
것도 정황증거에 불과하네요. 법정에서 판사는 다른 결론
을 내릴 수도 있을 겁니다."

"상관없어요."

소현이 테이블에 잔 두 개를 내려놓고는 계속 말했다.

"증류주의 제조 공정을 보신 적이 있나요? 한 방울의 불
순물만 첨가돼도 처음부터 다시 시작해야 하는 힘든 과정
이죠. 그런데 대부분 불순물이 첨가되는 건 공정의 초기
라는 거 모르셨을 거예요. 다시 시작할 마음이 있다면 얼
마든지 새로 시작할 수 있지만 대부분 그러지 못하더군요.
고민하고 뜸들이다가 다시 시작할 기회를 놓쳐 버리죠. 희
주 씨가 보기엔 제 공정을 다시 되돌릴 수 있을 거라 생각
하시나요?"

소현에게 지금이 어디쯤의 공정인지 난 알 수가 없었다.
솔직한 마음으론 더 알고 싶었다. 하지만 그러기 위해선 먼
저 해결해야 할 문제가 있었다.

"다시 시작할 수 있다고 봅니다. 소현 씨가 천세라의 위
치를 알려 주신다면요. 여기에 있을지 아니면 고명숙 씨
공장에 있을지는 모르겠지만 당신은 분명 알고 있을 테니

까요. 금융감독원 조사 결과가 아직 안 나왔지만 이 회사에 떨어진 투자금 총액은 250억 정도 되는 것 같더군요. 알려진 금액의 두 배죠. 천세라를 통해 천용구를 협박한다는 계획은 당신답지도 않았거니와 결과적으로는 좋은 생각이 아니었습니다. 천세라 납치 사건이 없었다면 당신 계획을 밝혀낼 어떤 친구가 이 사건에 진심으로 뛰어들지 않았을 수도 있거든요. 별 의미는 없지만 저도 마찬가지구요. 천용구를 통해 당신에게 흘러든 돈은 곧 추적이 될 겁니다. 하지만 전 불법으로 묻지 마 투자가 결정되고 뒷돈이 건네지는 과정에는 당신이 개입하지 않았다고 믿고 있습니다. 충분히 되돌릴 수 있는 공정이라고 생각합니다. 지금이라면요."

소현과 내 앞엔 동그란 찻잔이 두 개 놓여 있었다. 산뜻한 박하 향이 지난밤의 무거운 피로를 걷어 내고 맑은 정신을 이끌어 내는 것 같았다. 찻잔에 박하 잎 이외에 다른 것이 들어 있다 해도 알아채진 못할 것 같았다.

난 소현을 마지막으로 한 번 봐야겠다는 생각이 들었다. 그녀의 얼굴엔 지금까지 보았던 준비된 것들이 아닌, 예상컨대 그녀가 처음 만났을 때부터 보여 주고 싶었을 법한 표정이 담겨 있었다.

난 잔을 들었다. 박하 향에 섞인 진한 조청의 단맛이 눈물이 날 정도로 좋았다.

박하 특유의 떫은맛에 쌉쌀한 뒷맛이 살짝 섞여 올라왔지만, 신경 쓰지 않았다.

우리는 박하 향이 가득한 방 안에서 쏟아지는 햇살을 받으며 잔을 든 채 마주 보고 있었다.

내가 꿈꾸던 완벽한 결말이었다. 다른 사람들은 어떨지 모르겠지만 내겐 이걸로 충분했다.

사라진 것

박한선

충청북도 제천에서 태어났다. 『어쩌다 초능력』이란 앤솔러지에 「캐치」라는 글로 참여한 적이 있다. 브릿G에 '땀샘'이란 닉네임으로 엽편과 단편을 쓰고 있다.

아빠는 요즘 날씨가 동남아 날씨 같다고 말했다. 쨍쨍하다가 금방 어둑어둑해진 다음 양동이로 물 퍼내듯 쏟아부은 후에 또다시 쨍쨍해진다고. 습하고 덥고 비가 와서 힘들다고 했다. 난 아빠가 동남아는커녕 제주도도 못 가 본 걸 알고 있었지만, 장단을 맞춰 주었다. 그러게 진짜 동남아 같아. 물론 나도 동남아에 가 본 적은 없다.

방학을 맞아 집에서 뒹굴뒹굴하면서 아빠 조끼의 냄새를 없애 보려고 노력 중이다. 아빠는 조끼 두 벌을 번갈아 입는데도 뭐라 형용하기 힘든 냄새가 났다. 그래도 최대한 설명을 해 보자면, 담배 냄새, 땀 냄새, 잘못 말린 수건 냄새, 그걸 지우고자 너무 많이 넣은 섬유유연제 냄새. 그 모든 것들이 뒤섞여서 마치 학교 사물함 밑에서 발견된, 우유를 닦고 버려져 이상한 모양으로 굳어 버린 걸레 냄새만큼이나 참기 힘든 냄새가 났다.

아빠가 날마다 하나는 입고 가니, 나는 남은 한 벌로 여러 가지 시도를 번갈아 가며 해 보았다. 내 교복 치마도 이렇게는 안 하는데, 아빠가 일을 하면서 냄새 난다는 소리를 듣게 하긴 싫었다. 베이킹소다, 삶기, 손빨래, 페브리즈 왕창 뿌리기, 크린토피아 가서 건조기 돌리기……. 그 시도들은 냄새 대신 조끼 등에 있는 '대신택배' 글자의 모든 자음을 날려 버리는 걸로 마무리됐다.

아빠는 보통 오전 7시 전에 나가서 오후 7시 후에 들어왔다. 택배가 밀리는 날에는 좀 더 일찍 나가서 좀 더 늦게 들어왔다. 난 저녁은 꼭 아빠를 기다렸다가 같이 먹었는데, 그게 꼭 효심에서 비롯되었다기보다는 아빠가 해 준 밥이 내가 끓인 라면보다는 훨씬 맛있기 때문이었다. 엄마가 살아 있었을 때도, 저녁은 아빠가 했다. 아빠가 요리를 할 때면 엄마는 아빠 옆에서 뒷짐을 진 채 아빠의 요리 강의를 듣기도 했는데, 내가 어렸을 때 옆에서 듣기로는 소금도 적당히 설탕도 적당히 간장 후추 뭐 모든 게 적당히라서 딱히 큰 도움은 되지 않았을 터였다.

아빠가 쉬는 일요일에는 아침은 거르고 두 끼를 모두 시켜 먹었는데 주로 점심은 내가 저녁은 아빠가 메뉴를 골랐다. 그렇게 된 이유는 아빠는 저녁에 소주를 먹어야 해서라는 말 같지도 않은 이유 때문이었다.

아빠는 퇴근할 때마다 음료수를 한 봉지씩 들고 왔다. 아빠가 짐을 배달하면서 받은 것들이었다. 보통 박카스 같은 피로회복제가 주였고, 그다음으로 커피, 이온음료, 과일주스, 가끔은 데자와 같은 이상한 음료수도 있었다. 그건 내가 차곡차곡 냉장고에 정리해 뒀다가 하루에 세 개씩 먹어 치우거나, 학교에 들고 가서 애들에게 나눠 주는 것으로 처리했다. 가끔 아빠가 반병만 더 먹어야지 하고 취한 날에는 내가 정리해 놓은 음료수를 보면서 참 고마운 사람들이야 중얼거리고는 했다. 나도 그 음료수 때문에 아빠가 담당하는 동네 사람들이 좋았다. 학원에서 만난 애들이 그 동네에 살고 있다고 하면, 나도 모르게 친해지고 싶어졌다. 그 동네에 있는 중학교 교복을 보면 창피한 걸 무릅쓰고 인사를 하고 싶었다. 삼촌들이 아파트 단지가 돈이 되지, 그런 동네는 많이 돌아다녀야 돼서 힘들기만 하고 돈도 못 번다고 했지만 그건 내게 별로 중요치 않았다. 아빠도 그런 듯했다. 그런 삼촌들의 말엔 야, 돈만 중요한 게 아냐 말하고는 했으니까. 거기엔 분명 그런 가치관을 공유하던 엄마에 대한 그리움도 담겨 있을 것이다.

그리고 가끔 내가 이렇게 방학이거나 학원을 가지 않는 날이라 쉬고 있을 때, 아빠는 일이 힘에 부치다며 내 도움을 구하기도 했다. 보통 택배가 몰리는 화요일이나 명절 목전에 그랬다. 그러면 나는 아빠 대신 문자를 보내거나 가벼운 짐들을 직접 배달하거나 했는데, 문을 열고 나온 사람이 내 얼굴을 보고 '이렇게 어린 애가 택배를 배달해?'라는 표정으로 놀라기도 했다. 그게 재미있어서 아빠가 부르면 다른 약속이 있지 않는 이상 거절하지 않고 나갔다. 물론 용돈이 생기기도 했고.

개학을 2주 앞둔 여름날에 그 할머니를 만난 것도 아빠의 호출 때문이었다.

*

택배를 분류하고 상차한 아빠가 집에서 날 태웠다. 조수석에 앉아서 난 늘 그랬듯 차곡차곡 쌓인 송장의 번호를 보고 아빠 휴대전화로 문자를 보내기 시작했다. 아빠가 딸, 미안해, 운전을 하며 말했다. 아 미안하면 저녁에 맛있는 거 해 줘, 대충 대답하고 난 내 작업에 집중했다. 첫 배송지는 작은 아파트 단지였다. 아빠와 나는 차에서 내렸다. 난 짐칸에 올라가 택배를 찾고, 아빠는 수레를 꺼내 내가 건네준 택배를 실을 준비를 했다. 난 택배를 하나하나 아빠에게 건네며 말했다. 이건 경비실, 이것도 경비실, 이건 문 앞에, 이건 직접 받는대.

아빠가 경비실 아저씨랑 인사를 하고 택배를 내려놓는 동안, 난 작은 짐들 몇 개를 들고 아파트를 올랐다. 내가 올라갔다 내려오면 아빠는 다른 동을 돌고 있을 거였고, 그동안 잠깐 쉬면 되었다.

그렇게 몇 개의 동을 돌았다. 그동안 나는 음료수 네 병과 어린 것이 장하다는 칭찬 다섯 번과 의심스러운 눈초리 두 번을 받았다. 아빠와 난 음료수를 하나씩 까 마시며 이동했다. 아빠는 박카스, 나는 아침햇살. 이제 주택가를 돌 차례였는데 배에서 소리가 났다.

딸 배고파? 김밥 먹을까?

안 바쁘면.

바쁘도 밥은 먹어야지. 아빠 화장실도 갈 겸 김밥 사 올게.

아빠는 순식간에 주차를 하고 김밥집으로 뛰어 들어갔다. 어지간히 급했던 모양이었다. 잠시 후 아빠는 은박지로 포장된 김밥 세 줄을 들고 차에 올랐다. 다시 차가 출발하고, 김밥을 우물거리고 있는데 아빠 휴대전화로 전화가 왔다. 아빠는 인상을 잠깐 찌푸렸다.

내가 대신 받을까?

아냐, 아냐. 그냥 둬.

잠시 후 전화가 끊겼는데, 바로 다시 걸려 오기 시작했다. 내가 아빠를 쳐다보자 아빠는 한숨을 쉬고 전화를 받았다.

네, 형님.

아빠의 표정과는 다르게 목소리는 쾌활했다. 난 형님이라는 사람이 궁금했다.

아, 예. 그쵸. 형님 말이 맞죠. 네. 아, 알겠습니다. 아 근데 형님 제가 운전 중이라서요. 네네. 요번 주까지요. 네 물론이죠. 네, 끊겠습니다.

누구야?

내가 묻자 아빠는 그냥 아는 사람, 말하고 입을 다물었다. 아빠의 표정이 사뭇 어두워져서 나도 더 이상은 묻지 않았다. 화요일은 안 그래도 힘든 요일이니까. 난 단무지를 혀 위에서 굴리다가 아작아작 씹어 먹는 것으로 생각을 접었다. 곧 주택가였다.

주택가로 진입하는데 길가에 할머니가 한 명 서 있는 게 보였다. 아빠가 또 계시네, 중얼거렸다. 할머니는 우리를 보자마자 차에 뛰어들듯 달려들었다. 난 깜짝 놀라서 조수석 손잡이를 잡았지만, 아빠는 익숙한 듯 차를 세우고 차에서 내렸다. 할머니가 뭐라고 말하고 아빠는 고개를 저었다. 할머니의 표정은 울상이었다. 이건 또 무슨 일인가 싶었다. 갑자기 아빠가 차 문을 열더니 내게 말했다.

딸, 뒤에 있는 택배 좀 배달하고 와.

아빠는 내 대답을 듣기도 전에 문을 닫았다. 난 호일을 구겨 사이드브레이크에 걸린 비닐봉투에 집어넣고 택배를 품에 안은 뒤 차에서 내렸다. 아빠와 할머니가 무슨 대화를 하는지 듣고 싶었지만, 아빠가 어서 가라고 손짓해서 난 주소를 보며 달려갔다.

개가 사납게 짖는 집과, 다섯 살배기 세쌍둥이가 있는 집에 배달을 마치고 마지막 집에 갔다. 문을 두드리자 헐렁한 원피스를 입은 아주머니가 또 아빠 도와주러 온 거냐며 알은체를 했다. 아주머니 손에는 토마토 주스 한 병이 들려 있었는데, 잠깐 있어 보라더니 안에서 알로에 주스 한 병까지 꺼내 주셨다. 감사합니다, 인사를 하고 돌아가려다가 난 아주머니에게 물었다. 어떤 할머니가 아빠랑 싸우는데 그 이유를 아시냐고. 아주머니는 깊게 한숨을 쉬더니 말했다.

아, 그분. 어휴, 불쌍하지. 말도 마. 최근에 손자가 죽었어, 그 손자가 얼마나 착했는데. 이 동네에서 좋은 대학 갔다고 플래카드도 걸고 그랬는데…… 아무튼 자살을 했대. 자식이랑 며느리도 예전에 교통사고로 죽고 그분이 키웠는데. 그 손자가 얼마나 착했냐면 두 달에 한 번씩 택배로 자기 할머니 용돈이랑 옷가지를 부쳤대. 계좌로 주면 할머니 은행 가서 힘들어한다고. 아이고 근데 이번에 마지막으로 택배 보냈던 게, 분명히 보냈다고 손자가 죽기 전에 전화까지 했는데 사라진 거야. 자살은 왜 해서…….

내 예상보다 너무 개인적인 이야기였다. 아주머니는 계속 이야기할 기세여서 난 양손에 든 음료수를 흔들어 보이며 감사하다고 인사한 뒤 자리를 떴다. 차가 있는 곳으로 돌아가니 할머니와 아빠는 여전히 이야기 중이었다.

내가 돈 몇 푼 때문에 이러는 게 아닌 거 알잖아.

할머니는 거의 울먹이고 있었다. 아빠는 모자를 벗고 땀에 전 머리를 긁으며 대답했다.

할머니 설명드렸잖아요. 그건 찾는 게 힘들 것 같다고요. 저는 분명히 배송을 했고, 여기는 CCTV도 없어서 범인이 누군지 찾을 수도 없을 거예요. 그나마 목격자가 있으면 뭐라도 해 보겠지만…….

제가 찾아볼게요.

내 입에서 불쑥 그런 말이 튀어나왔다. 아빠랑 할머니가 나를 쳐다봤다. 나는 음료수를 꼭 쥐고 말했다.

목격자가 있을 수도 있잖아요. 제가 한번 찾아볼게요.

일을 다 마치고 집으로 돌아가면서 아빠가 왜 그런 이야기를 했냐고 화를 냈다. 그게 말처럼 쉬운 일이 아니라고. 난 그냥 도와주고 싶었다고 이야기했다. 소중한 사람을 잃은 사람을 도와주고 싶었다는 이야기는, 아빠마저 엄마 생각을 하게 만들까 봐 하지 않았다.

*

할머니와 나는 할머니의 공공근로가 끝나고 집에 돌아오는 오후 2시에 만나기로 했다. 약속은 할머니와 문자를 해서 잡았다. 답장은 늦고 오타가 많았지만 그래도 할머니는 차근차근 자신이 원하는 말을 써서 보냈다.

　괜히 고생시키는 거 아닌지 모르겠다. 하지만 그건 마지막으로 손자가 보낸 거다. 꼭 찾고 싶다. 난 손자가 자살했다고 믿고 싶지 않다. 마지막으로 보낸 상자에 자살이 아니라는 증거가 있을지 모른다. 미안하지만 도와 달라…….

　난 근처 도서관에 들러 택배 상자를 찾는다는 전단지를 출력해 갔다. 전단지를 자전거 앞바구니에 싣고 페달을 굴러 할머니 집에 갔을 때, 할머니는 아빠의 트럭을 기다릴 때처럼 문 앞에 나와 서성이고 있었다. 내가 인사를 하자 할머니는 가까이 다가와 거칠거칠한 손바닥으로 내 뺨을 쓸더니, 밥은 먹었냐고 물어봤다. 도서관에서 출발하기 전에 매점에서 컵라면을 먹었지만, 왠지 고개를 저어야 할 것 같았다.

　할머니의 집은 작고 단정했지만, 아주 짧은 시간 동안 신경을 못 쓴 것이 티가 났다. 널브러져 있는 빨래와 쌓여 있는 설거지거리들만 제외하고는 깔끔한 집이었다. 할머니는 들어가다가 한쪽 방문을 가리키며 말했다. 저기가 손자 방이야. 그리고 할머니는 부엌으로 갔다.

　잠깐 거실에 앉아 기다리는데 곧 찌개 끓는 냄새가 났다. 곧 할머니가 앉은뱅이상에 밥을 한 상 차려 왔다. 난 엉거주춤 일어섰다가 그 상을 받아 앉았다. 밥은 맛있었다. 침묵이 어색해서 찌개가 참 맛있다고 우리 아빠가 한

것보다 맛있다고 했는데, 그제야 할머니는 엷게 웃으며 깻
잎 한 장을 내 밥숟갈에 올려 주었다. 손자가 좋아하던 거
라고 말하면서. 그 뒤로는 무슨 말을 할지 몰라 가만히 밥
만 떠 넘겼다.

밥을 다 먹은 후엔 밖으로 나왔다. 어떻게 잃어버린 택
배를 찾아볼지 할머니께 설명을 드렸다. 혹시 모르니까 동
네를 집집이 돌면서 누가 택배를 가져가는 걸 못 봤느냐고
물어보고, 뽑아 온 전단지를 붙일 계획이라고. 전단지 한
장을 할머니께 드리자 할머니는 띄엄띄엄 전단지를 읽어
내려갔다.

택……배…… 상자……를…… 찾……습니……다…….

할머니 눈에 눈물이 고였다.

손자가 글 읽는 것도 알려 줬는데…….

난 꼭 찾을 수 있을 거라고, 할머니의 등을 두드렸다. 할
머니 등에서 툭 튀어나온 척추뼈가 만져졌다.

동네의 집들을 돌아다니며 전단지를 붙였다. 모두 모른
다는 답변뿐이었다. 가끔 내 번호나 할머니 번호로 전화가
왔지만 전단지를 보고 온 전화가 아닌, 그냥 스팸 전화 또
는 아는 사람들의 전화였다. 땡볕 아래서 돌아다니자니 땀
이 뻘뻘 났다. 들고 있는 전단지가 땀으로 젖을 정도였다.
할머니께 집에 계시라고, 자전거를 타고 옆 동네에 가서 전
단지를 붙여 보겠다고 말할 때였다. 클랙슨 소리가 들려

돌아보니 아빠였다. 난 반가움에 아빠의 트럭으로 달려갔지만, 아빠는 노기등등한 눈으로 차에서 내려 할머니에게로 갔다.

어머님. 말씀드렸잖아요. 못 찾는다고. 차라리 저한테 보상을 하라고 하세요.

아빠, 왜 그래. 내가 아빠의 팔을 잡았지만 아빠는 멈추지 않았다.

이 더운 여름날 아무 소득도 없을 일에 남의 딸을 끌어들이는 게 말이 됩니까.

할머니가 맞서 소리쳤다.

거기 안에 뭐가 들었을 줄 알고. 거기 안에 뭐가 들었을 줄 알고 보상을 해. 손주가 죽기 전에 보낸 건데, 그걸 어떻게 보상해. 찾아야 돼. 꼭 찾아야 돼.

아빠의 턱에 핏줄이 섰다.

그만. 그만해.

내가 사이로 끼어들며 말했다. 아빠는 입을 다물고 서 있었다. 할머니의 눈가엔 다시 눈물이 고이기 시작했다. 난 아빠를 끌고 구석진 곳으로 갔다. 아빠는 모자를 벗어 조끼에 묻은 먼지를 툭툭 털어 내면서도 눈은 할머니에게 고정되어 있었다.

아빠, 아빤 할머니가 불쌍하지도 않아?

아빠는 대답하지 않았다. 난 계속해서 말했다.

그냥 내가 하고 싶어서 하는 거야. 할머니가 억지로 시
킨 일도 아니고. 그렇게 집에서 뒹굴뒹굴할 거면 운동이라
도 하라며. 그냥 운동한 셈 치지 뭐. 왜 그래. 아빠 그렇게
이기적인 사람 아니잖아.

아빠는 날 흘끗 보더니 다시 모자를 쓰고 담배를 꺼내
물었다. 내가 담배를 싫어하긴 하지만 여기서 아빠에게 핀
잔을 줄 정도로 눈치 없지는 않았다. 아빠는 깊게 숨을 들
이켰다가 내뱉고 말했다.

아빠가 짐 다 돌리고 올 때까지만이야. 할머니 집 앞에
서 기다려. 그때 아빠 차 타고 집에 돌아가는 거야.

난 알았다고, 그거면 충분하다고 고개를 끄덕였다.

결국 그날 소득은 없었다. 자전거를 싣고 아빠 차에 탔
을 때 할머니는 찐 옥수수 한 봉지를 열린 창을 통해 내
게 주었다. 고맙다. 고마워. 할머니의 말에 난 어색하게 웃
었다. 봉지는 따뜻했다. 아빠는 별말 없이 차를 출발시켰고
난 사이드미러로 할머니가 그 자리에 못 박힌 듯 서 있는
걸 바라보았다.

집으로 들어온 아빠는 별말 없이 씻으러 들어갔다. 난
옥수수가 담긴 봉투를 만지작거리다가 안방에 있는 다락
방에 가기로 했다. 엄마의 유품이 있는 다락방. 할머니와
손자가, 밥숟갈에 올려 주던 깻잎이, 읽는 법을 알려 주었
다는 그 말이 자꾸만 생각났고, 오랜만에 엄마가 보고 싶

었다. 2년 만인가, 엄마 잘 있었어? 혼잣말을 하며 다락방을 올랐다.

*

옥수수는 먹지 못하고 냉동실에 넣은 지 일주일이 지났다. 그동안 매일 할머니 집을 갔다. 옆 동네를 돌고 그 옆 동네까지 전단지를 붙였다. 뭔가를 해 보여야 한다는 생각에 할머니를 데리고 경찰서에 가기도 했다. 경찰은 난처한 표정을 지으며 그쪽은 CCTV가 너무 듬성듬성 설치되어 있어서 사각으로 침입했다가 나오기 편하다고, 그래서 찾을 수 없다는 아빠의 말을 재확인시켜 주는 말만 했다.

할머니의 마음을 짐작할 수 없었다. 거기 안에 소중한 것이 있을 거라고 생각하는 마음과, 그걸 본인의 부주의로 잃어버렸다고 생각하는 죄책감. 아직 다 가시지 않은 손자를 잃은 슬픔. 또 무엇이 있을까. 아마 내가 상상조차 못 하는 것들이 있을 것 같았다. 입이 마르고 썼다. 하지만 뭘 마시고 싶다는 생각은 들지 않았다. 할머니와 눈을 마주칠 수 없어서 바닥을 보며 자전거를 끌고 가고 있었다. 할머니 집에 거의 다 도착했을 때 할머니가 말했다.

그만하자.

난 그 말뜻을 제대로 못 알아듣고 가만히 할머니를 쳐

다봤다. 할머니는 텅 빈 눈을 하고 있었다. 이제, 그만하자. 너한테도 못 할 짓이다.

더 하자고, 포기하지 마시라고 할 수 없었다. 난 손에 쥐고 있던 전단지들을 다시 자전거 앞바구니에 넣었다. 할머니는 울지 않았지만 그 모습이 더 슬펐다. 난 미안한 마음에 할머니를 안았다. 할머니가 등을 토닥여 주었다. 우리는 그렇게 한참을 안고 서 있다가 할머니의 집으로 갔다. 할머니가 저녁을 먹고 가라며 아빠도 부르라고 했다. 아빠도요? 난 당황했지만 거절할 명분이 마땅히 없었다. 난 아빠에게 전화를 걸었다. 아빠는 안 간다고 하다가, 할머니와 직접 통화를 한 뒤엔 40분 정도 걸릴 거라고 했다.

저녁상 앞에서 나와 아빠는 조용히 있었다. 할머니는 그동안 억지 부려서 미안하다고, 사과했다. 난 아빠의 표정을 살폈다. 아빠는 눈썹 하나, 입꼬리 하나 움쩍하지 않았다. 다만 밥상을 바라보고 있을 뿐이었다. 밥을 다 먹고 집으로 돌아갈 때, 할머니가 이제는 일없이 가끔 놀러 오라고 했다. 맛있는 밥을 해 주겠다고. 난 웃으며 그러겠다고 대답했지만 내가 그럴 수 없다는 걸 알았다.

다음 날부터는 아빠가 출근하면 그냥 집에 있었다. 가만히 누워 천장을 바라보며 도대체 무엇 때문인지 고민했다.

*

사실, 그 상자가 어디 있는지 알고 있다.

할머니를 도와준 첫날, 엄마가 보고 싶어 다락방에 올라갔을 때, 상자는 원래부터 거기 있던 것처럼 엄마의 유품 상자 옆에 가만히 놓여 있었다. 테이핑은 깔끔히 뜯겨 있었다. 송장의 주소가 이게 원래 할머니가 받았어야 할 상자임을 알려 주었다.

무언가 튀어나올 걸 걱정하는 것처럼 조심히 상자를 열어 보았다. 거기엔 수많은 종이가 들어 있었다. 뜯어낸 공책과 연습장, 편지지, 편의점에서 삼각김밥을 결제한 영수증, 길거리를 다니다 받았을 게 분명해 보이는 전단지. 그리고 거기엔 한 장도 빠짐없이 '할머니에게'로 시작하는 편지가 쓰여 있었다.

날짜는 적혀 있지 않았다. 어떤 건 한 문장으로 끝났고, 어떤 것은 한 장 빼곡히 글이 적혀 있기도 했다.

모두 자신의 힘듦과 할머니를 원망하는 내용이었다.

알바를 하며 겪은 일들, 그럼에도 돈에 쪼들린다는 내용, 성적이 원하는 만큼 나오지 않는다는 하소연, 장학금을 받기 힘들게 됐다는 걱정, 그래도 다시 할머니에게 돌아가고 싶지는 않다는 것, 누군가를 시기하고, 다른 누군가가 죽도록 부럽다는 내용들. 그리고 이 모든 게 할머니 때문인 것 같고, 할머니를 사랑하는 척하는 연기도 이제는 지친다는 말.

난 못 볼 걸 본 것처럼 종이들을 다시 상자에 집어넣고 닫았다. 쿵쾅거리는 심장이 쉽사리 진정되지 않았다. 손주가 보낸 건 할머니에게 안 보내느니만 못한 유서였다.

오늘 다시 다락방에 올라가 봤다. 여전히 상자는 내가 둔 채로 있었다. 누가 저 상자를 다락방에 가져다 놓았을까. 아마도 아빠가. 아빠가 왜? 내용물을 확인하고 할머니가 그걸 볼 생각을 하니까 가슴 아파서?

그건 아닐 것이다.

아빠는 할머니가 받아 왔던 상자에 무엇이 들었는지 알고 있었을 것이다. 그리고 택배를 배달하며 주변 사람에게 할머니의 손자가 죽었고, 그래서 할머니가 며칠 집에 없을 것도 들어 알고 있었을 것이다. 아빠는 그 주변에 CCTV가 없다는 것을, 자신을 의심할 사람이 없다는 것을, 무엇보다도, 할머니가 어디 신고하지도 못한다는 것을 알고 있었다.

아빠가 훔친 것이다. 내가 사랑하는 아빠가. 상자에 돈이 있을 거라고 생각했기 때문에.

현관문이 열리는 소리가 들렸다. 딸, 어디 있어? 저녁 먹자. 아빠의 지친 목소리가 들렸다. 난 찌푸려진 미간에 손가락을 대고 비볐다. 하지만 뻣뻣한 미간의 긴장은 쉽게 풀리지 않았다.

나 여기 있다고, 말이 나오지 않았다.

치마

한소은

번역대학원을 나와 남의 글만 쳐다보다가 결국 내 글을 쓰게 됐다. 일상의 불안을 연료로 모호한 장르의 미스터리를 쓴다. 온라인 소설 플랫폼 브릿G에서 '피스오브마인드'라는 필명으로 활동중이다.

그 치마는 1층 출입구 손잡이에 걸려 있었다. 엘리베이터 문이 열리면 바로 보이는, 계단을 내려가기 전 지나칠 수밖에 없는 곳이었다. 울긋불긋한 할인마트 전단과 광고지로 폭격당한 철제 우편함 옆에서, 치마는 우연히 포획된 심해생물의 매끈한 표피처럼 신비로운 윤기와 우아함을 뿜냈다. 바지걸이에 치마 양쪽이 집게로 느슨하게 고정되어 있고, 벌어진 치맛자락 사이로 유혹하듯 상표 딱지가 드러났다. MADE IN ITALY.

어쩐지, 좋아 보이더라니. 희정의 눈길이 다시 한번 치마를 훑었다. 어두운 회색과 분홍색 스프레이로 그린 듯한 무늬가 활짝 핀 작약꽃 같기도, 먹구름 같기도 했다. 출근하면서 세탁소에 맡기려던 걸 허둥대다 그냥 걸어 놓고 간 것 같았다. 오전 9시. 어둡고 무겁게 처진 대기를 뚫고 힘

겹게 가랑비가 내린다. 차라리 속 시원히 퍼부어 주면 좋으련만.

"와, 이 치마 정말 예쁘다."

딸이 조그만 손으로 치마 귀퉁이를 쥐고 만지작거렸다.

응, 남의 거야, 만지면 안 돼, 하며 딸의 노란색 우산을 펼쳤다. 윤솔이가 우산을 건네받고 조르르 계단을 앞서 내려가자 희정은 안도한다. 한 달 전까지 계단 앞에서 매일같이 벌였던 실랑이가 떠오른다. 버스 시간 늦어, 얼른 가자, 하면 어김없이 윤솔이는 싫어, 놀이터 먼저 갈 거야, 하며 버텼다. 유치원 갔다 와서 가면 되잖아, 하면 선생님이랑 친구들이 영어만 해, 가기 싫어, 하며 엉엉 울었다. 놀이터에 가고 싶은 게 아니라 유치원에 가기 싫다는 얘기였다. 윤솔이는 하루도 빠짐없이 투쟁했고, 위태롭게 가늘어지던 희정의 인내심은 이따금 뚝 끊어지곤 했다. 고함을 지르고 나면 속은 후련했지만 움츠린 아이를 보고 있자면 곧바로 후회가 밀려왔다.

유치원을 옮길 마음을 굳힌 건 석 달 전 우연히 재희 엄마를 만나고 나서였다. 1층 엘리베이터 앞에 붙은 필라테스 광고지를 보고 서로 말을 튼 게 인연이었다. '다이어트의 계절'이라네요. 서먹한 분위기를 깨려 희정이 먼저 말을 건네자, 그녀가 전 20년째 다이어트 중인데, 하고 받아쳤다. 두 사람은 까르르 웃었다. 서글서글한 얼굴에 말투가 조곤조곤하니 친근감이 느껴지는 사람이었다.

그녀에게도 유치원 다니는 딸이 있었다. 희정의 푸념을 듣던 그녀가 코끝을 찡긋하며 고개를 끄덕였다. 요새 그런 일로 상담하러 오시는 부모님들이 많아요. 매일 아침 출근 길에 희정이 딸과 벌이는 실랑이를 목격했다고 했다. 이상 하게 창피하지 않았다. 재희 엄마에게는 상대방의 기분을 편안하게 해 주는 능력이 있었다. 알고 보니 그녀는 대학에 서 아동심리학을 가르쳤고, 요새 주목받는 '숲 교육' 분야 전문가였다. 또 아동 심리치료센터도 운영 중이라 했다. 첫 만남인데도 왠지 고민거리를 낱낱이 털어놓고 위로받고 싶 은 기분이 드는 건 그 때문인지 몰랐다.

이야기는 자연스레 숲 교육으로 흘러갔다. 그녀의 딸 재 희도 숲 유치원을 다녔다. 아이들을 데리고 산으로, 들로 다니며 흙을 만지고 놀게 하는 자연 체험형 유치원이었다. 희정도 이 근방에 그런 유치원이 있다는 걸 알고 있었다. 야외용 토시에 야구 모자를 쓴 숲 유치원생들이 와글와 글 버스에 타는 걸 볼 때마다 영어 유치원 엄마들은 코웃 음을 쳤다. 체험은 무슨, 방치고 방임이지, 하면서. 하늘하 늘한 검은색 원피스 차림의 그녀들은 유치원 버스를 기다 리며 아이들의 빳빳한 원복 치맛단과 나비넥타이의 매무 새를 자기 자존심처럼 매만지고 또 가다듬었다. 그 모습은 신앙만큼 경건해 보이지만 어떨 땐 주술에 걸린 것 같기도 했다.

그날 이후 희정의 눈은 정류장에서 자꾸만 재희를 더듬어 찾았다. 외할머니가 아이의 통학을 담당하는 탓에 아쉽게도 재희 엄마와는 거의 마주칠 기회가 없었다. 희정이 바라보는 눈길을 느꼈는지, 어느 날은 재희가 곁에 다가와 그녀를 물끄러미 올려다보았다. 나 공부 많이 해요. 어제도 칭찬받았어요. 아이가 불쑥 내뱉었다. 공부? 무슨 공부? 하고 물으니 숲 공부, 하고 대답하며 배시시 웃었다. 어제는, 지렁이랑 송충이 봤어요. 선생님이 사마귀 잡아서 보여 줬어요. 재희가 스스럼없이 희정의 손을 잡고 그녀의 다리에 달라붙었다. 조금 움찔했지만, 아이의 붙임성이 귀여웠다. 결국 희정은 아동심리 전문가인 재희 엄마의 선택을 믿어 보기로 했다.

오늘도 버스 정류장이 있는 인도에는 영어 유치원과 숲 유치원, 양 진영의 구분이 뚜렷했다. 보도블록에 경계선이 그어져 있기라도 한 듯 두 진영의 엄마와 아이들은 서로 인사를 하거나 안면을 트는 일이 결코 없었다. 둘의 교육관은 하나의 이념처럼 확고부동해서 서로 섞이거나 갈아탈 수 있는 성질의 것이 아니라고, 그들은 모두 그렇게 믿었다. 희정이라는 변절자가 나타나기 전까지는 그랬다.

윤솔이가 뒤도 돌아보지 않고 버스에 올라탔다. 굵어진 빗줄기 속에서도 돌아오는 발걸음이 가볍다.

"윤솔이, 이젠 영어 안 시켜요?"

돌아보니 영어 유치원에서 알게 된 수지 엄마였다. 낯선 냄새를 맡은 고양이처럼 희정을 빤히 쳐다본다.

"지금은 아무것도 안 해요. 학습지라도 시킬까 하고 있네요."

"교문 방문학습 시켜요. 금요일 수영하고 일찍 오지 않아요, 거기? 그날 교문 선생님이 우리 동 방문하던데."

숲 유치원생들이 금요일마다 수영 가방을 메고 버스에 타는 걸 본 모양이다. '거기'라는 말이 은근히 거슬렸다. 공부를 많이 안 시킨다는 것 외에 원비가 영어 유치원의 반도 안 된다는 것 역시 그네들에겐 숲 유치원을 얕잡아 볼 하나의 이유였다.

학습지니, 학원이니 그런 걸로 미리 들들 볶아 봤자 소용없어요. 어릴 땐 자연 속에서 뛰어노는 것만큼 좋은 공부가 없으니까요. 숲 유치원을 나온 아이들은 다른 애들보다 창의력이 월등히 뛰어나다고 했다. 또 그동안 공부 스트레스를 받지 않은 덕에 뭘 가르치면 가르치는 대로 쏙쏙 흡수하고 고학년이 되면 시키지 않아도 알아서 공부한다고도.

재희 오빠가 영어 말하기대회에서 3등을 했다고 했지. 아직 머리도 영글지 않은 아이에게 어쩌자고 미련하게 영어를 주입했는지. 영어 유치원에서 허비한 지난 4개월이 후회스럽기만 했다. 수지 엄마가 권한 교문 방문학습은 수업료만 한 달에 수십만 원이었다. 희정은 아아, 그래요, 하며 일단 고개를 끄덕여 보였다. 수지 엄마가 큰 선심이라도 베풀었다는 듯 득의양양한 표정으로 곁을 지나쳐 갔다. 콘크리트 바닥에 명품 슬리퍼 굽이 끌리며 닥닥 소리를 냈다. 어휴, 보기만 해도 족저근막염 생길 것 같네. 언젠가 재희 엄마가 했던 말을 떠올리며 희정은 피식 웃었다.

축축해진 아파트 입구에 빨간 매트가 깔려 있었다. 청소부 아주머니가 대걸레로 바닥 물기를 닦느라 분주했다. 50대 후반쯤으로 보이는, 알은체를 하면 빨간 립스틱 칠한 입술을 활짝 벌리며 기분 좋게 인사를 받아 주는 아주머니였다.

오늘도 아주머니의 표정은 밝았다.

"장마철이라 일이 많아 번거로우시겠어요."

희정이 한마디를 더 건넸다. 전에 없던 붙임성이 자신에게도 조금은 생소했다. 마음이 여유로워지면 입에서도 너그러운 말이 튀어나오는 모양이었다.

"뭐, 어쩌겠어요. 못 배웠으면 이런 거라도 해야지."

미소를 지으며 그녀가 아무렇지 않게 대꾸했다. 희정은 귀를 의심했다. 뭔가 대답할 거리를 찾아 헤매던 그때 마침 엘리베이터 문이 열렸다.

서서히 닫히는 문 사이로 언뜻 치마가 보였다. 여전히 출입문 손잡이에 걸려 있었다. 주인이 퇴근길에 찾아가기 전까지 계속 저기 있을 것 같았다. 아파트 입구를 오가는 사람들이 많은데도 아직 아무도 가져간 이가 없다는 게 신기했다.

생각해 보니 이 아파트로 이사 와서는 한 번도 택배 상자가 분실된 적이 없었다. 그 전에 살던 주택가에서는 조그만 상자나 의류가 든 가벼운 비닐백이 가끔 없어지곤 했다. 소득과 도덕 수준은 비례하는 것일까. 악착같이 아끼고 모아 대출까지 왕창 보태 입성한 아파트인데도 어쩐지 뒷맛이 씁쓸했다. 없어지지 않는 치마를 보며 공연히 배알이 뒤틀리는 건 아마 그 동네에 너무 오래 살았기 때문일 테다.

태어난 이래 30년간 벗어나지 못했던 동네. 수 킬로미터 떨어진 거리도 아니고, 아파트 단지 바로 뒤 언덕배기가 희정이 살았던 동네였다. 늘 종아리 근육을 팽팽히 뭉쳐 놓던 그 언덕길과, 좁은 골목을 오가는 사람들의 얼굴에 드리워져 있던 열패감의 그늘이 그녀는 내내 싫었다. 출퇴근길에 골목에서 가래침을 뱉는 사내를 마주칠 때마다 언덕 아래에는 저런 인간이 없으리라 생각했다.

그 동네에는 아파트 단지로 청소나 파출부 일을 다니는 아주머니들이 더러 있었다. 저 청소부 아주머니도 그 동네에 사시는 걸까. 새벽마다 아파트로 출근하며 전봇대 밑에 까만 비닐봉지를 몰래 버리고 가던 옆집 할머니가 떠올랐다.

오후 4시, 윤솔이를 데리러 나선 길이었다. 8층에서 엘리베이터 문이 열리고, 재희 엄마가 나타났다. 오늘은 강의가 일찍 끝나는 날이라 했다.

"저건 아직도 걸려 있어요?"

1층에 도착하자 그녀가 한마디 던졌다. 아침 출근길에 자기도 치마를 봤다고 했다.

"비싸 보이는데 가져가는 사람이 없네요."

"저게 비싼 거예요?"

그녀가 되물었다. 상표에 'MADE IN ITALY'라고 박혀 있는 걸로 보아 그런 것 같다고 하자, 그녀의 얼굴에 뜻 모를 미소가 떠올랐다 사라졌다. 상표를 들여다본 게 부끄러워지는 순간이었다.

"딴건 모르겠고, 정말 손바닥만 하네요."

재희 엄마가 하하 웃었고 희정도 따라 웃었다.

옷걸이가 한쪽으로 비스듬하게 기울어 있었다. 하긴, 누가 보더라도 한번 만져 보고 싶을 만큼 예쁘고 귀태 나는 치마였다. 어차피 갖지도 않을 물건을 만지작거리는 심리는 뭘까. 그건 윤솔이가 흥미에 이끌려 치마를 만지작거린 것과는 조금 다를 것 같았다. 어느 쪽이건 주인 입장에서는 남의 손을 탔다는 게 불쾌할 것이다.

오늘 저녁이면 치마를 못 보겠구나, 생각하니 어쩐지 조금 아쉬웠다. 좀 작아 보이긴 하지만 며칠 굶으면 영 못 입을 사이즈는 아니었다. 마침 이번 주말에 여고 동창 모임이 있었다. 칙칙한 장마철에 저런 화사한 무늬를 입으면 돋보일 것 같았다.

신혼 때는 계절이 바뀔 때마다 백화점에서 쇼핑을 했다. 그땐 맞벌이를 해서 생활이 지금보다 여유롭기도 했지만, 무엇보다 남들 눈에 궁상맞아 보이기는 죽어도 싫었다. 민얼굴에 흰 운동화를 신고 밖에 나가면 낡은 빌라에 산다는 걸 사람들에게 들킬 것만 같았다. 대출을 잔뜩 끼고 작년에 아파트를 장만한 뒤부터 희정은 백화점에 가지 않았다. 매달 이자를 갚고 윤솔이 유치원비를 감당하기 위해서였지만, 공들여 화장하고 비싼 옷을 입지 않아도 예전처럼 마음이 위축되지 않았다. 그래서 사람들은 내 집 마련에 그리도 열을 올리나 보다고 그녀는 생각했다. 중산층 동네에 마련한 내 집 한 채는 평생 안고 살아온 낮은 자존감마저 단박에 끌어올려 주는 묘약이었다.

영어 유치원 엄마들은 합리적이고 센스 있는 소비를 했다. 질 좋은 원단의 옷을 입고, 작은 명품 가방이나 단화, 팔찌 같은 아이템으로 옷맵시에 힘을 주었다. 그러면 그녀들이 걸치고 있는 옷마저 왠지 명품처럼 보였다. 하지만 언젠가부터 조금이라도 있어 보이려는 그런 작은 노력이 희정은 한심해 보이기 시작했다. 매일 아침 치르는 거울 앞에서의 몸부림이 지겨웠다. 그녀들의 옷차림은 이사 오기 전자기 모습과 다르지 않았다. 다른 게 있다면 아마 살아온 삶 자체일 것이다. 허름한 빌라가 아닌 아파트에서 신혼살림을 시작하고, 집 살 때 친정에서 몇억을 보태 줬다느니 시댁에서 용돈을 받는다느니 하는 얘기를 아무렇지 않게 주고받는 여자들.

아무리 차림새가 후줄근해도 자신이 이 아파트의 주민이라는 사실에는 변함이 없었다. 재희 엄마의 헐렁한 바지와 운동화가 눈에 들어왔다. 여느 때처럼 길고 부스스한 머리를 검은 고무줄로 올려 묶고 어깨엔 흰 에코백을 맸다. 반소매 밑으로 드러난 두둑한 팔뚝에는 튼살이 거미줄처럼 뻗어 있었다. 희정은 무심코 자기 팔뚝을 내려다보았다. 그리고 늘 좋은 향이 나는 수지 엄마의 하얗고 매끈한 팔을 떠올렸다.

숲 유치원 엄마들은 꾸미는 데 별 관심이 없어 보였다. 오히려 외모에 신경 쓰는 엄마들을 골이 비었다며 은근히 무시하는 분위기였다. 희정은 그게 좋으면서도 그녀들이 정한 그 틀이 아직은 어딘가 버거웠다. 하지만 자꾸 어울리다 보면 자신도 곧 그녀들에게 녹아들 수 있을 것이다. 명품 치마를 무심히 지나치는 재희 엄마와 같은 내공을 언젠가는 가질 수 있을 것이다.

다음 날 아침에도 치마는 여전히 제자리였다. 어떻게 된 거야. 희정은 중얼거렸다.

엘리베이터 문이 열리고, 수지 엄마가 나타났다. 그녀가 눈을 반짝이며 즐거운 탄성을 내질렀다.

"뭐야, 아직 있어요?"

"그러게요. 어제저녁에 찾아갈 줄 알았는데."

수지 엄마가 우산 손잡이를 팔뚝에 걸더니 치맛단을 손으로 주물럭거리며 자세히 살폈다.

"뭐 이쯤 되면, 가져가란 얘긴가?"

"그거, 엊그제 1층에서 이사 나간 집이 놓고 간 거예요. 찾으러 안 오네."

손걸레로 난간을 닦던 청소부 아주머니가 이쪽으로 고개를 돌리며 말했다.

"현관에서 짐 보따리를 꺼내고 난리를 치더니, 그걸 놓고 갔어."

잠시 눈치를 살피던 수지 엄마가 치맛단을 손가락으로 한 번 꼭 쥐어짜더니 결국 손아귀에서 떨구었다.

"하긴, 누가 입던 건 줄 알고."

그녀가 떨떠름한 표정으로 말했다. 웬일인지 그런 그녀가 귀엽게 느껴졌다. 어느 쇼핑몰이 세일 중이고 어떤 카드로 유치원 할인을 받을 수 있는지, 어떤 학습지 선생님이 아이를 잘 다루는지 빠삭하게 꿰고 다니는 것도, 누가 입었는지 모를 찝찝한 치마를 끝끝내 손에서 놓지 못하는 탐욕스러움도.

대체 왜 치마는 여기 남겨진 것일까. 실수로 흘린 걸까, 아니면 일부러 놓고 간 걸까. 옷걸이에 걸려 있는 걸 보면 일부러 놓고 간 것 같기도 했다. 하지만 청소부 아주머니는 주인이 찾으러 올 거라고 믿는 눈치였다. 뭔지는 몰라도 그렇게 생각하는 이유가 분명히 있을 터였다.

아무튼 멀리 이사를 했다면 찾으러 오는 데도 시간이 걸릴 테고, 결국 치마는 며칠 더 아파트 입구에서 주인을 기다려야 할 운명이었다. 하지만 그새 수지 엄마와 같은 생각을 하는 누군가가 치마를 가져가 버릴지도 모른다고 생각하니 희정은 슬그머니 조바심이 일었다.

"흠, 그렇구나."

수지 엄마가 콧방귀를 뀌며 희정에게 고개를 돌렸다.

"아, 교문 방문학습, 알아봤어요?"

그녀는 자신이 흘려 준 정보가 고맙게 잘 활용되고 있는지 확인해야만 직성이 풀리는 성격이었다.

"아뇨. 아직……."

"빨리 알아보세요. 어차피 우리 동에 하는 애들이 있으니까, 같은 날 하겠다고 잘 얘기하면 깎아 줄지도 몰라요. 윤솔이 엄마가 몰라서 그렇지, 그중에……."

수지 엄마가 말을 멈추고는 갑자기 희정을 똑바로 쳐다보았다. 그러더니 눈알을 굴리며 뭔가 생각하는 듯했다.

"아니에요. 신경 쓰지 마세요. 아무튼 애 공부를 너무 놓고 있는 것 같아서. 원래 좀 그렇잖아요, 거기가."

가르치려는 듯한 태도에 마음이 상해 희정은 더 묻지 않았다. '거기가'라는 말을 듣자 화가 치밀어 머릿속이 하얘졌다.

다음 날 아침에도 치마는 걸려 있었다. 하지만 이번에는 엘리베이터 안이었다. 문이 열리며, 네모난 밀폐 공간 속 홀로 철제 손잡이에 걸린 치마가 서서히 모습을 드러냈다. 실내조명 아래 분홍색과 회색 원단이 한층 신비롭고 우아하게 빛났다. 마치 백화점 피팅룸과도 같은 풍경이었다.

출입문에 걸려 있던 물건이 어째서 엘리베이터 안에 있는 걸까. 가슴이 두근거렸다. 그저 남의 것에 불과했던 게 이젠 손을 뻗기만 하면 내 것이 될 듯한 느낌. 기회를 틈타 혼자 엘리베이터를 타고 올라가다가 10층이 되면 치마를 가지고 얼른 내리기만 하면 된다. 중간에 사람이 타거나, 복도에서 누군가를 마주치지만 않으면 아무도 치마를 가지고 간 줄 모를 것이다.

윤솔이가 신이 나서 이리저리 치마를 잡아당기고, 희정은 멍하니 서서 그걸 지켜보았다.

8층에서 문이 열렸다. 재희 엄마였다. 모처럼 강의가 없는 날이라고 했다. 오늘도 수수한 로고 티셔츠에 면바지

차림이었다.

1층에 도달하자 세찬 비가 지면을 때리는 소리가 들려왔다. 출입구에 깔린 빨간 매트가 흠뻑 젖어 거무죽죽했다. 청소부 아주머니가 대걸레로 연신 계단의 물기를 쓸어내고 있었다.

"물이 자꾸 튀어서 안에다 걸어 놨어. 주인이 영 찾아가질 않네."

아주머니가 바닥에서 눈을 떼지 않은 채 두 사람에게 말을 걸었다. 고개를 끄덕하는 걸로 인사를 대신하고 희정은 우산을 폈다.

"아아, 이 치마요? 그러게요."

재희 엄마가 아주머니의 말을 받아 주었다.

"주말까지는 기다려 봐야겠지?"

아주머니가 고개를 들고 두 사람의 얼굴을 번갈아 쳐다보았다. 두 눈에 이상한 호기심이 떠올라 있었다. 희정은 흠칫 놀라 시선을 돌리고 말았다.

"기다려 보세요. 탐내는 사람 많으니까."

재희 엄마가 웃으며 대꾸했다. 희정의 가슴은 오그라들었다.

윤솔에게 우비를 입히고, 퍼붓듯 쏟아지는 빗줄기 속으로 마지못해 발을 내디뎠다. 몇 걸음 못 가 정강이가 흠뻑 젖었다. 빗물이 도랑처럼 흘러내리는 경사진 길을 철벅철

벅 걸어 내려가며 희정은 치마를 떠올렸다. 계속 저기 저렇게 걸려 있으니 어쩔 수 없는 일이었다.

오늘이 목요일이니 주말까지는 이틀이 남았다.

동창 모임까지 이틀.

다들 고만고만한 처지이면서도 모임에서 친구들은 어떡하든 경제적 우위를 증명하려 안간힘이었다. 얼굴 피부는 매끈하고 화사한지, 복부는 운동으로 가꿔 탄탄한지, 가방이나 액세서리는 최신 유행 아이템인지 등을 살피며 서로의 형편에 점수를 매겼다. 모임이 다가오는 게 희정에게는 3개월마다 반복되는 스트레스지만, 그렇다고 아예 모임에서 빠질 용기 같은 건 없었다.

옷을 사 본 게 언제였던가. 집을 장만한 뒤부터 희정은 백화점에 가지 않았다. 마트에서 윤솔이 옷을 고르다 가판대에 괜찮은 티셔츠가 보이면 몇 장 주워 오거나, 정 필요하면 아울렛에서 적당히 오래 쓸 만한 물건을 샀다.

옷장을 샅샅이 뒤져 봐도 마땅히 입을 만한 옷이 없었다. 정 안 되면 동네 옷 가게라도 가야 했다. 몇 번 입지도 않을 옷에 돈을 쓴다고 생각하니 짜증이 치밀었다.

윤솔이를 데려다주고 다시 1층에서 엘리베이터를 탔다. 흠뻑 젖은 칠부바지가 무릎 위까지 찰싹 달라붙고 팔뚝에서는 물이 뚝뚝 떨어졌다. 엘리베이터 안 공기가 질식할 듯 축축하고 무거웠다. 천천히 호흡하던 희정의 눈길이 절로 철제 손잡이에 걸린 치마로 향했다. 벌써 사흘째였다. 어쩌면 주인도 찾아가길 포기했는지 모른다. 아까 정류장에서 수다를 떨던 수지 엄마도 이제 곧 엘리베이터를 탈 것이다. 그녀라면 일말의 망설임도 없이 치마를 낚아챌 게 분명했다.

기다려 보세요. 탐내는 사람 많으니까.

재희 엄마의 말이 문득 떠올랐다.

그녀가 치마에서 시선을 거두었다.

10층에서 내리자, 등 뒤로 스르륵 문이 닫혔다. 물건을 놓고 내린 듯한 묘한 상실감에 희정의 발길이 제자리에서 잠시 머뭇거렸다.

치마가 사라진 건 다음 날 오전이었다. 텅 빈 엘리베이터를 보니 마음이 섭섭하면서도 후련했다. 주인이 찾아간 건지, 누가 가져간 건지, 그런 건 궁금해하지 않기로 했다. 어차피 가질 수 없는 옷이었다고 생각하니 조금은 위안이 되는 것 같았다.

그녀가 아파트 밖으로 나섰다. 잦아든 빗줄기가 톡톡, 리듬감 있게 우산을 때렸다. 장마가 끝나려는가 싶더니 곧이어 태풍이 몰려오고 있다는 소식이었다. 놈의 상륙을 예고하듯 습하고 시원한 바람이 이따금 휘몰아쳤다.

주차장에 흰색 경량차가 막 들어오고 있었다. 교문 로고가 새겨진 옆 가방을 멘 자그마한 여자가 차에서 내렸다.

그러고 보니 오늘이 금요일이었다. 엊그제 수지 엄마와의 대화에서 느꼈던 불쾌한 감정이 되살아나면서 그녀가 자꾸만 교문, 교문 하는 이유가 궁금해졌다.

옆을 지나치던 교사를 불러 세웠다.

"저기, 교문 선생님이시죠?"

"네, 그런데요."

학습지 교사가 반갑게 눈썹을 치켜떴다.

"저희 애도 한번 시켜 보려고 하는데…… 혹시 이 동에 수지라는 아이도 이걸 하나요?"

교사는 해독하기 어려운 미소를 지어 보였다.

"저희가 원래 회원 정보는 알려 드리지 않는데요. 네, 맞아요. 수지랑 은지, 둘 다 하고 있어요."

희정은 아 네, 하고 대답하며 잠시 뜸을 들이다 또 물었다.

"같은 날에 수업 들으면 좀 깎아 주신다고 들었는데…… 맞나요?"

"그건 본사에 좀 알아봐야 하고요, 대신 다른 회원을 한 명 추천하면 수업료를 5퍼센트 할인해 드리는 게 있어요."

수지 엄마가 들었으면 귀가 번쩍 뜨였을 정보였다. 자기 애들한테 학습지를 시킨다는 건 왜 말하지 않았을까. 그녀는 아이 둘을 영어유치원에 보내는 거로 모자라 교문 방문학습까지 시키고 있었다. 그럴 여력이 되면서도 악착같이 누군가를 꼬여 수업료를 아낄 궁리를 했던 것이다. 한

치마 199

마디로 등신이 된 기분이었다.

정류장으로 가는 길에, 희정은 수지 엄마와 마주쳤다. 단발머리를 곱게 드라이하고 빨간 립스틱을 바른 모습이었다. 희정의 시선이 자연스럽게 아래로 향했다. 처음엔 비슷한 물건인가 싶었지만, 색감이나 무늬로 보나 틀림없었다. 그 치마였다.

"아, 이거, 똑같은 거 샀어요. 이뻐서."

수지 엄마가 눈치를 채고 내뱉었다. 희정은 믿지 않았다. 차라리 솔직히 말했다면 가증스럽지는 않았을 것이다. 주말에 주인이 찾으러 올까 봐 안달복달했을 게 틀림없었다. 뭐든 자기가 원하는 대로 해야 직성이 풀리는 여자였다. 몇 점 남지 않은 할인 상품이건, 옆집 사교육 스케줄이건, 엘리베이터에 덩그러니 걸려 있는 치마건 간에.

"아, 그래요? 그 치마 없어졌던데. 누가 보면 오해하겠다."

희정이 최대한 비꼬는 투로 말했다.

"오해하라지, 뭐."

수지 엄마가 코웃음 치며 천연덕스레 대꾸했다. 습한 바람이 불자 치마가 그녀의 다리에 감기며 고운 선을 드러냈다. 희정의 바람과는 상관없이 훔친 치마는 그녀에게 너무나 잘 어울렸다.

희정이 고민하는 사이, 치마는 그녀의 것이 됐다. 늘 그런 식이었을 것이다. 그녀 같은 부류가 악착같이 쓴 쿠폰이나 할인 카드로 기업의 수익은 깎이고, 그 손실은 다시 정보에 어두운 이들의 아둔한 클릭이나 회원 가입으로 메워졌을 것이다. 그녀가 그토록 자랑하는 효율적 소비 생활은 모두 자신과 같은 사람들을 착취한 결과에 지나지 않았다. 그건 생활이 궁핍해서가 아니었다. 손톱만큼의 이득이나 손해도 지나칠 수 없는 병적인 속물근성 탓이다. 공짜 치마를 다른 사람이 아닌 그녀가 가져간 건 너무나 당연했다.

둘이 버스 정류장에 도착했을 때였다. 저 멀리 경사로를 내려오는 재희 엄마가 보였다.

"그거, 나만 시키는 줄 알아요?"

수지 엄마가 희정을 향해 나지막이 속삭였다.

"네?"

"교문이요."

희정이 혼란스러운 표정으로 그녀를 마주 보았다. 수지 엄마의 동공이 즐거움으로 반들거렸다.

재희 엄마가 건널목 맞은편에서 좌우를 두리번거리다 이윽고 희정을 향해 활짝 이를 드러냈다.

아니, 희정이 아니라 수지 엄마였던가? 길을 건너온 그녀가 곧바로 수지 엄마의 팔꿈치를 잡고 반갑게 흔들었다. **자기, 오랜만이네.** 그녀는 희정에게도 고개를 끄덕이며 알은 척을 했다. 희정은 얘기를 나누는 두 사람을 뻘쭘하게 바라보았다.

바람이 한층 거칠어졌다. 나뭇가지가 휘고 찌그러진 캔이 아스팔트를 굴러다녔다. 수지 엄마는 비가 내리기 전에 장을 봐야 한다며 딸을 데리고 먼저 가 버렸다. 잠시 뒤 숲유치원 버스가 도착하자 희정과 재희 엄마도 아이들을 데리고 서둘러 집으로 걸음을 옮겼다.

"엄마, 오줌 마려워요."

재희가 엄마의 바짓단을 붙잡자, 그녀가 좀 참아, 하며 아이의 손을 내쳤다. 재희의 낯빛이 어두워졌다.

그녀는 평소보다 조금 들뜬 기색이었다. 마르지 않는 빨래와 요즘 유행한다는 건조기에 대해 쉴 새 없이 떠드는 모습이 영 그녀답지 않았다. 희정은 말없이 웃으며 고개만 끄덕였다. 묻고 싶은 게 많았지만 정말 궁금한 건 따로 있었다. 그녀는 수지 엄마의 치마를 눈치채지 못한 걸까. 희정이 그녀의 옆모습을 계속 힐끔거렸다.

"엄마, 쉬. 쌀 것 같아요."

재희의 표정이 거의 울상이었다.

"참아. 다 왔어."

그녀가 또 덤덤하게 타일렀다. 아파트 입구에 도착할 때까지 희정은 아무 얘기도 꺼내지 못했다. 1층에서 손걸레질을 하던 아주머니가 두 사람에게 알은척을 했다.

"아, 그 치마, 가져갔죠? 잘했어, 찾아갈 사람도 없는데

잘됐지 뭐야."

"네?"

희정이 되물었다. 수지 엄마와 자신을 착각한 걸까.

"저 아니에요. 다른 사람이에요."

"아니, 당신 말고 저 엄마 말이야. 어제 저 아기가 나와서 들고 갔잖아. 내가 청소하다 봤는데."

아주머니가 재희 엄마를 빤히 쳐다보며 히죽 웃었다. 두꺼운 파운데이션이 땀과 함께 흘러내려 번들번들 빛났다.

"글쎄, 그 치마가 죽은 사람 거라데. 여자가 실종됐다가, 몇 달 전에 야산에서 발견됐다던가. 애도 있다는데, 어유, 불쌍해서 어째⋯⋯."

"재희야!"

비명이 허공을 찢었다. 쉬익, 소리와 함께 흘러내린 오줌 줄기가 아이의 양말과 운동화를 적시며 바닥으로 번져 나가고 있었다.

그녀가 아이의 뺨을 후려갈겼다. 하얗게 질린 얼굴에 입술이 파들파들 떨렸다.

잘못했어요, 엄마. 잘못했어요. 재희가 울음이 새어 나오는 입을 조그만 손으로 틀어막고 흐느끼기 시작했다.

놀란 윤솔이도 와앙 울음을 터뜨렸다.

오오 미안해, 재희야 엄마가 미안해⋯⋯. 그녀가 아이를 끌어 안고 서둘러 엘리베이터에 탔다.

"아무리 무식해도 그렇지, 내가 그런, 그런 거 가져갈 사람으로 보여요?"

재희 엄마의 고함이 닫히는 문 사이로 울려 퍼졌다.

바닥에는 오줌이 흥건했다.

아주머니가 혀를 끌끌 차더니 대걸레로 바닥을 훔쳐 내기 시작했다.

"원, 맞지도 않을 걸…… 딸 입히려고 가져갔나……."

희정의 입에서 갑자기 흐흣, 하는 신음이 흘러나왔다.

신음은 곧 웃음으로 바뀌고, 한번 터진 웃음은 멈춰지지 않았다.

나에게 있는 것

너에게 없는 것

한소은

해안도로를 빠져나와 마을버스 정류장 사잇길로 접어드
니 화산석 돌담으로 양옆이 막힌 골목이 나왔다. 길을 따
라 꼬불꼬불 들어가면 왼편에 보이는 새파란 철대문집.

길리가 사는 곳, 블로그에 올린 사진 그대로였다.

쯔쯔, 어지간히 훔쳐 갈 게 없나 보다. 농가 주택을 개조한
셰어하우스의 허름한 외관을 둘러보던 재이가 대문 옆 갈
색 토분의 마른 흙을 손가락으로 뒤적여 열쇠를 찾아냈다.

이제 미래와 재이는 주인 없는 집의 문을 따고 들어갈
참이었다. 공항에 내려 지금 도착했어요, 하고 전화를 하니
세상에 이보다 상식적인 일도 없다는 듯 화분 속에 열쇠
있으니까 들어가서 쉬고 계세요, 라는 대답이 들려왔던 것
이다. 공용 숙소의 열쇠를 화분에 묻어 두는 게 참 길리답
다는 생각을 하며 미래는 웃었다.

조심스레 철대문을 밀고 마당으로 들어섰다. 널빤지를 솜씨 좋게 짜 맞춰 만든 널찍한 평상이 하나. 채반에 널린 무와 호박 쪼가리가 시월 햇살에 꼬들꼬들 말라 갔고, 야트막한 돌담 아래 한 귀퉁이에는 쪽파와 루콜라가 가지런히 열을 맞추고 있었다.

방 셋에 화장실 둘. 거실에 세워 둔 파란 서핑보드가 두 개. 소파 대신 두툼한 전기장판이 깔린 인테리어가 단출했다.

집에 발을 들인 뒤로도 재이의 흠잡기는 멈추지 않았다. 겨울엔 춥겠다는 둥, 어째 이 집 물건들은 다 주워 온 것 같냐는 둥, 테이블도 사과 궤짝이라는 둥 하며 테이블보까지 굳이 들춰 보는 재이에게 그녀는 다 손으로 만든 거야, 이런 게 낭만이지, 하며 쏘아붙였고, 재이는 코웃음을 쳤다. 그래, 궁상도 낭만이지.

한 달 전 오랜만에 커피숍에서 그녀를 만나 제주에 사는 부부의 얘기를 꺼냈을 때도 그녀의 반응은 비슷했다.

결혼 별거 없다, 넌 똥 밟지 말고 그냥 혼자 살아라. 신혼의 환각에서 깨어나 보니 맞벌이는 전쟁이고, 육아는 축복이 아닌 인권유린이더라는 푸념을 끊임없이 이어 가던 미래가 갑자기 태세를 전환한 건 단지 자신이 그 소위 똥 밟은 무리 중 하나였기 때문이었다.

재이가 그래, 힘들지, 하며 맞장구를 쳐 주는 것까지는 좋았는데, 그것 봐라, 처음에만 좋지 결국엔 우리 엄마아빠들처럼 사는 거다, 인제 와서 어쩌겠냐 대출 왕창 당겨 집도 샀는데 맞벌이해서 열심히 갚아야지, 큰아들 같은 남편 잘 구슬리고 얼러서 살아 보라는 따위의 말을 가만히 듣고 있자니 이게 위로인가 빈정거림인가 싶은 게 슬며시 약이 올랐던 것이다.

문제는 결혼이 아니라 연애라고, 네가 못하는 걸 안 하는 걸로 착각하는 그 연애 말이야, 하고 쏘아 주고 싶었다. 어쨌건 지지고 볶고 사는 네가 나보다는 백배 낫다는 말이 듣고 싶었던 건지도 모른다.

그렇게 사는 커플이 진짜 있다고?

믿을 수 없다는 투였다. 35년째 독신을 고수하고 있는 재이로서는 쉽사리 인정할 수 없었을 것이다.

일단 가 보자고 했다. 삶이 곧 낭만인 그런 부부가 정말 있다고. 그런 부부를 내가 알고 있으니 직접 가서 두 눈으로 확인해 보자고.

가온이를 낳고 2년 만에 얻은 휴가였다. 해골바가지 같은 몰골로 친정과 회사를 오가는 딸내미가 안쓰러웠던 엄마는 그녀에게 3박 4일의 도피를 허락했다. 이틀만 쓰고 아껴 둔 금쪽같은 여름휴가를 재이와 함께하기로 한 데는 이런 이유가 있었다.

꼬챙이처럼 말랐네…… 현지인이라고 해도 믿겠다.

벽에 걸린 액자를 들여다보며 재이가 중얼거렸다. 비키

니를 입고 이름 모를 나라의 해변에서 요가 자세를 취한 길리의 사진이었다. 꾸따는. 미래는 꾸따의 흔적을 찾아 거실을 두리번거렸다.

"어라, 이 사람들, 딩크족이라고 하지 않았어?"

선반 위를 살펴보던 재이가 물었다.

『아이와 함께 자라는 부모』, 『딩크족의 육아』, 『행복한 부모 되기』.

재이가 선반에 꽂힌 책들의 제목을 하나하나 읊었다. 부부에게는 아이 계획이 없을 거라 여겼는데. 그랬구나, 그럴 수도 있겠구나 싶었다. 대학 졸업 후 해외를 떠돈 기간이 10년, 그리고 제주에 정착해서 다시 5년…… 길리도 어느 덧 마흔을 향해 가는 나이였다.

미래가 길리를 처음 알게 된 건 결혼 전 친구와 발리 여행을 계획하면서였다. 여행 정보를 얻으려고 이런저런 사이트를 기웃거리다 우연히 그녀가 운영하는 블로그를 알게 됐다. 대학을 졸업하고 훌쩍 배낭여행을 떠난 길리는 발리에서 스쿠버다이빙과 사랑에 빠져 자격증을 따고 강사로까지 일하게 됐다. 그리고 거기서 운명처럼 같은 배낭족이었던 꾸따를 만났다. 길리와 꾸따는 모두 발리의 지명이었다. 모험 소설 속 주인공처럼 두 사람에겐 본명보다 길리와 꾸따라는 이름이 어울렸다. 인도…… 몰디브…… 모로코…… 아르메니아…… 나라별로 분류된 수십 개의 카테고리 어디에서나 깡마르고 새카맣게 그을린 부부가 행복하게 웃고 있었다.

제주도에 온 뒤에도 부부의 삶에는 변함이 없는 듯했다. 블로그에 '제주 일기'라는 카테고리가 하나 추가되었을 뿐이었다. 길리와 꾸따는 5년 전 신덕리의 허름한 농가 주택을 사들였다. 야트막한 담장 너머로 반듯하게 뻗어 나간 당근밭이 보이고, 늘어선 전깃줄 아래로 저 멀리 수평선이 가물거리는 그런 집이었다. 부부는 뚝딱뚝딱 조그만 방 두어 개가 딸린 셰어하우스를 완성했다. 낡은 집을 세내고 고쳐 쓰며 푸껫과 페낭에서 몇 년씩 머물기도 했던 부부에게는 인테리어에 남의 손을 빌린다는 게 오히려 더 어색할 터였다. 말이 좋아 셰어하우스지 생업보다는 여행지에서 만난 지인들, 투숙객들과 어울려 먹고, 마시고, 마음대로 웃고 떠드는 게 일상이었다.

퇴근해 친정에서 아이를 받아 먹이고, 씻기고, 동화책 읽어 재우고 나면 지친 몸과 마음은 이미 반쯤 꿈속을 헤매고 있기 마련이지만 그래도 도저히 잠들 수 없을 지경으로 마음이 허한 날이면 미래는 맥주 한 캔을 따 놓고 그녀의 블로그로 들어갔다. 길리와 꾸따의 달콤한 일상을 한 모금 한 모금 음미하기 위해서.

안방 입구에 드리워진 보라색 날염 천이 바람을 타고 산들거렸다. 길리와 꾸따가 사는 방은 어떤 모습일지 궁금했다. 살짝 들춰 보는 건 괜찮지 않을까. 어차피 지금은 우리 둘뿐인데.

끼익, 하는 대문 소리에 미래는 화들짝 정신이 들었다.

거기 그녀가 있었다. 블로그에서만 보던 그녀가.

회색 스웨트셔츠에 헐렁한 팬츠를 입고 어깨엔 흰 타월과 가방을 둘러멘 모습이었다.

일찍 오셨네요.

그녀가 마당을 한번 휘둘러보더니 미래와 제이에게 반가운 미소를 지어 보였다. 어깨쯤 걸쳐진 검은 생머리, 물방울이 윤기 나는 갈색 이마를 타고 흘러내렸다. 그녀가 한 손으로 채집망을 들어 보였다. 안에는 커다란 뿔소라가 몇 개 들어 있었다.

저녁에 돌문어 파티를 하려고 했는데. 오늘은 재수가 없네요.

미소 짓는 그녀의 입술이 보라색이었다. 시월 제주의 바다. 물에 들어가기엔 이미 추운 계절이었다.

간단한 통성명이 끝나자 길리는 방이 마음에 드느냐고 물었다. 그제야 미래는 황급히 제이와 함께 쓰기로 한 2인실을 둘러보았다. 둘 다 가방만 휙 던져 놓고는 이리저리 집 안을 탐색하는 데 정신이 팔렸던 참이었다. 방 안에 떠다니는 알싸한 향기가 코 점막을 자극했다.

그 방, 티트리 오일 냄새가 너무 심하죠?

그녀의 마음을 읽은 듯 길리가 젖은 머리를 타월로 털며 말했다.

닦고 환기를 해도 소용이 없어요. 병째로 쏟았나 봐.

길리가 미안한 듯 웃었다.

냄새 괜찮은데요?

미래가 붙임성 있게 말했다. 파스 향 같긴 해도 나쁘지 않은 냄새였다. 길리는 아무런 대꾸가 없었고, 미래는 순간적으로 내가 뭘 잘못 말했나, 하고 생각했다.

샤워를 마치고 나온 길리가 둘에게 숙박 지침을 간단히 알려 주었다. 이미 알고 있는 내용에서 새로 추가된 정보는 딱 세 가지였다. 현재 셰어하우스의 손님은 미래와 재이, 둘뿐이라는 것과 뒷마당은 한창 공사 중이라 어수선하니 들어가지 말라는 것. 그리고 이 집에 온 이상 환영파티와 송별 파티를 꼭 함께해야 한다는 것.

원래 해변에서 하는 건데. 길리가 아쉬운 듯 덧붙였다.

신덕 해변에서의 파티. 블로그에서 보았던 사진들이 떠올랐다. 해 질 녘 남편 꾸따가 익숙한 솜씨로 장작불을 피우면, 길리는 야외용 그릴 위에 삼겹살과 주먹만 한 왕소라를 척척 올려 구웠다. 낮에 부부가 물에 들어가 잡아 온 것들이었다.

그러고 보니 꾸따, 꾸따가 보이지 않았다. 남편은 어디 갔을까.

라면 같은 건 아무 때나 끓여 먹어도 되죠? 재이가 묻자 그녀의 눈동자에 갑자기 윤기가 돌았다. 뒷마당에 붙은 낡은 창고를 개조해 내년부터 국수 가게를 해 볼 생각이라고 했다. 바닥 미장은 모두 끝났고, 이제 타일 작업에 들어갈 거라고.

오늘은 무얼 할 건지 그녀가 물었다. 벌써 1시 반이 넘은 시각이었다. 슬렁슬렁 다랑쉬오름에나 다녀오겠다고 하니 그녀가 수긍한다는 듯 천천히 고개를 끄덕였다. 재이도, 그녀도 이번 여행에서 관광에 딱히 큰 비중을 두고 있는 건 아니었다. 미션을 수행하듯 목적지를 하나하나 목록 상에서 지워 나가는 게 지금까지의 제주 여행이었다면, 이 번엔 느긋하게 자연을 제대로 느껴 보고 싶다는 데 둘은 합의를 보았다. 내일과 모레는 둘레길을 걷고, 마지막 날엔 해변에서 스쿠버다이빙 체험도 해 볼 요량이었다.

스쿠버다이빙 좋죠, 요즘 하기 딱 좋아요. 나중에 두 분이 서로 버디 해 주면 되겠네요. 은근히 바닷속이 위험해서 꼭 짝이랑 같이 다녀야 하거든요.

길리의 응원에 미래는 마치 과분한 칭찬을 받은 아이처럼 기분이 얼떨떨했다.

남편은 저녁에나 보려나. 재이가 차의 시동을 걸면서 중얼거렸다. 미래에게서 귀가 닳도록 들었던 탓인지 그녀 역시 부부와의 만남을 내심 기대하고 있었던 모양이었다.

일단 뭐 좀 먹자, 근처에서 맛집 좀 찾아봐.

허기를 느꼈는지 재이가 주변을 두리번거리며 말했다. 근처라고 하니 퍼뜩 얼마 전 길리가 블로그에 올린 식당이 떠올랐다. 그녀가 투숙객들과 다 같이 몰려가 막걸리 파티를 했던 곳이었다. 잠깐만, 하고 미래는 휴대폰을 꺼냈다.

블로그는 텅 비어 있었다.

여행 카테고리는 모두 사라지고, '길리와 꾸따의 세계살이'라는 블로그 명은 '길리의 제주살이'로 바뀐 뒤였다.

말도 안 돼. 손가락이 자꾸만 화면을 긁어 내렸다.

왜, 뭔데. 재이가 그녀를 힐끗 쳐다보았다.

엊그제까지 아무 일도 없었던 블로그였다. 기억상실증에 걸린 것처럼 머릿속이 멍해졌다.

헤어졌네.

설마.

헤어진 거야.

그게 말이 돼? 갑자기?

그럴 줄 알았다는 듯한 재이의 말투에 순간 짜증이 치밀었다.

남편은 떠나고, 혼자 국수 가게 하겠다고 공사를 하고 그 여자도 참⋯⋯ 그런데 왜 헤어졌을까. 뭐 짚이는 거 없어?

짚이는 게 있으면 이리 당황스럽지도 않을 터였다. 가장 최근에 본 내용을 떠올리려 애썼다. 길리는 창고 공사에 필요한 자재를 사 모으고 있었고, 꾸따는 시내 목공소에 아르바이트 자리를 얻었다. 그리고…… 꾸따가 일을 나가는 문제로 두 사람 사이에는 얼마간 냉전이 있었던 것 같았다. 생각해 보니 몇 달 전부터 글을 올리는 횟수가 눈에 띄게 줄어든 건 사실이었다.

그냥 좀 싸웠을 수도 있지. 미래가 중얼거렸다. 자신이 듣기에도 궁색한 항변이었다. 아니면 그냥 그렇게 믿고 싶은 건지도 몰랐다. 세상 모든 부부가 매일같이 싸워도 왜 그들만은 다투지도, 헤어지지도 않을 거라 생각했을까.

조금 더 일찍 왔어야 했는데.

창밖의 풍경이 흐렸다. 잿빛 안개에 숨은 다랑쉬오름 정상이 금방이라도 사라질 듯 희미했다.

하늘이 먹색으로 어두워질 무렵 미래와 재이는 신덕리에 도착했다. 돌아오는 차 안에서 둘은 모종의 합의를 끝냈다. 길리가 싫어할 수 있으니 꾸따라는 이름은 입에 올리지 말자고. 갑자기 홀로 된 그녀가 안쓰러웠다. 재이 역시 공연히 집주인의 불편한 속내를 후벼 파서 좋을 게 없다는 미래의 말에 수긍했다.

길 건너편 공터에 차를 세웠다. 타박타박 발소리뿐, 골목길은 불빛 하나 없이 적막했다. 암막처럼 드리운 밤하늘에 뻥 뚫린 보름달이 을씨년스러웠다. 무서워. 여긴 어두워지면 산책도 못 하겠다. 재이가 혼잣말처럼 중얼거렸다.

"길리의 집에 오신 걸 환영합니다."

좁은 거실에 모여 앉은 여자 셋이 챙, 하고 맥주잔을 부딪쳤다. 뿔소라 숙회와 토마토 바질 샐러드, 바지락을 듬뿍 넣은 파전이 은은한 조명 아래 먹음직스러워 보였다.

아, 와인 좋아해요? 집에 남은 게 좀 있는데.

길리가 부엌에서 반쯤 남은 화이트 와인과 잔 두 개를 들고 왔다. 함께 마시지 않느냐는 물음에 그녀는 고개를 저었다. 우린 와인 안 좋아해요.

우리.

당황한 미래가 그녀를 힐끔 쳐다봤다. 길리의 입은 일자로 굳게 다물어져 있었다. 쫄쫄쫄, 와인이 유리잔 내부의 곡선을 타고 흘러내리는 동안 셋은 말없이 눈을 깜빡였다. 꾸따를 언급하지 않고 이 자리를 끝내는 게 과연 가능할지 미래는 슬며시 걱정됐다.

하지만 분위기가 어색하리란 그녀의 예상은 빗나갔다. 술기운이 어느 정도 돌기 시작하자 물 흐르듯 화제가 이어졌고 그러다 누군가의 한마디에 실없는 웃음이 터져 나오기도 했다.

길리도 살아온 이야기를 풀어놓았다. 전산을 전공하다 갑자기 공부가 싫어져 무작정 해외를 떠돈 얘기. 그러다 발리에서 우연히 프리다이빙을 접하고 강사 자격증까지 따게 된 일, 온 세계를 발로 훑다 제주도까지 흘러온 삶의 여정. 모두 미래가 익히 알고 있는 이야기였다. 다른 게 있다면 거기서 꾸따라는 존재가 철저히 지워져 있을 뿐.

꾸따는 어떤 사람이었나. 길리는 쨍한 코발트 빛을 닮은 여자였다. 블로그의 글을 봐도, 실제로 만나 봐도 딱 느낌이 그랬다. 커다란 입을 벌리며 활짝 웃는 그녀 곁에는 늘 꿈꾸듯 엷은 미소를 머금은 그가 있었다. 길리라는 수채화의 물 번짐과도 같은 존재, 굳이 설명하자면 그게 꾸따라는 남자였다.

블로그에 올라온 문장들은 모두 끝이 통일돼 있었다. '……하기로 했다'고. 그건 합의된 의지였을까, 아니면 길리 혼자만의 것이었을까. 꾸따는 누구인가. 무엇을 원했던가.

결혼하셨어요?

길리가 물었다. 미래가 그렇다고 하자, 길리는 으음, 하고 고개를 끄덕였다.

그럼 아기는요?

그녀가 또 물었다. 이제 두 살이라고 대답하며 미래는 화제를 어서 다른 데로 돌리려 조바심을 냈다. 지금 그녀 앞에서 남편과 아이 얘기를 하는 건 너무 가혹한 것 같았다.

저녁인데 남편이랑 통화해야 되는 거 아니에요?

그녀의 얼굴은 별다른 의도가 없는 듯 담담했다.

요즘 남편이랑 별로 사이가 안 좋아서요.

말이 제멋대로 튀어나왔다. 얼떨결에 미래는 남편 흉을 늘어놓기 시작했다.

그럴 때 있잖아요. 모처럼 외식하면서 난 이렇게 살고 싶어, 저렇게 살고 싶어, 이런 얘기하는데 입에 소고기 막 욱여넣으면서 응웅, 영혼 없이 끄덕거릴 때. 그럴 땐 진짜 애 다 크고 나면 내가 저 인간이랑 끝까지 살 수 있을까, 그런 생각이 든다니까요.

야, 넌 나한테 남자 만나라고 하지 마. 맨날 그딴 얘기 하는데 너 같으면 결혼하고 싶겠냐?

누가 만나지 말래? 잘 만나라는 거지.

서로 핀잔을 주고받는 미래와 재이를 보며 길리가 알 듯 모를 듯 한 미소를 지었다.

에이, 그래도, 부럽다. 그녀가 말했다.

부럽긴 뭐가 부러워요.

반문하는 미래에게 길리가 말했다.

소고기 사 먹는다면서요. 난 요새 꽃등심이 그렇게 먹고 싶더라.

아등바등 사느니 좀 덜 벌더라도 여유로운 삶이 나은 거 아니냐고 하니, 그녀가 말했다.

사람은 변하니까요.

잠시 침묵이 흘렀다. 그리고 꽃등심을 어떻게 이겨. 길리 의 말에 셋은 웃음을 터뜨리며 다시 잔을 부딪쳤다. 미래는 슬쩍 길리의 안색을 살폈다.

윤기 나는 까만 생머리, 시원한 눈매와 반짝이는 눈동자. 최근 살이 더 빠졌는지 한층 날카로워진 얼굴선에서는 강인한 분위기가 풍겼다.

꾸따는 왜 길리를 떠난 걸까.

어쩌면, 길리가 꾸따를 버린 게 아닐까. 꾸따가 길리를 떠난 게 아니라.

모로 누워 잠이 든 재이의 실루엣을 물끄러미 쳐다보며 미래는 생각했다. 묵직한 피로가 몰려왔지만, 잠자리가 바뀐 탓인지 쉽사리 잠을 청하기 힘들었다.

이튿날은 아침부터 비가 추적거렸다. 미래와 재이는 비옷을 챙겨 입고 나갈 채비를 했다. 벌써 9시인데도 길리의 방문은 굳게 닫혀 있었다. 어제 잠자리에 늦게 들었나. 인사를 하고 나갈까 싶어 방문 앞에서 머뭇거리는 미래의 팔을 재이가 잡아끌었다.

아직 단풍철이 아니어서인지 안개 긴 천아산 숲길은 한적했다. 길 양쪽으로는 물기를 머금은 조릿대가 빽빽했고, 나무는 하늘을 가린 채 축축한 숨결을 내뿜었다. 밀도 높은 서늘한 공기가 얼굴과 팔다리를 끈적하게 휘감았다.

그러니까 너는, 길리랑 꾸따가 돈 때문에 헤어졌다는 거지?

미래가 재이에게 물었다. 꽤 그럴듯한 논리였다. 어제 길리가 꽃등심 얘기할 때 확실히 감을 잡았다고 했다.

길리가 심심해서 국수 가게를 하려고 했겠어? 나이 먹고 돈독이 오른 거야. 애를 가지려니 이렇게 살면 안 되겠다 싶었던 거지. 남편도 목공소에 아르바이트하러 다녔다며. 둘이 집 살 때 빚을 졌고, 돈 문제로 다툰 거네. 그거네, 그거. 짐짓 찌푸린 표정과는 달리 묘하게 들뜬 목소리였다.

평범하게 사는 게 제일 어려운 거 아니에요?

어젯밤 그녀가 했던 말이 떠올랐다.

불행한 커플 또 한 쌍 찾아서 좋겠다. 그녀가 씁쓸하게 내뱉자 재이가 흥, 하고 코웃음을 치며 다 먹은 김밥 포장지를 배낭에 집어넣었다.

그 여자, 어딘가 구려.

십수 년을 함께 산 남자와 헤어진 지 며칠 되지도 않았는데 아무렇지 않게 웃고 떠드는 점이 수상하고, 어젯밤 그 많은 얘기를 하면서 남편을 단 한 차례도 언급하지 않은 것도 마음에 걸린다고 했다.

생각해 봐. 살다가 헤어질 수도 있는 거지, 왜 남편이 있었다는 말을 안 해? 그 남편이라는 사람, 그 정도면 거의 주민등록 말소 수준이야.

재이가 의미심장한 눈빛으로 미래를 쳐다보았다.

분명 뭔가 있어.

그냥 헤어졌으니 말하기 싫은 거지, 있긴 뭐가 있어.

수상한 건 그뿐만이 아니라고 했다.

내가 어제 새벽에 잠을 깼거든. 부엌에서 물을 마시는데 창밖에서 희미하게 드르륵, 드르륵 하고 뭘 끄는 소리가 들리는 거야. 슬며시 창문을 열고 내다봤더니 뒷마당창고에서 불빛이 새어 나왔어. 문틈으로 머리도 언뜻 보이고. 길리가 그 야밤에 혼자 작업을 하고 있더라고. 이제 미장 공사 끝내고 타일 붙일 차례라고 했던 게 마침 떠올랐어. 내가 셀프 인테리어에 관심 많잖아. 너도 알지. 어떻게붙이는지 미리 봐 두는 것도 괜찮겠다 싶더라.

그래서 나갔어. 뒷마당에 들어오지 말라고 했던 걸 그땐깜빡했거든. 너무 깜깜해서 휴대폰 손전등을 켜고 조심조심 걸어가는데 시멘트 포대…… 손수레…… 주워 온 벤치,목재 같은 게 잔뜩 쌓여서 들어가는 길이 완전 지뢰밭이더라구.

열린 문 사이로 창고 안이 보였어. 길리가 쪼그리고 앉아서 바닥에 퍼티를 바르고 타일을 붙이고 있더라. 포세린타일이었나…… 아무튼 그랬는데 길리가 뭐라고 막 중얼대는 소리가 들리는 거야. ……이 아냐, ……이 아냐…… 내탓이 아냐…… 내 탓이 아냐…… 그런 말인 것 같았어. 통통, 문을 두드리니 길리가 소스라치게 놀라 고개를 돌렸고,나랑 눈이 딱 마주쳤어. 일어서더니 "여기서 뭐 하세요?"하고 빤히 쳐다보면서 묻는데 그 표정이…….

놀란 거 아니냐고? 놀랐다기보다는 뭐랄까…… 화가 난 것 같았어. 뒷마당에는 얼씬도 하지 말라고 분명히 말했는데 왜 여길 왔느냐, 힐책하는 듯한 표정. 잔뜩 일그러져서 화가 난 건지, 괴로운 건지 알 수 없는 표정. 그래, 내가 좀 경우 없는 짓을 하긴 했지. 주인이 들어가지 말란 데를 굳이 들어갔으니…… 그런데, 그게 그렇게까지 화가 날 일이야? 솔직히 좀 많이 놀랐어. 술 마실 때와는 영 딴판이라서.

그래서? 그다음엔 어떻게 됐어?

도저히 뭐라고 말을 붙일 분위기가 아니었어. 아, 무슨 소리가 들려서요, 방해해서 죄송해요, 하면서 뒤를 돌았는데, 처마 밑에 뭐가 딱 보이는 거야. 택배 상자였어. 이삿짐 박스만큼 커다란 상자. 들어갈 때는 미처 발견하지 못했는데, 나오는 길목에서 휴대폰 불빛에 잡힌 거지. 뭐가 잔뜩 쌓여 있었는데, 그게 뭐였는지 알아?

재이는 잠시 뜸을 들이더니 아무도 없는 계곡에서 목소리를 낮추었다.

옷이랑 신발. 그리고 디지털카메라.

누구 건데.

미래가 물으니 재이는 한심한 눈으로 쳐다보았다.

유품인 거 같아.

재이의 한마디에 미래는 오소소 소름이 돋았다. 꾸따가 떠난 게 아니라, 죽었단 말인가.

들고 보니 그럴듯했다. 헤어졌으니 헌 옷이나 신발 같은 건 버릴 수 있다 쳐도, 한눈에도 비싸 보이는 카메라를 놓고 갔다는 건, 게다가 그런 데다 쌓아 뒀다는 건 말이 안 됐다.

그래서, 그것 때문에 뒷마당에는 얼씬도 말란 거였어?

단지 그 이유만은 아닌 것 같아. 왜 굳이 야밤에 공사를 하겠어, 뭔가 켕기는 게 있으니까 그러지. 은폐할 게 있다거나, 거기서 무슨 일이 일어났다거나. 아, 혹시, 창고 벽에 피 같은 게 막 튄 거 아냐? 그래서 국수 가게 핑계 대고 공사하는 거 아닐까?

그러려면 우리가 없는 낮에 해야지, 뭐 하러 야밤에 불 환히 켜 놓고 공사를 해.

미래가 받아치자 그녀가 그건 그렇네, 하며 고개를 끄덕였다.

오호, 제법인데, 박미래.

좌우간 뭔가 있다는 것. 그게 재이의 결론이었다.

꾸따는 죽었고, 길리는 함구한다. 남편이 죽었는데도 상심은커녕 오히려 편안한 표정이다. 하지만 숙박업소 주인인 그녀가 뜨내기손님 앞에서 아무렇지 않게 행동하는 것쯤은 일도 아닐 것이다. 결국 어제 재이 앞에서 부지불식간에 드러낸 그 표정이 그녀의 진짜 속마음 아닐까. 굳이 한밤중에 홀로 창고에 불을 밝히고 공사를 한다는 건 일반 상식으로는 이해하기 힘든 일이었다. 그리고 내 탓이 아니라니, 뭐가 내 탓이 아니라는 걸까.

에이, 아닐 거야. 미래가 털어 버리듯 중얼거렸다. 어차피 모든 건 추측일 뿐인데도 마음 한구석이 찜찜했다.

그냥 방을 새로 알아볼까?

미래가 제안하자 재이는 고개를 저었다.

안 돼. 환불도 안 해 줄 텐데 그럼 손해잖아. 걱정 마. 우리 둘인데 무슨 일 있겠어.

둘은 마을 어귀에 있는 식당에서 늦은 저녁을 먹고 숙소로 향했다. 온종일 빗속을 걸은 탓에 두 다리가 녹아내릴 것처럼 피곤했다. 축축한 운동화를 벗고 어서 뜨거운 물로 샤워를 하고 싶었다.

씻고 나면 시원한 게 마시고 싶을 것 같아 마을 편의점에 들렀다. 냉장고 앞에서 맥주를 꺼내 카운터로 가니 사장인 듯한 중년 남자가 말을 걸었다. 저 교차로에 있는 달방에서 왔냐는 물음에 그렇다고 하니 그는 대뜸 와인이 들어왔다고 주인한테 좀 전해 달라고 했다.

저번에 주인 남자가 찾았는데, 그땐 품절이었거든. 오늘 들어왔다고 말 좀 해 줘요.

어리둥절해진 재이와 미래가 서로 시선을 주고받았다. 주인 남자라면 분명 꾸따를 두고 하는 말일 텐데, 어제 분명 길리는 둘 다 와인을 좋아하지 않는다고 했다. 꾸따는 누구를 위해 와인을 사러 왔던 걸까.

현관문을 열고 들어서니 거실에 길리가 앉아 있었다. 투명한 주전자에서 하얀 증기가 피어올랐다. 그녀가 활짝 웃으며 말했다.

피곤하죠. 같이 차 한잔하실래요?

샤워를 마치고 나온 미래에게 그녀가 유리 찻잔을 건넸다.

캐모마일이 불면증에 좋대요.

피라미드 모양 티백 안에서 캐모마일 꽃이 떠다녔다. 찻잔을 받아 들고는 뜨거운 김이 피어오르는 노란 액체를 가만히 들여다보았다. 따뜻한 기운에 온몸이 녹는 듯했지만, 왠지 기분이 꺼림칙했다.

저는 괜찮아요. 안 마실게요.

재이가 방 안에서 외쳤다. 그제야 미래는 슬며시 찻잔을 입에 가져다 댔다. 뜨거운 찻물이 닿자 입술이 불에 데인 듯 화끈거렸다.

재이가 얼굴에 시트팩을 붙인 채로 나왔다. 손에 뭔가 들고 있는 게 보였다.

침대 밑에서 찾았어요. 누가 놓고 간 거 같은데요.

재이가 손목시계를 그녀 앞에 내려놓았다. 고무 재질 스트랩이 달린 검정 스포츠 시계였다.

아, 이건 수중 나침반인데.

길리가 당황한 표정으로 물건을 집어 들더니 요리조리

방향을 돌리며 살펴보았다. 미래와 재이가 투숙하는 방에서 한 달 장기 투숙을 하던 사람이 있었는데, 그 사람 거라고 했다. 푸껫에서 온 스쿠버 다이빙 강사였다고.

이걸 어디서 찾았냐며 그녀가 재차 물었고, 침대 밑이라고 하자 그녀는 잠시 말이 없었다. 분실물 찾아 주는 것도 일이겠다는 말에 그녀는 고개를 저었다.

한 달 전에 태국으로 돌아갔어요. 그 사람.

그녀가 나침반을 선반 위에 툭, 하고 던져 놓았다.

참. 어제 재이 씨한테 미안한 거 있는데. 많이 놀랐죠.

그녀가 재이를 향해 웃었다. 마치 둘이서 낮에 무슨 이야기를 했는지 다 알고 있다는 듯이.

아, 어젯밤에요? 아뇨, 별로…….

뒷마당에 들어오지 말라고 한 건 다른 게 아니라, 공사도 하고 짐도 있고 너저분해서 그런 거예요. 재이 씨도 봤죠? 물건 아무렇게나 막 쌓여 있는 거.

그랬나…… 어두워서 잘…….

재이가 고개를 갸웃거리며 말끝을 흐렸다. 그녀에게 고정된 길리의 두 눈동자가 조금씩 좌우로 흔들렸다.

그럼 다행이고요.

길리가 마침내 내뱉으며 어색하게 입꼬리를 올렸다.

찻잔을 비운 뒤 방에 들어가 쉬겠다고 하자, 길리가 서운한 기색을 내비쳤다.

벌써 자게요? 오늘 비도 오구, 나 기분 너무 꿀꿀한데.

그건 두 사람도 마찬가지였지만, 그렇다고 그녀와 마주 앉아 맥주를 마시고 싶은 기분은 전혀 아니었다.

내일 같이 송별회 해요.

그녀의 말에 미래는 고개를 끄덕여 보였다.

하…… 살 떨려서 죽을 뻔했네.

등 뒤로 방문을 닫은 재이가 얼굴에서 시트팩을 떼어 내며 나지막이 중얼거렸다.

침대 밑에 그런 게 있었어?

기다려 봐.

재이가 바닥에 엎드려 침대 아래로 손을 뻗었다. 그녀가 꺼내 보여 준 건 가는 아이라이너와 립스틱이 묻은 화장 솜, 그리고 푸껫 공항 수하물 딱지였다.

장기 투숙 했다는 그 사람, 여자였나 봐.

문득 방 안에 감도는 냄새가 누군가의 체취처럼 느껴졌다. 어디선가 분명 맡아 본 향인데, 그게 어디였는지 도통 떠오르지 않았다. 마침내 그녀는 기억해 냈다. 몇 년 전 요가 수업에서 강사가 수강생들의 귀밑에 발라 주었던 오일, 바로 그 오일의 냄새였다.

푸껫에 살며 요가가 취미인 스쿠버 다이빙 강사. 과거의 길리와 묘하게 프로필이 겹치는 여자. 그리고 아마도…… 꾸따와 함께 와인을 마셨던 사람.

그러니까…… 꾸따가 그 여자랑 바람이 난 거야. 그리고 길리랑 헤어지고, 그 여자랑 푸껫으로 갔네. 그런 거네.

어둠 속에서 재이가 옆에 누운 미래의 귓가에 대고 소곤거렸다. 미래도 그렇게 된 거라 짐작하던 차였다.

그럼 뒷마당에 있던 짐은?

미래가 묻자, 그녀가 흐음, 하는 소리를 냈다.

나도 그게 마음에 걸리긴 하는데. 급하게 떠나느라 미처 못 챙긴 거 아닐까?

이윽고 둘은 말이 없었다. 뿌옇던 머릿속이 조금은 맑아지는 듯한 느낌이었다. 늘 사람이 고픈 듯한 길리의 호의도, 차마 꾸따라는 이름을 입 밖에 꺼낼 수 없었던 그녀의 마음도 모두 헤아릴 수 있었다. 남편에게 배신당해 홀로 남겨졌다는 얘기를 처음 본 사람에게 술술 털어놓을 수 있는 이는 결코 흔치 않으니까.

만난 지 한 달 된 여자 때문에 아내와 헤어지는 게 가능한가.

미래가 중얼거렸다. 드라마에서나 보던 일이었다. 한참 말이 없던 재이가 말했다.

근데 두 사람, 부부인 건 맞아?

그 말을 듣고 곰곰이 생각해 보니 지금까지 블로그에서 길리는 한 번도 꾸따를 남편이라 칭한 적이 없었다. 마흔이 다 돼 가는 나이에 함께 제주도에 터를 잡을 정도면 동

거하는 사이는 아닐 거라 그저 막연히 추측했을 뿐.

구멍이 뚫린 듯 마음이 헛헛했다. 침대에서 뒤척이다 결국 몸을 일으켜 거실로 나갔다. 마당을 때리는 빗소리가 한층 크게 울렸다.

불 꺼진 길리의 방은 활짝 문이 열린 채였다. 비도 오는데, 밖에서 뭘 하는 걸까. 궁금하기도 하고 걱정도 됐지만 차마 우산을 쓰고 뒷마당에 가 볼 용기가 나지 않았다.

미래는 부엌으로 가 살며시 창문을 열었다. 축축한 어둠 속, 닫힌 창고 문틈으로 불빛이 새어 나왔다. 후드득, 후드득, 떨어지는 비를 뚫고 희미한 음악 소리가 귓가에 전해졌다.

떠나는 날 아침 길리는 해장국을 끓여 미래와 재이를 깨웠다. 잠을 푹 잤는지 기분이 꽤 좋아 보였다.

어젯밤 송별 파티에서 미래와 재이는 그녀를 언니라 불렀고, 그녀도 두 사람에게 말을 놓았다. 자정까지 목이 쉴 정도로 떠들고 웃고 먹어 대는 동안 그 누구도 꾸따 얘기를 꺼내지 않았다. 시원하게 까서 펼쳐 놓고 다 함께 욕을 하고 한바탕 운 것도 아닌데, 마치 그러기라도 한 것처럼 그들 사이에서 꾸따는 이제 궁금하지도, 불편하지도 않은 '거시기' 같은 존재가 되어 있었다.

오늘 다이빙 체험한댔지? 이거 선물로 줄게.

길리가 식탁에 올려놓은 건 한 손에 쏙 들어오는 접이식

칼 두 자루였다. 하나는 찍찍이로 여닫는 칼집이 있었고, 하나는 칼집이 없었다.

길리가 맨 칼을 집어 들며 말했다.

이건 내가 쓰던 거고, 저건 거의 새 칼이야. 칼집은 인터넷에서 따로 사면 돼.

둘의 마음을 읽었는지 길리가 이렇게 덧붙였다.

이거 다이빙할 때 꼭 필요해. 바닷속에는 낚싯줄이나 폐그물 같은 게 많거든.

호기심에서 하루 해 보려는 것뿐인데 칼을 덜컥 선물로 받으려니 조금 꺼림칙했다. 칼 두 개를 보는 순간 하나는 꾸따가 쓰던 칼인가, 하는 생각이 퍼뜩 스쳐서였다. 하지만 꾸따라면 스쿠버 장비를 쌀 때 칼도 함께 챙겼을 것 같기도 했다.

칼을 선물하는 데는 어떤 의미가 있다고 들었다. 좋은 의미로는 우정과 동맹. 나쁘게는 관계의 단절. 뭐 그런 거라고 했던가.

언니한테 필요한 거 아니에요? 저흰 별로 쓸 일이 없을 것 같은데…….

미래의 말에 그녀의 눈빛에는 한순간 한기가 돌았다.

걸려. 그런 일이 생겨. 누구에게나.

그녀가 또박또박 내뱉었다. 단호한 말투에서 어쩐지 묘한 적대감이 묻어났다. 왠지 모를 불길한 느낌을 억누르며 칼을 집어 조심스레 펼쳐 보았다. 칼등에 톱니 같은 날이 있는 게 특이했다. 끈에 이렇게 끼워서 사용하면 돼. 길리는 허리 벨트를 가져와 칼집을 매다는 방법을 알려 주었다.

그녀는 이제 다이빙을 그만둘 거라 했다. 이젠 그만둘 때가 된 것 같다고.

왜요, 하며 만류하고 싶은 걸 미래는 간신히 눌러 참았다. 그다지 물을 좋아하지 않으면서도 이번 기회에 한번 도전해 보리라 마음먹은 건 순전히 다이빙 슈트 차림의 그녀를 동경했기 때문이었는데.

길리는 대문 밖으로 나와 둘을 배웅해 주었다. 길리가 포옹하자 새이도 팔을 벌려 그녀를 꼭 안아 주었고, 미래는 그 모습에 속으로 좀 놀랐다. 언어로 전달할 수 없었던 메시지는 그래도 명확히, 그녀의 마음으로 전해졌을 터였다. 내년 여름쯤, 새로 연 국수 가게가 입소문을 타고 미어터질 무렵 셋은 꼭 다시 만나자고 약속했다.

청명한 날씨였다. 서늘한 바람이 불자 머리카락이 건조한 뺨에 닿아 가슬가슬했다.

괜찮겠지?

신호등이 바뀌길 기다리던 재이가 물었다. 내내 길리를 의심하던 그녀에게는 어울리지 않는 말인 것 같아 미래는 피식 웃음이 나왔다.

괜찮을 거야. 한때는 20킬로그램 배낭 짊어지고 고산지대도 올랐던 여잔데.

나, 맞선이라도 볼까 봐. 재이가 문득 생각난 듯 말했다.

갑자기 왜?

그냥, 결혼에 대한 환상이 깨졌어.

환상 같은 거 없다며.

맛없는 거 아는데 일단은 먹어나 보려고.

둘은 웃음을 터뜨렸다.

1132번 국도를 타고 해안선을 따라 10여 분쯤 달리니 예약해 둔 다이버 숍이 보였다. 깍두기처럼 네모난 3층짜리 건물에 들어가 간단한 서류 작성을 마치자, 직원은 두 사람을 강의실로 데려갔다. 바다에 들어가려면 이론 교육을 먼저 받아야 한다고 했다. 다른 참가자 네 명과 함께 회의 테이블에 앉아 다이빙 슈트와 장비가 진열된 실내를 두리번거리고 있자니 40대 초반쯤 돼 보이는 강사가 들어왔다.

그가 다이빙과 관련한 안전사고를 설명하던 때였다.

"……한 달 전에도 신덕 해수욕장 앞바다에서 사고가 있었어요. 남자 다이버가 프리다이빙을 하다가, 폐그물에 발이 걸렸는데, 그걸 못 빠져나와서 과호흡으로 죽은 겁니다. 이 사람은 나이프가 있었는데, 당황하면 떨어뜨리게 되죠. 떨어진 거 못 찾아요. 시야가 안 좋은 날은 버디가 있어도 안 보이니 도와줄 수가 없어요. 그 상황이면 아무리 능숙한 다이버라도 패닉 와서 죽는 거예요."

신덕 해수욕장. 남자 다이버. 가슴 깊은 곳에 묻어 둔 불안이 부표처럼 떠오른 순간, 심장 박동이 빨라지고, 등줄기에 식은땀이 솟았다. 강사의 말들이 단어로 분쇄되어 공기 중을 떠다녔다. 수심 12미터. 파도. 조류. 호흡 사이클. 수신호. 이퀄라이징. 중성 부력. 감압병. 현기증. 구토……
점점 속이 메스꺼워져 자리에 앉아 있기가 힘들었다.

옆에 앉은 재이와 시선이 마주치자, 둘은 누가 먼저랄 것도 없이 자리에서 벌떡 일어났다. 막상 실습을 하려니 속이 울렁거린다는 핑계를 대고 비용을 일부 환불받은 뒤 다이버 숍을 뛰쳐나왔다. 속이 뒤집히고 머리가 어지러운 건 어디까지나 사실이었다.

근처에 있던 카페에 들어가 음료를 주문한 뒤에야 뛰는 가슴이 조금 진정되는 느낌이었다. 미래는 서둘러 뉴스를 검색했다. 한 달 전 기사였다.

오늘 낮 제주 앞바다에서 30대 다이버가 숨진 채 발견됐다. 제주해양경찰서는 오늘 A 씨(38)에 대한 실종 신고를 접수하고 민간 해양구조선을 동원해 수색한 결과 낮 2시 32분 제주시 신덕해변 앞 100미터 지점에서 폐그물에 걸린 A 씨를 발견했다고 밝혔다. 발견 당시 A 씨는 손에 칼집을 쥐고 있었으며, 수중에서 폐그물에 걸린 뒤 탈출을 시도하던 중 나이프를 잃어버려

숨진 것으로 추정된다. 인근에서 숙박업소를 운영하는 A 씨 부인은 함께 다이빙하던 남편이 보이지 않자 해경에 신고했다.

미래가 더듬더듬 가방에서 칼 두 자루를 꺼내 테이블에 올려놓았다.

이거, 길리가 쓰던 칼이랬지?

그녀가 칼집이 없는 맨 칼을 가리키며 속삭이자, 재이가 고개를 끄덕였다.

그럼…… 꾸따가 손에 쥐고 있던 칼집. 자기도 칼이 있었을 텐데, 꾸따는 왜 길리의 칼집을 쥐고 있었던 걸까.

이 칼이 꾸따 것 같아.

재이가 칼집에서 칼을 꺼내며 말했다.

둘을 비교해 보니 길리의 칼등에만 누르스름하게 부식된 흔적이 있었다.

꾸따는 칼을 거의 쓰지 않았어. 그동안 길리만 칼을 가지고 다녔던 거야.

재이의 목소리가 가늘게 떨렸다. 길리가 죽인 것 같아.

아니, 죽인 게 아니야.

미래가 중얼거렸다.

그냥 구해 주지 않은 거였다. 버디니까, 부부니까, 10년 간 관성적으로 내밀어 온 그 손에 이번엔 칼을 건네지 않은 것뿐이었다.

호흡이 허락하는 2분간, 그냥 지켜본 것뿐이었다. 그의 눈빛이 확신에서 의혹으로, 그러다 공포로 바뀌는 생사의 과정을 그토록 아슬아슬한 거리에서, 그가 두 팔을 휘적대어 간신히 손아귀에 움켜쥔 칼집이 텅 비어 있음을 턱턱 차오른 숨 끝에 발견하고만 그 표정까지도, 그녀는 남김없이 지켜보았을 터였다.

왜냐고?

그녀의 녹슨 칼이 속삭였다.

이미 알고 있잖아. 내가 왜 그럴 수밖에 없었는지. 매일같이 블로그에 들락거리고, 친구를 데리고 이곳까지 찾아오고, 궁금해하고, 염탐하고, 침대 밑을 들춰 보면서. 징그러울 만큼 알고 있잖아. 너흰 다 이해하잖아.

아니면 설마, 그게 다 내 탓이라는 건 아니지? 내가 집을 비운 사이 꾸따가 그년이랑 자고, 같이 태국으로 도망갈 계획까지 짠 게 다 나 때문이라고?

제주도에 정착만 안 했다면, 빚을 내 집을 사지만 않았다면, 평생 소고기 대신 돌문어나 먹으면서 아이 같은 건 꿈도 꾸지 않았다면, 그랬다면 꾸따도 변하지 않았을 거다, 이런 일은 일어나지 않았을 거다, 설마 그런 말이 하고 싶은 거야?

시야가 흐릿하고 다시금 속이 메스꺼웠다. 바닷속에서 꾸따가 죽은 정황을 설명해 줄 유일한 증거품이 바로 눈앞에 있었다. 재이가 갑자기 자리에서 일어서더니 말릴 틈도 없이 칼 두 개를 집어 그대로 휴지통에 던져 넣었다. 땅, 하고 금속끼리 부딪치는 이질적인 소리에 카페에 앉아 있던 손님 몇몇이 놀란 얼굴로 뒤를 돌아보았다.

빨리 가자. 둘은 서둘러 카페를 빠져나왔다. 어디선가 그녀의 속삭임이 들려오는 듯했다.

잊지 마, 그런 일은 생겨. 누구에게나.

믿기 힘들겠지만, 오늘은 두 사람에게 최고의 날이어야 했다.

영우는 이미 만반의 준비를 끝냈다. 등산을 좋아하는 수정을 데리고 단풍이 예쁘기로 유명한 산을 오르고, 점심때쯤에 내려와서 수정이 좋아하는 오리고기 맛집을 찾아가고, 고즈넉한 카페로 가서 석양을 보며 반지를 건넨다……. 영우에게는 고역과 같은 스케줄이지만 기뻐할 수정을 생각하며 싫다는 사람을 졸라 아침부터 길을 나섰다.

비가 올 것 같다는 수정의 말을 무시한 채 묵묵히 산을 올랐다. 오늘따라 수정이 얼마나 툴툴대는지 그를 달래느라 진땀, 생각보다 가파른 산을 오르느라 진땀, 자꾸만 어두워져 가는 하늘을 무시하려 진땀을 뺐다. 결국 산중턱을 넘어갈 때쯤 비가 내리기 시작했다.

수정은 거봐란 식의 말을 하려다 말 것처럼 입을 꾹 다물었다. 한두 방울씩 떨어지는 비와 함께 영우의 등에 식은땀이 흐르기 시작했다. 당장 이별을 고한다고 해도 이상할 것이 없는 수정을 애써 달래며 산을 내려갔다.

주위에는 아무도 없었다. 점점 인상이 험악해지는 수정과 함께 하산하려는데 농담처럼 비가 와장창 쏟아지기 시작한다. 우비도 입지 않은 두 사람은 물에 빠진 생쥐처럼 쫄딱 젖어 버렸다. 게다가 앞이 너무 어두워 등산로가 제대로 보이지 않았다. 더듬더듬 산을 내려가던 영우는 문득, 길을 잃었다는 것을 깨달았다. 마음이 다급해진 영우가 허우적거리다 발을 헛디디고 말았다.

"조심해요!"

수정이 거의 몸을 날리다시피 하며 영우의 어깨를 감싸 안았지만 자그마한 수정으로서는 역부족이었다. 두 사람은 무너지는 흙을 타고 아래로 아래로 미끄러져 내려갔다. 등에 돌과 나무가 긁어 대는 느낌만 없었다면 미끄럼틀을 타고 있다고 착각할 정도로 순조로운 추락이었다. 나무에 다리가 걸린 덕에 멈춘 두 사람의 얼굴 위로 세찬 비가 쏟아져 내렸다.

"……"

"……"

영우는 미안함에 차마 아무 말도 꺼내지 못한 채 하늘

만 바라보았다. 슬그머니 몸을 일으켜 수정을 내려다보다 자신과 같은, 아니 그보다 훨씬 분노에 가까운 얼굴을 하고 있는 그를 보며 탄식을 삼켰다.

……지금 수정의 심기를 건드리면 안 된다. 죽을 거다. 영우는 천천히 수정을 안아 일으켰다. 생각보다 순순히 자리에서 일어난 수정이 손으로 먼 곳을 가리켰다.

"불빛이다."

영우가 사슴처럼 머리를 불쑥 빼 들고 빗방울 너머를 훑었다. 정말 불빛이다. 어둡고 산란한 시야 너머로 밝은 빛이 일렁거리고 있었다. 수정의 손을 잡고 그쪽으로 가려는데 수정의 발걸음이 이상했다. 미끄러져 내려오다 다리를 다친 모양이었다. 그런데도 수정은 아무 말 없이 묵묵히 내리막길을 걸을 뿐이었다.

차라리 면박을 주지. 내 탓을 하든가. 아니면 화라도 내든가……. 영우의 머릿속이 복잡해져 간다. 그러나 그의 혼란스러운 심정을 아는지 모르는지 수정은 꾸준히 발만 놀릴 뿐이었다.

두 사람은 곧 숲속에서 홀로 빛나고 있는 산장에 도착했다. 꽤 고풍스럽고 커다란, 주인장의 취향이 꽤 멋들어진 산장이었다. 그곳을 올려다보다 영우가 분위기를 풀기 위해서 어렵게 입을 열었다.

"하하…… 신기하다. 마치 소설에 나올 것 같은 곳이네요. 공포 소설…… 아니면 추리 소설……."

믿을 수 없다는 듯, 경악이 어린 수정의 시선이 영우를 훑었다. 두 사람의 첫 만남을 생각해 보자면, 절대로 웃음이 나올 수 없는 농담이었다.

"……가 보죠."

수정이 여전히 의뭉스러운 눈을 하고선 초인종을 눌렀다. 산과 어울리는, 그러나 이 폭우와는 전혀 어울리지 않는 명랑한 새소리가 끊임없이 이어졌다. 안에 사람이 없을 리는 없었다. 2층까지 불이 환하게 켜져 있는 데다 창문에서 그림자가 어른거렸기 때문이었다.

혹시 낯선 등산객을 받아 줄 마음이 없는 것일까? 초조해진 두 사람이 문을 두드리려 할 때, 현관이 찰칵 소리와 함께 열렸다. 유달리 눈이 큰, 창백한 얼굴의 소녀가 고개를 빼쭉 내밀었다.

"안녕하세요. 길을 잃었는데 혹시 잠깐 들어갈 수 있을까요?"

"이분이 다리까지 다치셔서…… 부탁합니다."

간절한 두 사람의 말에도 소녀는 둥그런 눈으로 두 사람을 번갈아 볼 뿐이었다. 수정이 다급히 지갑을 꺼내 명함 한 장을 내밀었다. 그 모습을 본 영우도 자신의 것을 꺼냈다.

"저희는 이런 사람들인데요. 이상한 사람이 아니고요."

얼굴만큼 창백한 손이 불쑥 나와 명함을 받았다. 그것을 내려다보던 소녀의 눈이 활짝 커져 두 눈알이 앞으로 쏟아져 내릴 것만 같았다.

"드…… 들어오세요."

눈이 휘둥그레질 만큼 호화로운 현관을 지나 수정과 영우는 거실로 들어섰다. 그곳에는 검은 옷을 입은 사람들이 삼삼오오 모여 있었다. 경악과 놀라움이 서려 있는 그들의 눈길이 수정과 영우에게로 쏠렸다. 눈물을 닦고 있었던 듯, 한 중년 여자의 손에 들려 있는 손수건이 땅으로 툭 떨어졌다. 끔찍할 정도로 고요한 공기가 거실을 채웠다. 어쩌면…… 들어오면 안 될 곳으로 온 건지도 몰랐다. 불안감에 영우가 수정의 팔을 슬그머니 잡았다. 그때 갑자기, 거실 안 사람들이 소리를 지르기 시작했다.

"됐다!"

"이것 봐, 가능하잖아!"

"으흐흐흑!"

누군가는 울음을 터트리고, 누군가는 월드컵 4강에서 역전 골을 넣은 것처럼 환호하고, 누군가는 천박하게 욕을 뱉어 냈다. 깜짝 놀라 서로를 꼭 껴안은 두 사람은 이 혼란스러운 상황을 파악해 보려 했지만 가늠조차 할 수 없었다.

"저…… 죄송해요."

두 사람을 맞이했던 소녀가 의중을 알 수 없는 표정으

로 그들에게 다가왔다. 이 소동 속에서 소녀만은 담담해 보였다.

"부탁을 좀 들어주세요."

"네? 무슨……."

"돌아가신 저희 아버지를 죽인 범인을 잡아 주세요."

"예?"

영우가 새된 소리로 되물었다.

"저희 중에 범인이 있어요. 그러니…… 제발 부탁드려요."

1장: 탐정이 도착하다

2층 응접실에 앉아 있는 수정과 영우는 소녀가 준비해 준 옷으로 갈아입고 따뜻한 차 한 잔씩 받았다. 소녀는 처음 봤을 때와 마찬가지로 아주 침착했다.

다른 사람들이 모여 있는 1층에서는 아직 아무런 소리 도 들리지 않았다. 수정과 영우의 등장으로 기쁨의 환호 성을 지르던 사람들은 언제 그랬냐는 듯 조용히 자신의 일에 열중하고 있었다. 신문을 본다거나, 책을 읽는다거 나…… 마치 아까 같은 소란과 전혀 상관이 없다는 듯이 구는 것이었다.

이 황당한 광경에 얼이 빠진 수정과 영우는 그래도 나쁜 사람들은 아니니 안심하라는, 더 믿을 수 없는 소녀의 말에 따라 2층 응접실로 안내받았다.

"사실 지금 여기서 나간다고 해도 안전하게 산에서 내려갈 것이라는 보장은 없어요. 차라리 여기서……"

"하지만 분위기를 봐요. 정말 여기가 안전할 거라고 생각해요?"

"그래도……"

자신의 차까지 준비한 소녀가 맞은편에 앉자 두 사람의 속삭임이 멈췄다. 이곳을 빨리 내려가자는 영우와 상황을 지켜보자는 수정의 이야기를 들은 것인지, 아니면 못 들은 척한 것인지, 소녀의 얼굴은 평온하기 그지없었다. 소녀가 뜨거운 차를 후, 불어 한 모금 삼켰다.

"어떻게 말씀드리면 좋을까요……"

"……"

"……"

말을 꺼내기 어려운 듯 소녀가 주저했다.

"이쪽 분은 소설가라고 하셨죠?"

"네."

"그렇다면 윤지열 작가님을 아시나요?"

영우가 순순히 고개를 끄덕였다. 윤지열 작가를 모르는 사람은 대한민국에 없을 것이었다. 50년 동안 내놓는 소설마다 히트 친, 우리나라 추리 소설계의 거장. 추리 소설이라는, 당시 매니악하기 그지없던 장르를 수면 위로 끌어올린, 그야말로 천재라 불려도 부족하지 않을 사람이었다.

"사실은 제가 그분의 막내딸이랍니다."

"아."

"나이 쉰에 얻으신 늦둥이 딸이죠. 밖에 계신 분들은 저와 나이 차이가 좀 나는 언니 오빠들입니다. 그리고 이곳은 윤지열 작가님의 별장이고요."

"그렇군요."

영우가 주위를 둘러보며 고개를 주억거렸다. 조명 하나도 허투루 달려 있지 않은, 확실히 돈 냄새가 물씬 나는 공간이다.

"그 말인즉슨 작가님이 돌아가셨다는 거군요."

"네."

"그 범인이 당신들 중에 있고요."

"네. 정확히는 언니 오빠들 중에서요."

휴. 소녀가 길게 한숨을 쉬었다. 꽤 어려운 얘기를 꺼내려는지 입술을 자주 깨물어 댔다.

"모두 말씀드리겠습니다. 아버지는 30대 중반부터 성공 가도를 달리기 시작하셨지만…… 그 전까지는 매일 배를 곯는, 생계가 불투명한 상황이었나 봐요. 집도 가난하고, 부모님도 모두 돌아가신 상황이었다고 해요. 하루하루 사는 게 지옥이었다고, 항상 그렇게 말씀하셨죠. 하지만 아버지는 무척 완고하신 분이라서요, 추리 소설로 성공하지 못하면 목숨을 저버릴 각오로 아주 독특한 생활 방식을 고수하며 작품 활동을 이어 가셨답니다."

"어떤……."

"바로 인생을 추리 소설처럼 사는 일이었죠."

쿠구구궁. 밖에서 천둥이 의미심장하게 울렸다.

"아버지는 자신이 추리 소설의 주인공이라 굳게 믿으셨답니다. 생각뿐만이 아니라 행동도 그에 맞춰 지내셨어요. 물론 다른 사람들이 보기에는 이상해 보였겠지만, 아버지의 믿음은 확고했습니다. 그리고 우연인지 운명인지, 그때부터 아버지의 소설이 조금씩 빛을 보기 시작했어요. 그때부터 아버지는 인생을 추리 소설처럼 살자는 신념을 굳게 고수하셨어요."

"……."

"그런 아버지가 오늘 돌아가셨습니다."

"오늘이요?"

"네. 바로 여기서. 두 시간 전에."

"여기서?"

"네. 옆방에서요."

"옆방이요?"

수정과 영우의 얼굴에 경악이 어렸다. 갑자기 소녀가 두 손에 얼굴을 묻었다. 어쩔 줄 몰라 하는 몸짓이 마치 어린

새 같았다.

"알아요! 무서우시겠죠! 이상하시겠죠!"

"……네."

수정이 담담히 동의했다. 귀까지 빨개진 소녀가 고개를
들었다.

"이제부터 정말 이상한 이야기를 해 드릴게요."

이것보다 더? 아버지가 살해당했고 자신의 형제자매 중
에서 살인자가 있다고 굳게 믿는 이 사람의 말을? 수정과
영우가 시선을 교환했다. 그 사실을 아는지 모르는지 소녀
가 진지하게 말을 꺼냈다.

"자신의 인생을 추리 소설처럼 살아야 한다는 아버지의
믿음은, 점점 커졌습니다. 그래서 저희 어머니, 언니 오빠
들, 저까지 당신의 인생에 한 페이지가 되어야 했어요. 저
희 집에서 일상이라고는 없었습니다. 모든 것이 미스터리
고 서스펜스였어요. 예를 들어 볼게요. 만약 아버지의 만년
필이 없어진다면…… 그것은 저희 중에 누군가가 숨긴 것
이 되어야 했어요. 아버지가 깜빡 잊고 어딘가에 놔두셨다
고 해도 상관없어요. 범인은 꼭 저희 중에 한 명이 되어야
했어요."

"억울하겠는데요?"

"보통은 그렇게 생각하죠. 그런데 문제는……."

쿠구구궁. 다시 한번 천둥이 울렸다.

"가족들이 모두 아버지의 인생에 기꺼이 참여하게 되었다는 게 문제예요. 언니 오빠들은 처음에 이상하고 답답하다고 생각했겠죠. 하지만 놀랍게도 아버지는 저희를 모두 진심으로 사랑해 주셨어요. 결국 저희는 아버지의 장단에 맞추는 것도 모자라, 직접 아버지의 세계로 뛰어든 거죠."

"오."

"아버지는 추리 작가세요. 그 무엇보다 당신의 죽음이 인생 최고의 이벤트가 되길 바라셨어요. 그래서 옛날부터 유언처럼 말씀하셨어요. 아버지는 반드시 살해당해야 하고, 범인이 저희 중에 있으며, 탐정에게 발각당해야 한다고."

"그게 무슨 말도 안 되는……."

"알아요! 이상하죠!"

소녀가 다시 한번 두 손에 얼굴을 묻었다. 정상으로 돌아왔던 두 귀가 다시 터질 듯이 빨개졌다.

"아버지는 자신을 죽이는 최고 효자에게 남은 재산을 모두 주겠다고 하셨어요! 그래서 저희들이 이곳에 다 모인 거예요. 아버지는 지병도 없이 건강하시면서 의사를 졸라 수면제도 처방받으시고는 살인자를 기다리셨단 말이에요. 최고 효자를요! 결국 형제자매 중 누군가가 아버지를 죽였고 미리 섭외해 놓은 탐정도 올 계획이었어요. 그런데 비가 너무 많이 와서…… 모든 계획이 다 틀어질 형편이었는데…… 두 분이 이렇게 와 주신 거예요."

"그래서 저희에게 부탁하시는 거고요?"

"네, 비록 남들이 보기에는 이상한 가풍이어도…… 저희는 서로를 정말 사랑한답니다. 어느 누가 자기 손으로 아버지를 죽이고 싶겠어요. 하지만 평생 아버지의 세계에서 살아온 저희에게는 이것이 최고의 효도랍니다."

"그런데 그쪽은……."

"아, 제 소개가 늦었네요. 저는 막내 윤사경입니다."

"그래요. 사경 씨는 어쩐지 조금 달라 보이는데요."

"제대로 보셨어요."

치켜뜨는 소녀의 눈에 총기가 어렸다.

"나이 쉰에 저를 얻으신 아버지는 저에게만은 유독 약하셔서, 유학을 가고 싶다는 저의 투정을 들어주셨어요. 어릴 때 집을 떠나서 그런지, 저는 저희 집 분위기가 이상한 것을 눈치챌 수 있었답니다. 저는 차마 아버지를 죽일 생각은 못 하겠더군요. 가족들과도 오래 떨어져서 살다 보니……."

"그렇다면 이런 바보 같은 일은 그만둬야 한다는 걸 모르시겠어요?"

"하지만……."

말을 흐리는 사경이었다. 영우가 자리에서 벌떡 일어났다.

"어디 가게요?"

수정의 물음에 영우가 굳은 얼굴로 대답했다.

"경찰에 신고하려요. 제 휴대전화 주세요. 사경 씨."

"안 돼요…… 죄송해요……."

그러고 보니 휴대전화며 그들의 물건이 어디로 갔는지 보이질 않았다. 사경은 고개를 푹 숙인 채 그들에게 사과했다.

"정말 죄송해요. 범인을 밝혀 주시면 드릴게요. 게다가 기자님과 작가님이시라니. 탐정 역할에 정말 제격인 분들이셔서 얼마나 다행인지 몰라요."

"이런……."

사경이 말릴 틈도 없이 영우는 문을 벌컥 열고 밖으로 걸어 나갔다. 큰 키로 경중거리며 1층까지 내려가자마자 미리 봐 둔 거실 전화기로 돌진했다. 수화기를 들고 112 번호를 누르려 할 때, 누군가 영우의 어깨를 세차게 흔들었다.

"무슨 짓이얏!"

덩치가 꽤 큰, 사나운 인상의 남자가 영우에게서 수화기를 빼앗아 들며 소리쳤다.

"경찰에 전화하려고요. 이런 일은 경찰이 해야 할 일입니다."

"전화는 모두 끊겼어!"

"하지만 방금 연결음을 들었는데요?"

뚜……. 확실히 남자가 들고 있는 수화기에서 연결음이 새어 나오고 있었다. 하지만 남자는 완고하게 고개를 저었다.

"아니야! 누군가 전화선을 모조리 끊어 놨다고! 여기는 우리밖에 없어! 경찰이 올 때까지 기다리는 수밖에……."

뚝. 수화기에서 들리던 소리가 멈췄다. 그리고 남자의 뒤에서 무언가를 꼼지락거리던 중년의 여자가 스윽 일어나 주방으로 향하는 것이 보였다. 여자가 앉아 있던 곳에 전화기의 선이 잘려 있었다. 영우가 손을 들어 그곳을 가리켰다.

"방금…… 전화선을 끊었……."

"정신 차려! 탐정. 범인은 우리 중에 있어. 함부로 나서다가는 정말 큰일이 날 거야."

남자는 우악스럽게 영우에게 수화기를 쥐여 주더니 의미심장한 표정으로 멀어져 갔다. 그의 얼굴에서 약간의 기쁨을 보았다면…… 영우의 착각일까?

2장: 시체를 조사하다

뛰쳐나간 영우는 곧 다시 돌아왔다. 수정은 사경에게서 받은 자료를 확인하고 있었다. 어디로 갔는지 사경은 보이지 않았고 남은 찻잔만이 그의 빈자리를 채우고 있을 뿐이었다.

"왔어요?"

수정이 담담하게 영우를 맞이했다. 영우가 자리에 앉자마자 수정이 종이 뭉치를 그에게 내밀었다.

"이 추리 작가란 사람."

"……"

"진짜 미친 사람이에요."

수정에게서 자료를 받아 든 영우가 그것을 찬찬히 살펴보았다. 작가가 친필로 쓴 유언장과 탐정에게 '장난이 아니니 제대로 범인을 잡아내라'고 당부하는 말도 안 되는 편지가 들어 있었다. 그것을 대충 살펴보던 영우가 종이 뭉치를 탁자에 놓았다. 골치 아픈 일에 말려들고 말았다.

"사경 씨는요?"

"잠깐 화장실 갔어요."

"하."

어이가 없는지 영우가 웃음을 탁 터트렸다. 그 모습을 빤히 보는 수정의 얼굴에 이상한 빛이 스쳤다. 요즘 들어 수정은 이상했다. 지금처럼 별 이유 없이 저런 묘한 얼굴로 영우를 가만히 바라볼 때가 있었다. 왜 그러냐고 물어봐도 수정은 아무 말 없이 고개만 저을 뿐. 오늘같이 불운한 날에 수정의 태도는 영우에게 불안감만 안겨 주었다. 조바심이 난 영우가 수정의 손을 잡았다.

"우리 어떻게 할까요?"

영우의 질문에 수정의 얼굴이 원래대로 돌아왔다. 무뚝

뚝하고 담담한 특유의 표정으로 생각에 잠긴 수정이 벽에 걸린 시계를 보더니 입을 열었다.

"부탁을 들어주죠."

"예?"

의외의 대답에 놀란 영우의 눈이 둥그레진다. 이런 말도 안 되는 제안을 받아들이기엔 진수정이란 사람은 매우 현실감각이 뛰어났다. 혹시 어디 아픈 건 아닐까. 진지하게 생각하고 있을 때, 수정이 말을 덧붙였다.

"어차피 밖에는 비가 너무 많이 와서 나갈 수도 없고…… 말을 들어주지 않으면 오히려 더 위험할지 몰라요. 우선은 장단을 맞춰 주면서 동태를 살펴요."

"알겠어요. 그래도 계속 경계해야 해요."

"응. 우선 시체부터 보러 가죠."

문을 열고 나가자 사경이 문 앞에 바로 붙어 서 있었다. 바쁘게 몸을 후다닥 물리는 것을 보니 그들의 말을 엿듣고 있던 모양이었다. 어디서부터 들은 것일까. 사경의 표정을 당최 읽을 수가 없었다.

"시체부터 볼까 하는데요."

"감사합니다! 이쪽으로……."

사경이 손짓으로 옆방을 안내해 주었다. 그때, 복도에서 누군가 스윽 하고 나타났다. 묘하게 초췌한 얼굴을 한 중년의 여성이었다. 향수를 얼마나 뿌린 건지, 여성이 나타나자마자 복도가 향수 냄새로 가득 찼다.

"아, 아까 전화선을 끊은 분."

"저희 첫째 언니예요. 이름은 윤한입니다. 나이는 42세. 가정주부입니다."

사경의 설명이 끝나기까지 기다리던 한이 무언가를 중얼거리기 시작했다. 외국의 장례식에나 어울릴 것 같은 길고 치렁치렁한 원피스를 입은 한의 얼굴은 그와 대비되어 매우 창백해 보였다. 검은 원피스를 입은 한이 의미심장한 얼굴로 그들을 노려보았다.

"……봤어."

"네?"

"내가 봤어…… 뻐꾸기가 우는 모습…… 저주! 이 저택의 저주다……."

그러더니 한참을 그곳에 서 있는 것이었다. 가만히 서서 눈만 굴리던 수정이 자리를 뜨려 하자 사경이 재빨리 그의 팔을 잡았다. 그때, 번쩍! 천둥으로 하늘이 번쩍 빛나며 한의 실루엣을 밝히다 사라졌다. 그제야 만족한 것인지 한이 게걸음으로 슬금슬금 발을 옮기기 시작했다.

나왔던 문으로 되돌아가려 했으나 그다지 성공적이진 못했다. 원피스의 밑단을 밟아 버린 한이 우당탕 소리를 내며 넘어졌고 방으로 돌아간 것은 몸의 절반뿐이었다. 바닥에 넘어진 한이 최대한 아무렇지 않은 척하며 다리를

끌고 방 안으로 들어갔다. 찰칵, 문이 잠기는 소리가 들리
자 사경이 만족한 듯 미소를 지었다.

"됐습니다. 이제 들어가시죠."

정말 방심할 수 없는 가족이다. 영우가 수정을 향해 고
개를 저었다. 사경의 뒤를 쫓아 옆방에 당도한 두 사람이
서로 눈빛을 주고받았다. 문이 열렸다.

"!"

놀랍게도, 그리고 놀랍지 않게도 진짜 시체가 침대에 널
브러져 있었다. 가지런히 손을 모아 누워 있는 것은 왜소
한 노인이었다. 그의 가슴께에는 칼이 하나 꽂혀 있었고
주위는 엉망으로 어질러져 있었다. 서재처럼 보이는 그곳
은 책과 서류로 난장판이었고 바닥에는 토사물이 가득했
다. 역겨운 냄새에 세 사람이 동시에 고개를 돌렸다. 날이
습해 냄새가 더욱 고약했다.

"윽."

"죄송합니다. 정말 죄송해요."

코를 막고 있어 맹맹한 목소리로 사경이 거듭 사과를 했
다. 그러고는 얼른 방 안으로 들어가 에어컨 리모컨을 찾
아 켰다. 미지근한 바람이 불어오자 역한 냄새가 더욱 코
를 찔렀다.

"금방 시원해질 거예요."

어쩔 줄 몰라 하는 사경을 뒤로하고 두 사람은 방 안으

로 들어섰다. 시체의 푸른 얼굴을 바라보던 수정이 흠, 하는 낮은 소리를 내었다. 비위가 상하지도 않는지 시체를 차분히 살펴보는 수정의 얼굴은 평온 그 자체였다. 그의 여유작작한 모습을 보고 안달을 내는 사람은 다름 아닌 사경이었다.

"저…… 언니 오빠들을 불러올까요? 사정 청취가 필요하지 않나요?"

"그러시죠."

수정의 말에 사경이 냉큼 방 밖으로 뛰쳐나갔다. 나무 바닥의 깍깍 소리가 닫힌 문 너머로 들려왔다.

수정이 손짓으로 영우를 불렀다. 순순히 그의 손길을 따라 시체 가까이로 온 영우가 쇳소리를 내며 헛구역질을 했다.

"윤지열 작가님 맞아요?"

"예. 우욱."

"신원은 확인했고."

조사를 마친 수정이 엉망인 방을 한 바퀴 휘 둘러보았다. 누군가 물건을 찾기 위해 어질러 놓은 모양이었다. 수정은 최대한 죽은 이의 물건을 밟지 않으려 조심하며 책상으로 다가갔다. 책상의 중앙서랍을 연 수정이 종이 한 장을 꺼내 들었다. 그러더니 그답지 않게 윽, 소리를 내었다.

범인은 이 안에 있다!

　　—윤지열

"정말 대단한 사람이네요."

수정이 질린다는 듯이 고개를 저었다. 정신을 조금 차린 영우가 옆에 있는 책장을 더듬다 유난히 삐져나온 종이를 뽑았다.

범인은 내 자식들 중 하나이다!

　　—윤지열

"원래부터 또라이라고 유명했지만…… 이 정도일 줄은……."

영우가 치를 떨며 종이를 다시 책장으로 밀어 넣었다.

방 안은 시체가 있다는 사실 빼고는 무척 평범했다. 죽은 작가의 책이 책장 한가득 꽂혀 있었고, 고풍스러운 수집품들이 한쪽 벽을 채우고 있었으며, 바닥에 토사물은 가득했지만 피는 단 한 방울도 없었다. 주위를 차분히 둘러보던 수정이 먼저 입을 열었다.

"영우 씨는 소설가니까, 소설가로서 한번 추측해 봐요. 누가 범인일지."

"글쎄요."

조금 고민하던 영우가 가볍게 말을 꺼낸다.

"아무래도 소설에서는 임팩트가 있어야 하니까. 의외의 인물이 범인이겠죠? 예를 들면, 전혀 그럴 것 같지 않던 사경 씨가 범인이거나. 아니면 작가님 스스로 목숨을 끊었거나?"

"일리가 있네요. 아무래도 이들은 추리 소설에 푹 빠져 있으니까 참고할 만하겠어요."

"기자님은요? 어떻게 생각해요?"

"⋯⋯확실한 것 하나는 알겠어요."

그러나 수정은 쉽게 말을 잇지 않았다. 아무래도 생각할 시간이 더 필요한 것 같았다.

"그런데 사경 씨는 왜 아직도 안 오는 거지."

무심결에 문으로 다가갔던 영우의 몸이 뻣뻣하게 굳었다, 가늘게 열린 문틈으로 네 사람의 눈이 방 안을 들여다보고 있었다. 번들거리는 눈알 네 쌍을 마주한 영우가 방이 떠나가라 소리를 지르기 시작했다.

"아으아아!"

너무 놀란 나머지 제자리에서 펄쩍 뛴 영우가 수정에게로 달려갔다. 문이 열리고 네 남매의 머쓱한 얼굴이 나타났다.

"죄송합니다. 놀라셨죠. 아무래도 탐정님들이 일하는 걸 보는 게 처음이라 그만."

"흠흠."

연신 사과하는 사경의 뒤로 형제자매가 모른 척 흩어져
갔다. 아직도 터질 듯이 뛰는 심장을 부여잡고 영우가 헐
떡거리자 수정이 그를 다독였다.

"괜찮아요?"

"네……."

"내려오셔서 용의자들을 신문하시죠."

그 용의자 가운데 한 명인 사경이 침착하게 그들을 안
내했다. 수정이 아직도 놀라 얼굴이 새하얗게 질린 영우의
손을 잡고 사경의 뒤를 따라 2층 응접실로 향했다.

그곳에는 윤지열 작가의 세 남매가 앉아 있었다.

사경의 소개를 들어 보자면, 아까 꼴사납게 넘어졌던 여
자가 윤한, 첫째 딸이었다. 그는 연신 설명하는 사경의 말
을 듣지 못하는 척 여유롭게 잔을 들어 홍차를 마시고 있
었다.

"그리고 저희 둘째 오빠입니다. 이름은 윤단두. 나이는
39세. J 벤처 기업 사장님이십니다. 최근 경영 악화로 금전
적인 문제가……."

"시끄러워! 탐정 같은 놈들에게 허튼소리 하지 마!"

꽤 덩치가 큰 단두가 주먹을 테이블 위로 꽂으며 소리쳤
다. 그러다 힘을 너무 준 것인지 앞에 있던 홍차 잔이 왈칵
쏟아졌다.

"아이구, 이런! 미안해. 누나. 특별히 가져온 홍차인

데······."

어쩐지 유약하게 들리는 목소리로 단두가 한에게 사과를 했다. 조금 전 보인 우악스러운 행동과는 전혀 다른 태도였다. 그를 바라보고 있는 수정과 영우의 시선을 느낀 건지, 단두가 흠흠 소리를 내며 다시 미간에 힘을 주기 시작했다.

'늦었거든요.'

영우가 그를 바라보며 속으로 중얼거렸다. 아무래도 콘셉트를 잘못 잡은 것 같은 둘째 오빠를 뒤로한 채 사경의 설명이 이어졌다.

"이쪽은 저의 셋째 오빠. 윤말세입니다. 나이는 38세. 백수입니다."

"백수가 아니야. 이래 보여도 예술가라고!"

말세가 짜증을 부리며 빵모자를 고쳐 썼다. 이 자리가 긴장되는지 오른쪽 팔목에 차고 있는 시계를 연신 매만지고 있었다. 아니면, 옷이 불편한 건가? 그는 좀처럼 손을 가만두지 못했다.

"그리고 저는 윤사경. 스무 살 막내고요. 미국에서 의과대학을 다니던 중에 한국으로 왔습니다."

말을 마친 사경이 자리에 앉았다. 닮은 얼굴의 네 사람이 빛나는 눈으로 수정과 영우를 올려다보았다. 각자 맡은 역할이 있다지만 탐정의 활약을 육안으로 보고 있자니 다들 흥분을 감출 수 없는 모양이었다. 앞에 앉은 사람들을 둘러보던 수정이 담담하게 입을 열었다.

"범인을 알아냈습니다."

"안 돼!"

사경을 제외한 세 남매가 득달같이 자리에서 일어나 소리를 질렀다.

"왜…… 왜 벌써……."

"아직 안 됩니다! 할 일이 더 남았……."

"자, 다들 진정하세요. 언니 오빠들."

남매들을 진정시킨 사경이 수정에게 다가왔다. 그러고는 귓속말로 사정을 하기 시작한다.

"정말 죄송해요. 탐정님. 하지만 아직 이야기는 2장밖에 나오지 않았다고요. 아무리 범인을 알고 있어도 지금은 아니에요."

"하지만……."

"이왕 맞춰 주시는 거, 조금 더 맞춰 주시죠. 정말 죄송합니다, 이런 부탁. 하지만 한 번만."

맑고 초롱초롱한 눈으로 수정을 바라보는 사경의 얼굴에 간절함이 내비친다. 거 장단 맞추기 참 어려운 가풍이다. 사경을 포함한 다른 남매들을 둘러보던 수정이 고개를 끄덕였다. 그제야 남매들의 얼굴이 환해졌다. 준비한 것들을 할 수 있는 기회가 생긴 것이다!

"음, 그럼…… 이 별장에 도착한 건 언제쯤이었죠?"

대충 이렇게 시작하면 되려나. 수정은 가장 최근에 본 추리 영화인 「나이브스 아웃」의 내용을 더듬으며 질문을 시작했다. 이 전개가 마음에 든 것인지 마주 앉은 네 남매의 얼굴에 만족감이 피어올랐다.

사경이 먼저 입을 열었다.

3장: 사정 청취를 하다

"저희는 아버님의 명령에 따라 오늘 이 산장으로 모였습니다. 아버님은 근 한 달 동안 이곳에서 홀로 지내셨습니다. 그리고 내일이 유언장을 공개하는 날이었죠. 아버님의 재산이 상당하다 보니 저희는 아버님의 말씀을 거역하지 못한 채 이곳으로 오게 되었습니다."

"흑흑. 아버지!"

첫째 용의자가 갑자기 울음을 터뜨리며 손수건에 얼굴을 파묻었다. 사경은 설명을 계속 이어 나갔다.

"산장에 먼저 도착한 건 바로 저였습니다. 아버님께 인사를 드리고 거실로 나오자 언니와 둘째 오빠가 함께 도착했어요. 그리고 얼마 지나지 않아 막내 오빠까지 도착했습니다. 그리고 함께 점심을 먹고 각자의 방에서 쉬었어요. 그러다…… 아버님께서 돌아가신 것을 발견하게 된 것이죠."

"흥! 잘 죽었어. 그놈의 영감탱이! ……주여, 용서하소서……."

둘째 용의자가 사납게 인상을 쓰며 고개를 팩 돌렸다.

"아버님과 다들 사이가 어떠셨나요."

영우의 질문에 셋째 용의자가 진지하게 대답했다.

"아버님은 저의 영원한 우상이었죠. 같은 창작자로서 아버님을 뛰어넘는 것. 그것이 바로 제 목표였습니다."

수정이 손을 들어 셋째 용의자의 말을 막았다.

"그런데, 정말 예술가 맞으세요?"

"네?"

"귀의 모양이나 손마디의 모양으로 보니 운동을 하신 분 같은데요. 손에 굳은살이 아직 있는 걸로 보아 지금도 운동 중이시죠?"

"아니, 그걸 어떻게……."

무심결에 대답하려던 셋째 용의자가 어흠흠, 하고 목을 가다듬었다.

"아닙니다! 저는 서양화가로 아버지를 존경하고 동경하지만 내심 지울 수 없는 열등감을 가진…… 그런…… 내면의 아픔을 가진 사람이란 말입니다!"

'한마디로 그런 콘셉트란 말이군.'

그 광경을 가만히 바라보던 사경이 천천히 몸을 숙여 수정의 귓가에 속삭이기 시작했다.

"죄송합니다. 다들 하고 싶은 캐릭터가 확고해서요."

"이런 식이면 어떤 게 거짓말이고 어떤 게 진실인지 구별하죠?"

"진실은 신경 쓰지 마세요. 이 살인 사건 자체부터가 모두 소설 속 이야기니까요."

"……."

"정말 죄송합니다. 그럼 제가, 진실이 나올 때마다 윙크로 신호를 보내 드릴게요. 어때요?"

수정과 사경의 극적인 타결이 이루어졌다.

"그럼 계속하시죠."

수정의 제안에 셋째 용의자가 휴우, 하고 가슴을 쓸어내렸다. 하마터면 준비한 역할을 해내지 못할 뻔했다.

"저는 점심을 먹고 아버님의 서재로 가서 따로 이야기를 나눴습니다. 그림이 잘 팔리지 않아서 아버님께 구매를 좀 부탁했죠. 그런데, 아버지가 들은 척도 안 하시는 겁니다! 그래서 대판 싸우고 금방 제 방으로 돌아갔습니다. 저는 절대로 범인이 아닙니다!"

갑자기 첫째 용의자가 홱 고개를 쳐들었다.

"흥! 네깟 놈의 검은 속내를 모를 줄 알고! 첫째도 둘째도, 심지어 귀여운 막내도 아닌 네가 아버님의 사랑을 제일 적게 받은 게 억울해서 그렇지?"

"그, 그런……."

바락바락 대들 줄 알았던 셋째 용의자가 눈에 띄게 풀이 죽었다. 정말로 진짜로 정곡을 찔린 모양이었다. 셋째 용의자의 아랫입술이 뾰로통하니 튀어나오기 시작했다. 당황한 첫째 용의자가 다급히 그의 팔을 붙잡았다.

"아이참, 뭘 그런 걸로 속이 상하고 그래."

"……."

"미안해, 미안. 가는 길에 네가 좋아하는 파전 사 줄게."

그 말을 들은 셋째 용의자의 입가가 사르르 풀리기 시작한다. 모르긴 몰라도 파전은 정말 좋아하는 모양이었다.

"흠! 흠!"

둘째 용의자가 목을 가다듬어 주의를 환기시켰다. 추리 소설다운 을씨년스러운 분위기를 되살리기 위해서였다. 때맞춰 밖에서 천둥이 **쿠구궁** 소리 내어 울렸다.

"셋째가 서재에서 나오고 나서 그다음에 들어간 것이 나다. 아버지께 우리 회사 투자 상담을 하러 들어갔지."

"헹. 투자는 무슨. 아버지 등골이나 빼먹으려는 거겠지!"

이제 완전히 기운을 차린 셋째 용의자의 말에 그가 버럭 화를 내었다.

"내가 네놈 같은 줄 아냐! 난 엄연한 사업체를 거느린 사장이라고! ……하지만 아버지는 투자 따윈 생각이 없으시다고 못을 박았지. 나는 수긍하고 바로 서재에서 나왔어."

"그리고 다음으로 들어간 건 저예요."

사경이 손을 들고 뒤이어 말했다.

"미국에서 사귀고 있는 남자 친구와 결혼을 허락받으려고요. 하지만 가난하고 능력이라곤 눈 씻고 찾아봐도 없는 무능한 남자여서 아버지의 반대가 이만저만이 아니었죠. 저는 화가 났고 아버지와 무척 심하게 다투었어요."

마치 기계가 말하는 것처럼 딱딱한 말투다. 지나가는 누가 들어도 진실이라곤 한 톨도 없을 독백이었다. 자신의 부족함을 알아챈 사경이 감정을 표출해야겠다 싶은 나머지, 어울리지도 않게 주먹으로 책상을 톡 내리치며 말했다.

"에…… 에잇, 샹!"

"큽, 큭."

그 귀여운 모습에 실소가 터진 다른 세 남매는 다급히 고개를 숙이며 웃음을 참았다. 셋째 용의자는 어깨를 파르르 떨기까지 했다. 얼굴이 빨개진 사경이 말을 이었다.

"그다음은 언니였죠?"

"그래. 내가 그다음으로 아버님을 뵈었다."

첫째 용의자가 눈물을 훔치며 말을 이었다. 그 눈물은 아버님을 잃은 슬픔 때문이 아니라 웃음을 참았기 때문이기는 하지만, 그래도 꽤 극적으로 보였다.

"아버님이 요새 너무 피곤해 보이셔서 무슨 걱정거리가 있는 게 아닐까 하고 말이다."

"헹, 그게 아니라 돈이 필요해서 그런 거 아니요? 누나는 지독한 도박 중독자니까!"

"그건 다 옛말이다. 도박중독센터 1336에서 치료받은 뒤로는 단 한 번도 패를 쥐지 않았어. 그리고 탐정님이 간과하는 게 하나 있습니다."

갑자기 첫째 용의자가 소매를 펄럭거리며 자리에서 일어났다. 연극에서나 볼 법한 그의 표정이 딱딱하게 굳어 있었다.

"우리 중 누군가가 죽인 게 아니야! 뻐꾸기의 저주다!"

"아까부터 말씀하시던 뻐꾸기의 저주는 뭔가요?"

수정의 질문에 첫째 용의자가 팔을 휘적거리다 소매로 얼굴을 가리고는 눈만 빼꼼 내밀었다.

"우리 가문 집안 대대로 내려오는 저주다. 구렁이에게 잡아먹힐 뻔한 우리 조상님이 옆에 있던 뻐꾸기를 대신 바쳐 죽인 탓이야아……. 그 뻐꾸기의 저주가 우리 중 누군가에게 깃들어 있다아…… 죽음…… 죽음이 따른다아……."

그러더니 뒷걸음으로 방에서 요란하게 나갔다. 노력이 가상하게도 나름 인상적인 퇴장이었다. 둘째 용의자가 힘차게 자리에서 일어나 쿵쿵거리며 누나를 따라 나갔다.

"저주 같은 게 이 세상에 어디 있어! 아버님을 죽인 범인은 우리 중에 있다! 걸리면 가만두지 않을 거야!"

꽤 터프한 대사를 남기고 떠난 둘째 용의자가 앉았던

자리는 아주 깔끔하고 단정하게 정리되어 있었다. 티슈로 장미꽃까지 접어 놓고 갔는데, 그 모양이 앙증맞기까지 했다. 셋째 용의자가 음울한 표정으로 자리에서 일어났다.

"소용없어요, 탐정님들. 우리 가족은 미쳤어. 아아, 우리들이 아버지를 죽인 겁니다."

그러고는 건장한 몸과 어울리지 않게 비척거리는 걸음으로 방을 나섰다. 남은 것은 두 탐정과 사경뿐이었다. 두 사람을 빤히, 그리고 만족스러운 눈빛으로 올려다보는 사경을 곁눈으로 보던 영우가 수정에게 속삭였다.

"놀라운 게 뭔지 알아요?"

"뭔데요?"

"사경 씨가 단 한 번도 눈을 깜빡이지 않은 거요."

하아. 갑자기 골치가 아파진 수정이 이마를 짚었다.

4장: 탐정, 위험에 빠지다!

확실히 홍차의 맛은 좋았다. 취향이 고급스러운 영우의 입맛에도 아주 잘 맞았다. 입안에 머금을 때의 첫 향이 풍부했고 뒷맛도 향기롭고 깔끔했다. 블랜딩을 잘 한 것인지 은은한 장미 향과 쌉쌀한 찻잎의 조화가 가히 일품이었다.

그러나 앞에 앉아 있는 낯선 여자를 의식한 순간, 거짓말처럼 입맛이 똑 떨어졌다. 그 사실을 아는지 모르는지, 사경은 조금 상기된 얼굴로 수정과 영우를 번갈아 보았다.

"정말……."

사경의 콧구멍에서 거친 숨결이 뿜어져 나왔다.

"저도 모르게 흥분해 버렸네요. 집을 떠난 지 오래되었다지만, 아무래도 저도 이 집의 일원인 모양이에요. 방금 그 장면…… 꿈에 그리던 장면이었어요."

흥분을 가라앉히기 위해 사경이 찬물을 벌컥벌컥 들이켰다. 그에게 잔뜩 질릴 대로 질린 영우가 수정을 돌아보았다. 그런데 수정은 홍차는 입에 대지도 않은 채 멍하니 벽을 보고 있을 뿐이었다.

"기자님?"

"응?"

영우의 부름에 놀란 수정이 대답했다. 수정의 시선을 따라가던 사경이 화들짝 놀라며 물었다.

"서…… 설마 저 장식장에 무슨 비밀이 있는 건가요? 저희 가족들이 모은 찻잔 세트를 보관해 놓은 것뿐인데요!"

"아뇨. 그냥 잠시 뭐 좀 생각하느라. 그보다……."

수정의 인상이 조금 딱딱해졌다. 영우는 그런 수정을 낯설게 보고 있었다. 수정은 짜증도 잘 내고 화도 잘 냈지만 요즘의 수정은 조금 이상했다. 차가워 보인다고 해야 하나. 멍하니 깊은 생각에 잠겨 있을 때가 많았다. 그럴 때마다 영우는 덜컥 겁을 먹곤 했다. 지금처럼.

"이제 뭐가 남았죠? 비도 좀 덜 오는 것 같고. 이제 경찰을 불러도 되지 싶은데."

"앗, 조금만 더 기다려 주시겠어요."

사경이 곤란한 듯 두 손을 모았다.

"아직 하나가 남았습니다. 정말 죄송하지만 조금 고생을 해 주셔야겠어요. 아버님의 추리 소설은 사실 정통파이기보다는, 조금 더 하드보일드가 섞인…… 와일드한 소설이라서요. 주인공 탐정들이 고생을 하는 편입니다."

"고생이라 함은……."

"뭐, 범인에게 쫓겨 조난을 당한다거나, 추격전을 벌인다거나, 칼에 찔린다거나……."

"……."

"앗, 하지만 그렇게 위험한 걸 어떻게 부탁드리겠어요! 다만, 저희 집 뒤에 빈 물탱크가 있는데……."

그때, 닫힌 문 밑에서 종이 하나가 쑥 밀려 들어왔다. 나무 바닥을 긁는 두꺼운 종이 소리에 세 사람의 시선이 모두 그곳으로 향했다. 영우가 자리에서 일어나 종이를 갖고 돌아왔다.

뒷마당 물탱크에 그를 죽인 증거가 들어 있다.

일부러 글씨체를 알아보지 못하게 삐뚤빼뚤한 글씨로 쓴 익명의 고발장이었다. 영우에게서 그것을 전해 받은 수정이 산뜻하게 말했다.

"가야겠네요. 이것만 하면 끝낼 수 있겠죠?"

"네. 그럼요. 조금만 갇혀 계시면 제가 반드시 구해 드릴게요!"

사경의 다짐 아닌 다짐을 받아 낸 두 사람이 문을 열고 밖으로 나섰다. 거실에는 아무도 없었다. 그러나 두 사람은 이 집의 용의자들이 어딘가에 숨어서 자신들을 지켜보고 있으리라는 것을 믿어 의심치 않았다.

문까지 배웅을 나온 사경은 그들에게 손전등 하나씩을 쥐여 주었다. 사경의 표정이 어찌나 밝은지 그들이 어디 좋은 곳으로 가고 있는 것 같은 착각이 들 정도였다. 처음에는 그렇게 소란스럽게 사과하더니, 지금은 즐거워 견디지 못하겠다는 표정이다.

'얄밉네.'

영우가 속으로 투덜거렸다.

우산을 들고 밖을 나서자 다시 집 안으로 돌아가고 싶은 생각이 절로 간절해졌다. 비는 아직도 억수같이 쏟아지고 있었고, 이미 져 버린 해 때문에 주위는 칠흑같이 어두웠다. 두 사람은 우산을 하나씩 쓰고 엉거주춤 뒷마당으로 향했다. 그곳에는 두 사람이 들어갈 만한 크기의 작은 물탱크가 하나 있었다.

물탱크의 사다리를 타고 올라간 영우가 손전등을 들어 물탱크의 손잡이를 살피자니…….

"끼이익."

거친 소리와 함께 뚜껑이 열렸다. 영우가 먼저 들어가고, 수정이 뒤따라 물탱크 안으로 떨어졌다. 폭은 좁지만 높이가 상당해서 영우가 손을 뻗어도 입구까지 닿지 못했다.

안으로 들어간 수정이 바닥을 비추며 주변을 살폈다. 그러나 증거 따위는 보이지도 않았다. 쾅! 커다란 소리와 함께 그들의 머리 위에서 문이 닫혔다.

"이게 그 '탐정이 겪어야 할 고생'이군요."

영우가 조금 추운지 손을 비비며 말했다. 수정은 둥근 바닥을 차분히 살피더니 그나마 깨끗해 보이는 곳에 앉았다. 그러고는 영우의 손을 잡아 자신의 옆에 앉혔다.

"많이 춥죠?"

수정이 영우의 팔을 감은 채 그의 손을 꼭 잡았다. 비는 물탱크를 요란하게 때려 댔고, 두 사람은 아무 말 없이 서로의 체온을 느끼며 앉아 있었다. 먼저 입을 연 사람은 영우였다.

"뭐 하나만 물어봐도 돼요?"

"네."

"이렇게 황당한 일을 왜 받아들인 거예요? 기자님 성가신 일 싫어하잖아."

그의 질문에 수정답지 않게 당황했다. 맞잡은 수정의 손에서 땀이 솟아나는 것이 느껴졌다. 확신할 순 없지만 최근 이상했던 수정의 태도와 연관이 있다는 느낌이 강렬하게 들기 시작했다. 영우는 잡고 있는 수정의 손을 좀 더 힘있게 쥐어 끌어당겼다. 수정이 맥없이 끌려왔다. 바투 붙은 수정의 코에서 요상한 리듬의 숨이 터져 나오고 있었다. 있다, 분명. 뭔가 숨기고 있는 비밀이…….

그때.

"……! 뭐야, 갑자기!"

갑자기 바닥에서 요란한 소리가 나더니 바닥부터 물이 차오르기 시작했다. 당황한 두 사람이 자리에서 벌떡 일어났다. 순식간에 무릎까지 차오른 물이 그제야 뚝 멈추었다. 놀란 두 사람은 헐떡거리며 벽을 두드려 댔다.

"저기요! 사경 씨!"

"열어 줘요! 거기 누구 없어요!"

젠장! 영우가 욕설을 내뱉더니 수정을 번쩍 안아 들었다. 휘청이느라 영우가 들고 있던 손전등이 요란하게 사방을 비췄다.

"기자님. 뚜껑 열어 봐요."

수정이 아무리 두드리고, 밀고, 당겨도 물탱크 뚜껑은 꿈쩍도 하지 않았다. 멈추었다고 생각했던 물은 천천히 차

올라 어느새 허벅지까지 달해 있었다.

"안 돼요."

수정이 억눌린 목소리로 대답했다. 수정을 내려놓는데 물이 얼마나 차오른 건지 첨벙 소리가 크게 났다. 놀란 두 사람이 서로 부둥켜안았다. 키가 작은 수정의 몸이 반이나 잠겼다.

"어쩌죠?"

대답도 없이 영우를 올려다보는 수정의 입술이 달싹였다. 그러더니, 예상도 못 한 말이 튀어나왔다.

"미안해요."

"응?"

"그동안 나에게 맞춰 주고, 기다려 주고, 배려해 준 거 잘 알아요. 영우 씨에게 언제나 고마웠어요."

"기자님……."

그래, 그동안 수정에게서 느꼈던 위화감은 이거였다. 수정은 하고 싶은 말은 꼭 해야 직성이 풀리는 사람이었다. 분위기를 맞춘다거나, 입에 발린 말을 한다거나, 선의의 거짓말 따위에는 전혀 노력을 기울이지 않는 사람이다. 그런데 요새 수정은 자주 영우에게 무언가 말을 하려다 마는, 그답지 않은 태도를 몇 번이나 보였다. 수정이 건네려는 그 말이 아주 힘든 말일 거라고, 그리고 자신에게 절대 좋지 않은 말일 것이라고 그는 내심 짐작하고 있었다.

입술이 파랗게 질린 영우가 덜덜 떨며 수정의 어깨를 꽉 잡았다. 두 사람이 동시에 말했다.

"기자님이랑 헤어지기 싫어요."

"사랑해요."

"네?"

"네?"

서로의 발언에 놀란 두 사람이 새된 목소리로 되물었다. 헤어지기 싫다니, 갑자기? 사랑한다니, 이렇게 갑자기? 놀란 채 눈만 깜빡이는 영우의 표정이 너무 웃겨서 수정은 하마터면 웃음을 터트릴 뻔했다.

"사실 오늘, 우리가 만난 지 1년이 되는 날이더라고요. 난 원래 그런 거 챙기는 거 정말 싫어하지만, 생각해 보니 영우 씨는 언제나 나에게 맞춰 주기만 하잖아. 그래서 오늘은 내가……"

"내가?"

대답을 보채며 영우가 독촉했다. 차갑고 긴 영우의 손가락이 수정의 볼을 가볍게 스치자 창백한 수정의 얼굴에 약간이나마 홍조가 떠올랐다. 요란한 빗소리 사이로 수정이 겨우 작은 목소리로 대답을 했다.

"오늘 호텔을 내가…… 다빈이한테 물어보니까 기념일엔 선물도 좋다고 해서…… 반지도 호텔에…… 그리고 오늘 밤 둘이서……"

"잠깐. 그럼 왜 아까는 안 내려가겠다고 한 거예요?"

"오늘 하루가 엉망이 되니까 생각이 복잡해졌다고 해야 하나…… 갑자기 자신이 없어져서……."

아, 왜 그동안 수정이 낯설었는지 알 것 같았다. 언제나 씩씩하고 당당한 수정답지 않게 망설이고 있었던 것이다. 그동안 사귀었던 남자들에게 감정이라고는 한 톨도 주지 않았을 이 냉혈한이, 호텔을 예약하고 반지를 사고, 오늘 밤을 위한 이벤트까지(이런 말은 하지 않았다.) 준비했을 것이라 생각하니 영우의 심장이 세차게 뛰기 시작했다.

만약 '로맨틱'이라는 단어가 인간으로 태어난다면 금영 우가 될 것이다. 영우는 그만큼 수정과 달콤한 시간을 보내고 싶었다. 하지만 수정은 마치 철옹성과도 같아서, 로맨스는 허튼짓이라 굳게 믿고 있는 사람이었다. 달콤한 말이나, 다정한 행동, 분위기 좋은 여행 따위는 오롯이 영우의 몫이었다. 그런데 그런 수정이…….

"그런데 영우 씨 말 듣고 그냥 산에서 내려갈걸 그랬어요. 바보같이 망설이다가 이 모양 이 꼴이 됐네. 미안해."

이제 물은 수정의 목까지 차 있었다. 영우는 수정의 팔을 들어 자신의 목에 감았다. 두 사람의 얼굴이 가까워졌다.

"기자님."

"영우 씨."

"지금 기적적으로 우리가 살아난다면, 난 당장 기자님

손을 잡고 산 아래로 달려갈 거예요. 그러고는……."

끼이이익. 그때 머리 위에서 문이 열렸다. 빛이 갑자기 쏟아져 내려 두 사람은 비명을 지르며 눈을 가렸다.

"꺄아아악! 탐정님! 죄송해요! 죄송해요!"

숨이 넘어가게 사과하는 것을 보니 사경인 모양이다. 영우가 수정을 번쩍 들어 그를 먼저 내보냈다. 영우는 먼저 올라간 수정의 손을 잡고 겨우겨우 물탱크에서 빠져나왔다. 찬물에 한동안 갇혀 있었더니 꽁꽁 언 몸이 발작적으로 덜덜 떨렸다. 두 사람은 바닥을 뒹굴면서 맑은 공기를 마음껏 마셨다.

"정말 죄송해요! 저는 물을 뺀다고 생각했는데…… 다시 채워 넣는 거였나 봐요! 제 잘못이에요. 죄송합니다!"

사경은 엉엉 울면서 그들에게 사과했다. 얼마나 격하게 우는지 금방 내장이라도 토할 기세다. 영우가 손을 휘저으며 다가오려는 사경을 밀어냈다.

"우린 내려갈 겁니다! 내려가서! 기념 파티 할 거예요!"

"네?"

갑작스러운 통보에 놀란 사경이 새된 소리로 대답했다. 자신의 손을 끌고 당장 산 아래로 내려가려는 영우에게 수정이 소리쳤다.

"우선 별장으로 돌아가요! 내가 시작한 일의 끝은 봐야죠!"

영우가 수정의 팔을 세게 꽉 쥐었다.

"……빨리 끝낼 거죠?"

"……."

영우의 눈은 이미 반쯤 돌아 있었다. 겨우 기념일 파티 같은 걸로 저렇게 정신을 놓다니……. 수정은 새삼 자신이 영우에게 얼마나 신경을 쓰지 못했는지 반성할 수밖에 없었다.

5장: 범인은 바로 너!

별장으로 돌아간 두 사람은 사경에게서 자신들의 옷을 돌려받아 입었다. 휴대전화도 무사히 돌려받을 수 있었다. 사경이 너무 미안해하며 당장 이곳을 떠나도 좋다고 말했지만 수정이 거절했다. 대신 모든 사람을 거실로 모아 달라는, 탐정이 할 법한 전형적인 부탁을 했다. 사경은 송구스러움과 기쁨이 섞인, 양립할 수 없는 감정을 가지고 방을 뛰쳐나갔다.

그러더니 얼마 지나지 않아 고개를 푹 숙인 채 돌아오는 사경이었다.

"저…… 괜찮으시다면, 탐정님께서 오시겠어요? 저희 오빠가……."

"무슨 일 있어요?"

"그냥 이쪽으로……."

어쩐지 사경도 꽤나 지친 목소리다. 아무래도 실수로 물탱크에 물을 채워 넣은 일이 퍽 신경 쓰인 모양이었다. 방금까지 행복해 보이던 얼굴이 의기소침해져 있었다.

수정과 영우는 사경의 안내로 1층 끝 방으로 향했다. 세 남매는 아담하고 정갈한 방에서 그들을 기다리고 있었다. 첫째 한은 손수건에 얼굴을 묻고 흐느끼며 서 있었고, 그 옆에는 셋째 말세가 침울한 표정으로 누나를 다독이고 있었다.

그리고, 피투성이가 된 채 침대에 누워 있는 사람은 둘째 단두였다. 처음에는 피 칠갑이 된 그를 보고 놀랐지만, 하늘을 향해 불룩 튀어나온 배가 순조롭게 오르락내리락하는 걸 보니 이것도 연극의 일종임을 짐작할 수 있었다.

"어떻게 된 일이죠?"

수정이 질린다는 듯이 묻자 셋째 단두가 고개를 저으며 대답했다.

"형이 누가 범인인지 안다고 했어요. 그러면서 이 집의 재산을 모두 독차지할 방법도 있다며 큰소리를 떵떵 치더니 이렇게……. 아직 살아 있지만 언제 죽을지 모르는 상태예요."

머리 쪽에 붉은 액체가 잔뜩 묻어 있었지만 자세히 보니 다친 곳 하나 없었다. 게다가 수정이 이리저리 만져 보자 둘째의 몸이 자꾸 움찔거리는 것이 웃음을 참는 것 같았다. 올라가는 입꼬리를 억지로 내리고 펠리컨 같은 턱을 들썩이며 터져 나오려는 웃음을 간신히 참고 있었다. 몸이 예민한 타입이었다.

"저주야. 뻐꾸기의 저주!"

"자, 자. 이제 다들 그만하시죠."

갑자기 끼어든 영우가 조급하게 방 중앙으로 걸어 들어왔다. 그의 얼굴에 걸린 광기를 본 남매들이 모두 움찔 몸을 떨었다. 지금 이 중에서 살인마를 꼽으라면 영우를 지목할 수 있을 정도였다. 번들거리는 눈을 한 영우가 수정을 향해 손을 내밀었다.

"이제 탐정님이 사건의 진상을 밝혀 주실 겁니다. 엄청 빨리요."

"버……벌써요?"

셋째 단두가 자신도 모르게 속마음을 내뱉고 말았다. 그러나 영우를 말릴 수 있는 사람은 이곳에 아무도 없었다. 수정에게 다가간 영우가 연인의 어깨를 감쌌다. 마치 껴안으려는 것처럼.

"자, 기자님. 빨리 끝내죠."

"그……럴까요."

돌았다. 지금 영우는 은은하게 돌아 버린 상태였다. 수정도 이제 영우의 광기가 점점 부담스러워지려고 한다. 미친

사람이 한 명 더 늘어나 버린 상황에 질려 하며, 그러나 성
정대로 착실하게, 수정은 맡은 바 임무를 다했다.

"범인을 밝혀냈습니다."

수정의 선언에 남아 있는 세 남매의 얼굴에서 환희가 차
올랐다. 심지어 피를 뒤집어쓴 채 누워 있는 둘째마저 차
오르는 감동을 억누르지 못해 턱을 파르르 떨었다. 수정이
손가락을 들어 한 사람을 가리켰다. **쿠구궁**. 천둥소리가 방
안을 가득 채웠다.

"당신이 범인입니다."

마지막 장: 진실은 언제나 밝혀진다

첫째 한은 흥분을 감추지 못하고 손수건을 쥔 손을 파
르르 떨었다. 복잡 미묘한 표정을 짓던 한이 천천히 손수
건으로 제 입을 가렸다.

"무슨 말씀이세요. 탐정님. 제가 그런 게 아니라, 뻐꾸기
가……."

"자! 범인이 밝혀졌으니 끝난 거죠? 기자님, 비도 좀 그
친 것 같고, 얼른 내려가서……."

"그, 자, 잠깐! 내가 범인이라면서! 이유를 설명해야지!"

다급히 수정의 손을 잡아끄는 영우에게 한이 버럭 소리

를 질렀다. 영우를 진정시킨 수정이 계속 말을 이었다.

"윤지열 작가는 오늘을 위해 수면제까지 처방받았다고
했습니다. 범인에게 습격받기 전에 먹었지만, 복용량이 꽤
과했던 모양입니다. 그는 구토를 하고 몸부림을 쳤습니다.
그래서 방이 엉망이었던 거고요. 그런데, 범인이 토사물을
밟고 지나가면서 특이한 모양을 남겼더군요. 치맛단으로
토사물을 훑고 지나갈 만한 옷은 당신만이 입고 있습니
다."

"흥! 옷은 누구라도 갈아입을 수 있어! 그런 아마추어
추리로 설득력이 있을 것 같아? 독자들이 만만해?"

"당신은 토사물을 밟을 줄 몰랐던 모양입니다. 만약 알
았다면 치맛단을 끌어 올리거나, 아니면 다른 옷으로 갈아
입고 살인을 저지르러 갔겠죠. 그러나 너무 긴장한 것인지
치맛단에 토사물이 잔뜩 묻어 버렸어요. 물로 빨았지만 지
독한 냄새가 지워지지 않았기 때문에, 코가 매울 정도로
향수를 뿌린 겁니다."

"와, 대박."

사경이 참지 못하고 감탄을 터뜨렸다. 꿈에 그리던 탐정
의 활약을 눈앞에서 보자 감격이 차오르는 모양이었다. 다
른 형제들도 마찬가지였다. 누워 있는 둘째의 눈에서 조용
히 눈물 한 줄기가 흘러내렸다.

"그, 그래도 그건 정황증거밖에 되지 못해! 이런 전개면

독자는 물론이고 편집자까지 만족시키지 못할걸!"

"결정적 증거는 여기 있습니다."

한에게 다가간 수정이 그의 팔을 잡아 위로 휙 쳐들었다. 너덜너덜한 한의 소매가 펄럭이자 모든 사람이 헉 소리를 내며 입을 가렸다. 소매 중간이 길게 찢어져 있었다. 검은색 옷이라 그동안 티가 나지 않은 것이었다.

"당신은 두 번째 실수를 하고 맙니다. 살인을 할 때 소매도 같이 찔러 버린 거예요. 그래서 찢어진 소매를 가리기 위해 그동안 계속 팔을 휘젓거나 다른 쪽 소매를 사람들에게 의식적으로 보여 준 것이죠. 아버지의 피도 여기에 묻어 있겠죠?"

"흑……!"

"누나! 정말 누나가 그런 거야? 대체 왜!"

"그래요, 언니. 대체 왜!"

한이 우는 표정을 하며 손수건으로 마른 눈가를 훔쳐댔다.

"사실은…… 10년 전 아버지가……."

"자, 그만, 그만. 이제 그만해요. 방금 휴대전화로 경찰도 불렀으니까. 이야기는 나중에 하라고요."

분위기 쇄신을 위해 영우가 팔을 휘저으며 무대 중앙으로 들어왔다. 모든 형제의 눈총이 영우에게로 향했지만, 그 또한 물러설 생각이 없었다. 갑자기 한이 바락 소리를 질렀다.

"하지만 둘째를 죽인 건 내가 아니야! 우리 중에 다른 범인이……."

그때, 한의 외침에 놀란 셋째의 소매에서 무언가 무거운 것이 쿵 떨어졌다. 피범벅인 당구공이었다. 놀란 셋째가 딸꾹질을 시작하더니 냅다 자리에 쪼그려 앉았다.

"그래! 젠장! 내가 그런 거야! 형은 나를 언제나 무시했다고! 때는 20년 전……."

"그만! 그만!"

참지 못한 영우가 당구공을 들어 창밖으로 던져 버렸다. 유리가 깨지는 요란한 소리와 함께 창문 밖으로 날아간 당구공이 담장에 부딪히는 소리가 들렸다. 경찰의 사이렌 소리가 가까워지고 있었다.

이로써 뻐꾸기의 저주에 얽힌 한 가족의 비극적인 살인 사건의 막이…… 내렸다…….

에필로그

윤지열 작가의 사인은 토사물에 의한 질식사였다. 범인은 시체 손괴의 죄만 받으면 될 테지만, 극한의 콘셉트충인 그가 자신의 죄를 순순히 인정할지는 미지수였다.

죽은 윤 작가를 부검해 본 결과 허용치 10배 이상의 수면제가 검출되었다. 사실은 그도 자식에게 살인을 시키고픈 마음은 아니었던 모양이다.

윤 작가의 사망 소식이 알려지자 그의 팬들은 역시 그다운 죽음이었다며 열광했다. 이 사건은 다음 해 영화로 각색이 되어 송X교, 강X원 주연의 초호화 블록버스터로 만들어졌다.

영우는 그날 호텔에 들어가자마자 고열과 몸살에 시달려 응급실로 실려 갔다. 손에 쥔 커플링은 아침까지 놓지 않았다는 후문이다.

낯설고 불온한 미스터리로의 초대

김시인(문학평론가)

범죄 소재에 기대 인기를 얻는다며 오랫동안 문학계로부터 외면받았던 반항아적 이미지와 달리 추리소설은 꽤나 보수적인 장르다. '상류계급' 출신 '백인' '남성' 탐정들은 그 놀라운 지적 능력으로 기존 체제에 위협이 되는 범죄자들을 솎아냄으로써 사회질서의 수호자 노릇을 해왔기 때문이다. 하지만 아이러니하게도 어떤 장르가 지속적 인기를 얻는다는 것은 그 장르에 내재한 문제가 해결 불가능함을 의미한다. 하드보일드를 위시한 새로운 미스터리들이 탄생한 것은 세계대전과 대공황 이후 추리소설이 도저히 봉합할 수 없게 되어버린 사회질서의 균열 속이다. 『곶자왈에서』의 상상력은 바로 그 균열에서 발아한 불온한 씨앗이다. 이 책은 사건이 일단락되었음에도 여전히 해결되지 않는 문제, 심판받지 않는 범죄자들, 그리고 뒤틀린 장르 규칙 앞에서 독자들로 하여금 진정한 '미스터리'란 무엇인지 자문하도록 만든다.

1. 해결되지 않는 문제

고전 추리소설 속 탐정들은 과학적 지식과 이성적인 추론을 발휘하여 작품의 말미에 미스터리를 시원스레 해결해낸다. 하지만 그들은 '누가 범인인가(후더닛)', '어떤 방법으로 범죄를 저질렀는가(하우더닛).'를 알아내는 데서 그칠 뿐, 범죄를 야기한 본질적인 원인과 결과(와이더닛)에는 놀랄 만큼 무심하다. 반면 『곶자왈에서』는 그 무심함을 후더닛과 하우더닛에 발휘한다. 이 책의 초점은 철저하게 와이더닛에 맞추어져 있기 때문이다. 특히 「치마」, 「독」, 「사라진 것」은 사건이 마무리된 후에도 여전히 해결되지 않는 찜찜함을 남긴다는 점에서 일본의 이야미스('싫다'는 뜻의 이야다와 미스터리를 합성한 단어)에 가깝다고 볼 수 있다. 하지만 주로 여성들이 처한 어려움을 소재로 하는 이야미스와 달리 『곶자왈에서』가 보여주는 스펙트럼은 보다 넓고 한국적이다.

「치마」는 누군가 이사를 하면서 놓고 간 고급스러운 치마를 둘러싸고 벌어지는 이야기다. 언뜻 이 소설은 '누가 이 선악과처럼 탐스러운 유실물을 가져갈 것인가'에 포커스를 맞추는 듯 보이지만 실상은 '왜 가져갔는가?'에 포커스를 맞추고 있다. 주인공 희정은 그토록 아쉬워하면서도 끝내 '남의 것'인 치마를 집어 들지 못하는데, 그것은 희정이 도덕성을 상위 계층의 시민권이나 다름없다 여기기 때문이다. '소득과 도덕 수준은 비례'한다는 생각은 작금의 물질주의 사회에서 비단 희정만이 가지고 있는 고정관념이 아닐 것이다. 그러나 「치마」가 보여주는 결말은 그러한 고정관념을 깨뜨린다. 도덕성의 화신 같던 재희 엄마의 민낯은 희정의 웃음만큼이나 씁쓸한 뒷맛을 남긴다. 물질주의 사회에서 타인보다 위에 선다는 것은 청소부 아주머니의 말마따나 '맞지도 않을 걸 딸 입히려고 가져갔나' 싶을 만큼 필요 이상 남의 것을 욕심내어야 가능하다는 것을 보여주기 때문이다. 「치마」가 암시하는 '소득과 도덕 수준이 반비례'하는 현실은 독자에게 해결할 수 없는 문젯거리를 안겨준다.

그런가 하면 「독」이 다루고 있는 것은 우리나라 특유의 가족주의가 가진 문제들이다. 할아버지의 장례식이 끝나는 날 가족들이 장독에서 시체를 발견하는 「독」의 도입부는 무척 의미심장하다. 할아버지가 대표하는 구시대적 가족주의가 막을 내리고 그 신성한 이데올로기 아래 묻어두었던 '독'한 것들이 드러나게 될 것임을 예고하고 있기 때문이다. 「독」은 흥미롭게도 살해당한 시체에 대한 미스터리가 아닌 '누가 내 진짜 가족인가'에 대한 미스터리를 앞세워 이야기를 이끌어 간다. 기존의 추리소설에 익숙한 독자들이라면 정말 중요한 것은 그게 아니라며 답답해할지도 모르겠다. 하지만 가족의 이름 아래 중요한 문제들을 덮어두는 데 이골이 난 「독」의 인물들에게 이보다 어울리는 진행은 없을 것이다. 그들은 마치 오래 뚜껑을 덮어두면 그 문제들이 추억으로 발효되어 맛있는 집 된장이 될 것처럼 굴지만, 결국 그들이 마주한 것은 소금에 절여져 조금도 썩지 않은 생생한 시체고, 상처다. 「독」의 결말부에 마주하게 된 잔인한 진실은 독자들로 하여금 이 작품이 던지는 질문이 '누가 내 진짜 가족인가'가 아닌 '진짜 가족이란 무엇인가'라는 것을 깨닫게 만든다.

「사라진 것」은 할머니의 택배를 찾는 과정에서 도리어 많은 것을 잃어버리는 이야기다. 이 작품에서 가장 먼저 사라져 버린 것은 '나'가 아는 아빠다. 엄마 없이 '나'를 성심껏 키우며 돈보다 정을 귀하게 여기던 자상한 아빠는 할머니의 등장과 함께 알 수 없는 이유로 벌컥 화를 내며 그의 몸에서 나는 냄새만큼이나 알 수 없는 존재가 되어버린다. 다음으로 사라진 것은 사람을 '안다'는 믿음이다. 돈 때문에 할머니의 택배를 훔친 아빠도, 착하기로 유명하던 할머니의 손자가 보낸 택배에 가득 담긴 원망하는 내용의 편지도, 우리가 아는 사람이 과연 정말로 그 사람이 맞는지 확신이 사라져버린다. 마지막으로 사라진 것은 선과 악의 구분이다. 모든 것이 밝혀진 결말부에서 독자들은 찝찝한 기분을 지울 수 없다. 왜냐하면 할머니가 그토록 간절하게 택배를 찾고 있었는데 아빠가 훔쳤다는 걸 알고도 이야기하지 않은 '나'의 결정이 도둑질인지 착한 거짓말인지. 모든 사실을 알고도 할머니와 택배를 찾아준 것이 사죄인지 기만에 불과했는지조차 모호해지기 때문이다. 이처럼 「사라진 것」은 모든 미스터리가 밝혀진 후에도 해결되지 않는 문제 속에 독자들을 밀어 넣는다.

2. 심판받지 않는 범죄자들

앞서 언급했지만 추리소설에서 범죄자들은 반드시 처벌을 받는다. 위법 행위는 사회질서를 어지럽히고 기존의 권력을 뒤흔드는 불온한 것으로 여겨지기 때문이다. 때문에 그들은 어떤 사연을 가지고 있든 조명받지 못하고 그저 탐정의 명석함과 질서의 회복을 보여주기 위한 제물로 사라져버렸다. 하지만 『곶자왈에서』는 심판받지 않는 범죄자들을 등장시키며 도발적인 시도를 하고 있다. 「곶자왈에서」, 「나에게 있는 것 너에게 없는 것」, 「파티에서 주는 박하차는 위험하다」이 세 작품은 모두 와이프가 남편을 살해했다는 면에서 도메스틱 스릴러의 특징을, 자연과 여성성을 긴밀하게 연결 지었다는 점에서 에코 페미니즘적 성향을 보인다.

「곶자왈에서」는 제주도의 곶자왈에서 일어난 비밀스러운 살인에 대한 이야기다. 이 작품은 언뜻 화자인 '창'이 주인공처럼 보이지만 그는 '여자'의 문제를 해결해 주는 해결사가 아닌 조력자에 머문다. 작품 내에서 가장 의미 있는 변화를 겪는다는 점에서 이 작품의 주인공은 엄연히 '여자'라고 볼 수 있다. 여행의 시작점에서 두렵고 무기력한 피해자였던 그녀는 원시적 내음이 가득한 자신의 고향에서 오랜 통제의 고삐를 풀고 남편을 살해한다. 통제당하고 훼손된 자연이라 할지라도 결국 그 거대한 힘 앞에서 문명 따위는 속수무책이듯이. '창'은 그 모든 과정을 미루어 짐작하는 유일한 존재지만 그는 '여자'를 신고하지 않는다. '창'의 눈을 통해 충분히 설명된 범행 동기는 독자로 하여금 이 심판 받지 않는 범죄자의 앞길을 축복하도록 만든다. 「곶자왈에서」범죄란 불의가 아니라 통쾌한 전복이고, 차라리 정의가 된다.

한편 「나에게 있는 것 너에게 없는 것」에서 역시 남편을 죽인 여자, '길리'가 등장한다. 삶이 곧 낭만인 부부가 공포스러운 관계로 돌아선 것은 '꾸따'의 배신 때문이다. 자유롭게 살아가던 '길리'는 제주도에 정착해서 아이를 낳아 기를 계획을 하며 가부장제 이데올로기라는 폐그물로 들어가며 '여성'으로 규정지어진다. 낭만적인 남자 '꾸따'는 그녀가 가부장제라는 폐그물에 갇히는 순간, 다른 자유로운 물고기를 사냥하러 가버린 것이다. 바닷속에서 칼을 쥔 길리의 모습은 인어공주를 닮았다. 왕자의 사랑을 얻기 위해 자신의 자유를 포기한 것까지도. 하지만 '길리'는 자신의 사랑을 배신한 남자를 대신해 물거품이 되는 대신 그를 죽이고 자유로운 인어로 돌아온 것이다. 미래와 재이는 사건의 전말을 알게 되지만 그들이 추리를 하며 알아낸 길리의 범행 동기는 그녀를 심판하지 못하도록 만든다. 왜냐하면 탐정인 미래와 재이 역시 가부장제 사회를 살아가는 여성이기 때문이다. 언제든 '우리' 이야기가 될 수 있다는 동지의식과 위기감은, 단순히 공감을 넘어 탐정을 공범자로 만드는데 이른다.

그런가 하면 「파티에서 주는 박하차는 위험하다」는 독특하게도 셜록이 아닌 왓슨을 주인공으로 내세운다. 일반적으로 추리소설에서는 탐정이 홀로 범죄에 대한 모든 권한을 독점한다. 셜록 홈즈의 경우 그는 자신의 유일한 동료인 왓슨에게조차 범죄에 대한 주요 정보를 공유하지 않는다. 이러한 배타성은 탐정만이 범죄에 대해 진술할 자격을 얻음으로써 독자가 범죄자의 관점을 이해하거나 동정적 시각이 형성하는 일을 원천적으로 봉쇄하기 위함이다.
하지만 「파티에서 주는 박하차는 위험하다」는 탐정 공서진
이 아닌 형사 양희주를 주인공으로 삼음으로서 탐정의 독
점적 지위를 해소하고 범죄자의 목소리에 귀 기울인다. 이
성적이고, 탐식을 즐기는 데다 남성적 이름을 가진 거구의
탐정과는 달리, 감정적이고, 차를 즐기는 데다 중성적 이름
을 가진 왜소한 체격의 양희주는 섣불리 소현을 팜므파탈
로 타자화하지 않는다. 희주는 소현을 단죄하는 대신 그녀
의 범죄동기와 인간적인 입장을 독자에게 이해할 수 있는
기회를 주는 중개인으로서 일한다. 「파티에서 주는 박하
차는 위험하다」는 범죄자를 심판하는 대신 그녀가 들어선
잘못된 길을 충분히 돌이킬 수 있다며 따뜻하게 위로하는
쪽을 선택한다.

3. 뒤틀린 장르 규칙

　「16개월 동안」은 사회제도로부터 소외당한 하위 계층의
남성 주인공이 폭력을 통해 성공하려 하지만, 결국 잘못
된 사회의 축소판이나 다름없는 조직에 의해 파멸되는 갱
스터 장르의 관습을 따른다. 중학교에서 퇴학당한 '나'는
조직에서 상인들의 수금을 맡고 있는데, 이 조직이란 사회

의 축소판이나 다름없다. '나'가 상인들에게 두려움이 아닌 경멸의 대상이 된 것은 그 역시 수금한 돈을 고스란히 조직에게 착취당하는 피지배자이기 때문이다. 그들이 성공할 수 있는 방법은 그들 역시 착취자가 되는 것뿐이다. '나'와 '송'은 모텔 손님들의 침대 사정을 착취하여 이익을 보는 새로운 구조를 만든다. 하지만 그 과정에서 '나'는 손에 피를 묻히고 결국 감방에 들어가게 된다. 만약 이 작품이 갱스터 장르의 관습에 충실하게 여기서 주인공의 심판 받는 결말을 냈다면 '나'는 사회질서를 회복하기 위한 제물로 끝나버렸을 것이다. 그러나 「16개월 동안」은 여기서 장르 규칙을 비틀어버린다. '나'가 상습주거침입 혐의로 가벼운 감옥살이를 하고 나와 사업을 이어나가는 결말을 만들어버린 것이다. 희생자의 가족에게 목숨값을 지급하고 다시 '060 정보 서비스'를 시작한 '나'의 모습은 그가 체제에 반항하는 반영웅이 아닌 체제 순응적 착취자로서 생존하는 데 성공했음을 보여준다. 이러한 결말은 반영웅의 생존이라는 점에서는 전복적이지만, 반영웅의 악당화라는 점에서는 씁쓸함을 남긴다. 결국 이 사회에서 살아남기 위해서는 '그들 중 하나'가 되어야 함을 보여주고 있기 때문이다. 하지만 시종일관 갱스터답지 않게 찌질하고 비장미 없는 '나'의 모습은 결말에 대한 조롱과 풍자가 되어 착취자에게 멀끔한 승리를 안겨주지 않는다.

그런가하면 「뻐꾸기 살인사건」은 패러디 코미디 추리소설이라는 독특한 장르를 시도한다. 이 작품은 추리소설을 즐겨 읽는 독자라면 누구나 익숙해할 만한 관습들로 가득 채워져 있다. 하지만 그것들은 등장하자마자 곧바로 진지함을 잃고 우스꽝스럽게 패러디된다. 「뻐꾸기 살인사건」이 관심을 두는 것은 '누가 작가를 죽였는지', '왜 죽였는지', '어떻게 죽였는지' 같은 추리소설다운 질문에 대한 답이 아닌, 오로지 규범 어기기에 있다. 애초에 작가와 독자의 지적 게임이 불가능하도록 설계된 이 작품은 독자가 얼마나 추리소설의 관습과 도상에 익숙한가에 따라 느낄 수 있는 재미가 달라지는 지적 코미디라고 보는 편이 좋을 것이다. 「뻐꾸기 살인사건」은 이성적인 게임을 불가능하게 만들고 추리소설의 장르 관습을 위반함으로써 이 장르가 가지고 있는 보수성에 대항하고 균열을 가한다.

곶자왈에서

1판 1쇄 찍음 2023년 1월 19일
1판 1쇄 펴냄 2023년 2월 2일

지은이 | 김태민, 박한선, 유아인, 이나경, 조나단, 한소은, 현이랑
발행인 | 박근섭
편집인 | 김준혁
펴낸곳 | 황금가지

출판등록 | 2009. 10. 8 (제2009-000273호)
주소 | 135-887 서울 강남구 신사동 506 강남출판문화센터 5층
전화 | 영업부 515-2000 **편집부** 3446-8774 **팩시밀리** 515-2007
홈페이지 | www.goldenbough.co.kr

도서 파본 등의 이유로 반송이 필요할 경우에는 구매처에서 교환하시고
출판사 교환이 필요할 경우에는 아래 주소로 반송 사유를 적어 도서와 함께 보내주세요.
06027 서울 강남구 도산대로 1길 62 강남출판문화센터 6층 민음인 마케팅부

㈜민음인은 민음사 출판 그룹의 자회사입니다.
황금가지는 ㈜민음인의 픽션 전문 출간 브랜드입니다.